KB055878

Deokure Tamer no
Sonohigurashi
뒤처진 테이머의 하루살이 3
Deokure tamer

사쿠라
지크프리트
오르트
쿠마마

릭
유토
아카리

"자, 어떤 물고기가 잡히려나~."
"무무?"
"—?"
오르트와 사쿠라가 낚싯대를 든 나를 의아하게 보고 있다.
아마도 낚시 자체를 모르는 듯하다.
릭과 쿠마마는 주변을 경계하면서도
술래잡기를 하며 놀고 있다.
이 부근에서는 래빗 정도밖에 나오지 않으니
릭과 쿠마마에게만 경계를 맡겨두더라도 괜찮겠지.

Deokure Tamer no Sonohigurashi

뒤처진 테이머의 하루살이 3

Deokure tamer

CONTENTS

프롤로그 · 007

제1장 이벤트 개시! · · · · · · · · · · · · · · 014

제2장 알프 마을 사람들 · · · · · · · · · · 065

제3장 수호수의 이변? · · · · · · · · · · · 136

제4장 신성수와 악마 · · · · · · · · · · · · 186

제5장 대악마 글라샤라볼라스 · · · · · · 247

제6장 사투와 원군 · · · · · · · · · · · · · 297

제7장 이벤트 종료와 그 뒤에 벌어진 여러 일들 358

에필로그 · 420

커버 그림, 본문 일러스트 | Nardack

Deokure Tamer no Sonohigurashi

"이제 조금만 있으면 이벤트가 시작되겠네."

이벤트 내용이 발표된 지 1시간 뒤.

우리는 할 일을 모두 끝마치고서 밭에서 이벤트가 시작되기를 기다리고 있었다.

아까 전까지만 해도 무술대회인 줄로만 알았는데, 생산직도 참가할 수 있는 다른 루트가 있는 것 같다.

기대감으로 부푼 가슴을 안고서 이벤트 내용을 다시금 확인해 본다.

[수많은 모험가와 용병, 생산자가 무술대회 기간 중에 시작의 도시로 모여든다. 그러나 그 때문에 인근 마을에서는 일손이 줄어들어 여러 일들이 밀리고 말았다. 무술대회에 참가하지 않는 여행자들이여. 알프 마을을 위해서 힘을 빌려다오.]

심부름 퀘스트가 잔뜩 준비되어 있다는 뜻이겠지?

뭐, 참가할 수 없을 줄 알았던 이벤트에 참가할 수 있게 되었으니 내용이야 아무래도 상관없지.

"무~."

"—."

노움 오르트와 나무 정령 사쿠라가 초조해하며 내 옆에서 안절부절못하고 있다.

"키큐!"

"쿳쿠마~!"

회색 다람쥐 릭과 허니 베어 쿠마마는 조금 떨어진 곳에서 준비 운동을 하고 있다.

스트레칭이나 목을 돌리는 운동은 이해가 된다. 그런데 어째서 릭은 쿠마마의 머리 위에서 Y자 밸런스를 하고 있는 거야? 무슨 의미가 있는 걸까? 아니, 귀엽긴 하지만. 저 둘도 이벤트가 시작되기를 고대하고 있는 거겠지.

"아이템도 문제없어. 밭일도 다 마쳤어."

이벤트 참가자는 게임 내 시간이 가속된다고 한다. 이벤트는 일주일이나 이어지지만, 귀환하더라도 게임 내에서는 하루밖에 지나지 않는다나 뭐라나. 안심하고 밭을 방치하고서 가도 될 듯하다.

"앞으로 10초. 9, 8, 7……."

"무~!"

"—!"

"쿠마!"

"큐~!"

얘들아, 헷갈리잖아!

"2, 1……."

[이벤트 개시 시간이 되었습니다. 이벤트 필드로 전송됩니다.]

안내음이 울리고서 우리는 이내 하얀 빛에 휩싸였다.

그리고 그 직후에 눈앞의 풍경이 확 바뀌었다. 우리가 매일 정성을 쏟으며 가꾸던 밭이 사라지고 낯선 집들이 시야에 들어왔다.

"마을인가?"

아마도 어떤 마을의 광장 같은 곳으로 전송된 듯하다. 주위를 보니 나처럼 이벤트에 참가한 플레이어들로 북적거리고 있다.

자, 우리 애들은 어떨까?

"모두 다 있지? 점호!"

"무!"

"—!"

"큐!"

"쿠마!"

오르트부터 차례대로 대답을 하며 손을 올렸다. 좋아, 좋아. 몬스터들도 별문제 없이 따라왔고.

에구, 주위에 있는 플레이어들이 빤히 쳐다보고 있다. 너무 까불었나 보다.

딩동.

오, 운영진에서 메일을 보냈다.

[이벤트에 참가해 주셔서 감사합니다. 이번 이벤트에 관해 자세히 설명드리도록 하겠습니다.]

확인해 보니 여러 중요한 정보가 적혀 있었다.

운영진이 보낸 메일 내용을 요약하자면 이런 느낌이다.

우선 우리는 29번 서버에 배정되어 있단다. 그리고 이벤트 기간 중에 다양한 행동을 취하여 포인트를 획득할 수 있다. 최종적으로 동일 서버 내 플레이어들이 획득한 포인트를 집계한 뒤에 다른 서버와 그 포인트로 경쟁한다고 한다.

또한 개인이 획득한 포인트에도 순위가 매겨진다. 동일 서버 내에 있는 플레이어들끼리도 경쟁해야만 한다는 소리다.

다시 말해 서버 대항전과 개인전. 두 요소가 모두 포함되어 있는 듯하다.

이런 설정은 딱 질색인데. 일치단결해야만 다른 서버를 이길 수 있지만, 동시에 개인 포인트 경쟁도 벌여야 한다. 그러나 라이벌의 발목을 너무 잡는다면 서버 대항전에서 패배할지도 모른다.

애초부터 개인 랭킹을 노리고서 활동할 것인가, 아니면 서버 대항전의 승리를 노릴 것인가. 플레이어들의 생각 차이가 여러 분쟁들의 씨앗이 될 테지.

"난 어쩐담……."

뭐, 많은 플레이어들이 선택할, 적당히 포인트를 벌면서 다른 플레이어와 협력하는 무난한 길을 가도록 할까? 애당초 개인 랭킹 상위권을 노릴 자신도 없으니.

"자, 이다음에는 어떻게 할까."

메일 창을 보다가 고개를 들어 주변을 살짝 둘러봤다. 광장에서 속속 빠져나가는 플레이어들이 보였다. 남들을 앞지르고 싶은 자, 솔로 플레이로 즐기고 싶은 자, 호기심이 강한 자 등 행동력이 넘쳐나는 플레이어들이겠지.

그와는 별개로 광장 중앙에서 웬 남자가 큰소리를 지르고 있네.

"다들! 내 말 좀 들어다오!"

혹시 리더로서 모두를 이끌어 보겠다는 심산인가?

으~음, 솔직히 게임 내에서까지 단체행동을 하는 건 싫은데 말이지. 살짝 거드는 수준이라면 괜찮겠지만, 누군가의 밑에서 지시를 받는 건 좀…….

그래도 자칭 리더가 무슨 이야기를 할지 흥미가 생긴다. 조금 떨어진 곳에서 이야기만이라도 들어볼까.

나와 같은 생각인 플레이어가 많은지 적잖은 플레이어들이 그 남성의 주위로 모여들었다.

사람들의 중심에는 못생긴 말을 타고 있는 보라 머리 휴먼이 있었다. 그래, 말이 무지무지하게 못생겼다. 의기양양하게 그 말을 타고 있는 미남. 어쩐지 용납이 되는 광경이었다.

다른 플레이어들도 동감이었는지 예상보다 그 남자를 바라보는 눈빛이 부드러웠다. 아니, 미적지근하다는 표현이 올바를지도.

"난 지크프리트! 방랑 기사다!"

우와, 자기 입으로 방랑 기사라고 말하다니!

기사 롤플레이를 하는 녀석인가? 뭐, 이 세계관에 잘 맞긴 하네. 더욱이 저 롤플레이가 묘하게도 당당하게 느껴졌다. 평소였다면 저 애처로운 광경에 쓴웃음을 지었을 테지만, 지금은 저 지크프리트에게서 놀라움과 감탄밖에 느껴지지 않았다.

평소에도 완벽하게 기사처럼 행동하고 있겠지. 그래서인지 그 행동이며 말투에서 위화감이 전혀 느껴지지 않았다. 마치 NPC 기사 같다고 하면 이해하기 쉬울까? 이 세계에 완벽하게 녹아들어 있다.

못생긴 말이 신경 쓰이지 않을 만큼 자연스러웠다.

주변에 있는 녀석들이 아무 말도 하지 않는 것으로 보아 역시나 지크프리트는 유명 플레이어인가 보다. 한 번 보면 절대로 못

잊겠지.

그나저나 지크프리트? 분명 어디선가 들어본 적이 있는 이름인데……. 어디였더라?

"자양의 모험가라고 하면 다들 알려나?"

맞다! 아카리가 언급했던, 나와 그녀와 더불어 유니크 칭호를 얻은 플레이어! 그 칭호대로 부드럽게 흘러내리는 보라 머리가 인상적이다. 왕자님처럼 생긴 미남이었다.

내가 감탄하는 동안에도 지크프리트가 연설을 이어가고 있었다.

내용은 예상했던 것보다 정상이었다. 그는 개인 랭킹보다 서버 대항전에 더 흥미가 있다고 한다. 그러니 자신과 같은 생각을 지닌 사람들은 적극적으로 협력하자. 또한 그렇지 않더라도 다른 플레이어의 발목만은 잡지 말고, 새로이 얻은 정보는 서로 공유하자.

그는 그렇게 요청했다. 정보를 서로 공유하자는 이야기를 듣고서 헛소리하지 말라는 표정으로 광장을 나가는 녀석들도 있었다. 그러나 제법 많은 플레이어들이 그와 협력하려는 마음을 먹은 듯하다.

나도 그렇다. 뭔가 유익한 정보를 얻으면 숨기지 말고 널리 퍼뜨려 볼까~, 하는 마음을 먹었을 만큼 지크프리트에게 호감을 느꼈다.

그동안 진심으로 기사처럼 행동하고 있기 때문인지, 그의 말을 듣고도 불쾌함이 전혀 느껴지지 않아서겠지. 오히려 이 세계를 그 누구보다도 즐기고 있는 것 같아 부러울 정도다.

더욱이 개인 플레이를 나무랄 생각은 없으니 흥미가 없다면 협력하지 않아도 상관없다는 발언도 좋네. 자기주장을 하면서도 타인을 배려하는 마음도 잊지 않았다.

지크프리트의 발언에 찬동한 플레이어들 중에는 유명한 생산자와 유명 파티의 리더를 맡고 있는 인물도 있는 듯하다. 그 세 플레이어가 중심이 되어 향후 계획에 관해 논의하기 시작했다.

역시나 저 무리 속으로 들어가 의견을 말할 용기도, 의욕도 나에게는 없다. 일단 솔로 플레이를 하다가 협력할 수 있는 일이 생긴다면 협력하는 방향으로 가도록 해볼까.

"그럼 이동하자~."

이 마을에는 일주일 동안 체류한다는 설정이지만 실제로는 6시간밖에 지나지 않는다. 그 덕분에 이벤트 기간 중에 로그아웃을 하지 않아도 된다. 아니, 오히려 로그아웃을 해서는 안 된다. 긴급할 때 로그아웃을 할 수는 있겠지만, 한번 로그아웃을 해버리면 이벤트로 복귀할 수가 없다.

그렇다고 해서 24시간 동안 활동할 수 있는 것은 아니다. 이벤트 기간 중에는 못해도 하루에 6시간은 수면을 취해야 한단다. 침대 등에 누워서 잠을 자야만 하는 제한이 있다.

"일단 잠자리부터 정해야겠어."

"뭇무~!"

흥분한 오르트가 앞장서서 걷기 시작했다. 나는 어깨 위에 릭을 태운 채로 오른손으로는 쿠마마와, 왼손으로는 사쿠라와 손을 잡고서 걸어나갔다. 가끔은 이렇듯 다 함께 화기애애하게 산책하는 것도 나쁘지 않네.

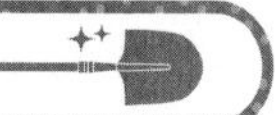

여관을 찾고 싶기는 한데 과연 우리가 묵을 수가 있을까?

오르트와 사쿠라는 인간형이라서 문제가 없을지도 모르겠지만, 동물형인 릭과 쿠마마는 어떨까? 판타지 세계이니 문제는 없을 것 같지만…….

더욱이 모든 종마들의 숙박료를 내라고 할까? 만약에 그렇다면 꽤 부담이 될지도 모르겠다.

"무무?"

고민하면서 걷고 있으니 오르트가 갑자기 대로에서 벗어나 옆길로 빠져버렸다.

"야야! 오르트! 갑자기 왜 그래!"

"뭇무무!"

"애들아! 오르트를 쫓아가!"

"킷큐!"

"쿳쿠마!"

"—!"

우리는 타다닷, 하고 뛰어가는 오르트의 뒤를 급히 쫓아갔다.

"오르트~."

"뭇무~!"

그렇게 한동안 술래잡기를 하다가 갑자기 오르트가 멈췄다.

"겨우……, 멈췄네……."

"무."

오르트가 어떤 목벽 앞에 서 있었다. 내 키보다는 조금 낮긴 하지만 오르트에게는 꽤 높겠지. 그런데 오르트가 뿅, 하고 뛰더니 그대로 목벽에 매달렸다.

손가락을 어떻게든 벽 가장 위에 걸고서 턱걸이를 하는 요령으로 오르려고 하고 있었다.

아무래도 벽 맞은편에 볼일이 있는 듯하다.

나는 오르트를 안아 지탱해 주면서 벽 맞은편을 들여다봤다.

"오호~, 밭인가."

"무!"

야채가 심겨 있는 밭이었다. 역시 오르트. 그렇게 멀리서도 밭을 찾아내다니. 아니, 찾아냈다기보다는 느꼈다고 해야 하려나? 초능력 덕분이겠지. 아마도 노움이기에 가능한 기술일 것이다.

그 밭에서 가냘픈 노인이 혼자서 물을 주고 있었다. 양 끝에 물통이 달려 있는 무거운 멜대를 짊어지면서 휘청휘청 걷고 있었다.

어쩐지 위태위태한데! 아아, 넘어졌어! 기껏 길러온 물을 쏟아 버렸잖아.

그 모습을 보고서 나는 무심코 소리를 내고 말았다.

"저기~! 괜찮습니까?"

역시 내버려 둘 수는 없지?

"오오? 여행자인가? 괜찮네, 괜찮아. 살짝 넘어졌을 뿐이야."

그렇게 말하면서 일어선 노인이 어쩐지 몸을 부들부들 떨고 있었다. 전혀 괜찮아 보이지 않았다.

이건 어쩔 수 없겠지?

"괜찮다면 저희들이 도와드릴까요?"

"아니, 아니, 여행자를 번거롭게 할 수야 없지."

내가 돕겠다고 하자 할아버지가 송구스러워하며 거절했다. 그러나 아까 그 광경을 봤던지라 '예, 그러십니까?' 하고 물러설 수는 없는 노릇이었다.

나는 다시 한번 살짝 청해보기로 했다.

"밭일은 익숙하니 개의치 마세요."

"으~음."

"오히려 우리 애들은 밭일은 좋아하거든요."

"그런가?"

"예."

할아버지가 역시나 미안해하면서도 한편으로는 어쩐지 안도한 표정으로 고개를 숙였다.

"그럼 조금 부탁해도 되려나~?"

"맡겨두세요. 오르트, 사쿠라, 가자."

"무무!"

"—♪"

마을 사람들을 돕는 이벤트이니 잘못된 행동은 아니겠지? 딱히 퀘스트가 발생한 것도 아니니 보수나 포인트는 받을 수 없을 것 같지만…….

뭐, 이따가 궁금한 걸 물어보는 것만으로도 족하다. 마을 정보는 많으면 많을수록 좋은 법이니까.

일단 할아버지에게 지시를 부탁했다.

“어디까지 물을 뿌리면 될까요?”
“저기서부터 여기까지네~.”
저기서부터 여기까지? 제법 넓은데.
내 밭을 기준으로 말하자면 4면 정도다. 그리고 가장 중요한 우물이 그 어디에도 보이지 않는다.
“물은 어디서 길러오면 되나요?”
“조금 떨어진 곳에 있는 연못이네.”
나는 선불리 돕겠다는 말을 꺼낸 것을 바로 후회했다.
내 밭을 기준으로 생각했다가 모든 밭마다 우물이 꼭 있는 것은 아니라는 사실을 깜빡 잊고 말았다.
“이쪽일세.”
“무무~.”
“—.”
천천히 걸어가는 할아버지를 따라서 다 함께 연못으로 향했다. 노인치고는 발걸음이 꽤 단단하다. 농사일은 약간 버거울 것 같긴 하지만, 평범하게 생활하는 건 문제가 없을 듯했다.
“평소에는 아들이 밭일을 맡고 있네만 무술대회를 보러 시작의 도시에 가버렸네. 그 동안만 내가 밭을 돌보고 있지.”
과연. 이벤트 설명문에 적혀 있듯 마을에 일꾼이 부족하구나.
“그거 큰일이네요~.”
“뭐, 물만 뿌리면 된다고 하니 그리 힘들 것까지는 없지. 실은 잡초를 뽑는 등 할 일이 더 있긴 하네만 이 노구로는 무리라서.”
노인이 안내해 준 연못은 상상보다 컸다. 25제곱미터쯤 되는 듯했다.

주변에는 수풀이 우거져 있어서 여러 벌레들이 숨어 있을 듯했다. 시골에서 흔히 볼 수 있는 이른바 저수지 같은 느낌이다.

우리는 연못에 통을 담가서 물을 길었다.

"꽤 무겁네……."

멜대를 짊어지니 몸이 휘청거린다. 좌악. 아까 전 봤던 할아버지와 별반 차이가 없는데. 어? 혹시 나 할아버지급 체력인가?

비틀거리는 나를 두고 볼 수가 없었는지 오르트가 본인에게 맡겨달라는 듯 가슴을 툭, 하고 때리며 올려다봤다.

"무무!"

"그럼 부탁해도 될까?"

어쩔 수 없지. 그렇게까지 말하니 한 번 맡겨보자. 옆에서 본다면 어린애에게 중노동을 시키는 못된 어른처럼 보이겠지만.

그나저나 오르트는 역시 대단하다. 멜대를 짊어지자마자 비틀거리기는커녕 밭으로 퓻, 하고 달려가 버렸다. 순식간에 시야에서 사라졌다. 내 종마이긴 하지만 참 튼튼하네.

"쿠마마랑 사쿠라도 가능하겠어?"

"—!"

"쿠마쿠마!"

사쿠라와 쿠마마도 문제가 없는 듯하다. 오르트와 마찬가지로 가슴을 두드리며 자신만만해하는 얼굴로 고개를 끄덕였다.

"할아버지, 멜대는 저거밖에 없나요?"

"아니, 헛간을 뒤지면 더 있을 것 같다만?"

"빌릴 수 있을까요? 멜대가 더 있으면 금세 끝낼 수 있을 것 같아서요."

"좋지, 좋아."

그래서 우리는 할아버지네 집에서 물통과 멜대를 빌리기로 했다.

오르트가 돌아오기를 기다렸다가 노인을 따라 집으로 향했다.

밭에서 조금 떨어진 곳에 제법 큰 목조 주택이 있었다. 나뭇결이 훤히 드러나서 외관은 화려하지 않다. 그러나 그만큼 온기가 느껴진다.

"예전에는 두 아들네랑 함께 살았었는데 말이야. 큰아들 부부는 시작의 도시로 가버렸고, 작은아들 부부는 독립했지."

할아버지의 부인은 이미 세상을 떠났다고 한다. 방에 영정 역할을 하는 그림이 놓여 있었다.

나는 그곳을 향해 합장했다. 게임이라고는 해도 예의는 중요하다.

그러자 오르트를 비롯한 종마들이 나를 따라서 합장했다. 의미를 아는지 궁금했는데 얼굴을 살펴보니 다들 차분하다. 아무래도 제대로 이해하고 있는 듯하다.

"고맙구먼."

"허락도 없이 합장해서 죄송합니다."

"아니, 아닐세. 할멈도 기뻐할 테지. 자, 헛간은 이쪽이야."

부엌 구석에 있는 문을 여니 헛간이 나왔다. 농기구 말고도 일용품 등 잡동사니가 쌓여 있었다.

우리는 다양한 농기구들을 헤치며 멜대 2개를 찾아냈다. 나무통도 잔뜩 있었다. 이 정도면 물 뿌리기 작업도 한결 수월해지겠지.

"쿠마마랑 사쿠라는 어때?"

사쿠라는 나무 기르기 스킬, 쿠마마는 재배와 양봉 스킬만 가지고 있다. 두 종마는 자신만만해했지만, 혹여나 멜대를 다루는데 농업 스킬이 영향을 끼친다면 능숙하게 다루지 못할지도 모르겠다.

그러나 쓸데없는 걱정이었나 보다. 쿠마마와 사쿠라 모두 별문제 없이 멜대를 짊어지고서 물을 날랐다.

나도 물통 하나로 물을 나르기로 했다. 다 함께 밭과 연못을 왕복하며 물을 뿌려나갔다.

꽤 중노동이네. 우물의 고마움을 절실히 깨달았다.

"끝났다~."

약 1시간 만에 물 뿌리기와 잡초 뽑기 작업을 끝냈다.

이거, 할아버지가 혼자서 했다면 하루 종일 걸리지 않았을까?

"고맙네. 덕분에 살았어."

"아뇨, 아뇨. 어려울 때는 돕고 살아야죠."

"답례라고 하기에는 변변찮네만 집에서 차라도 어떤가?"

차? 조금 쉬고 싶기도 하고, 어떤 차가 나올지 흥미도 있다.

새로운 차를 입수할 수 있으면 기쁠 텐데.

"그럼 말씀을 따르도록 할까요."

우리는 할아버지네로 이동했다. 그리고 그곳에서 나온 차를 보고서 놀랐다.

이럴 수가. 허브티였다. 이 마을에서는 일상처럼 마시고 있는 듯하다.

게시판에 굳이 정보를 올리지 않았더라도 이벤트가 끝난 뒤에 제조법이 제법 퍼질지도 모르겠네.

조금 더 기다릴 걸 그랬나?

"이야~, 덕분에 살았어."

"아뇨, 별일도 아닌걸요."

"고맙구먼~."

할아버지가 고개를 숙였다. 그래, 기왕 이렇게 되었으니 물어볼까? 도와준 답례로. 소개장이라도 써준다면 참 좋겠는데.

"이 마을에 여관이 있습니까?"

"여관? 있지. 작은 여관이 딱 하나 있긴 하네만."

"예? 딱 하나?"

"관광객이 통 오지 않는 동네라서 말이지. 5층짜리 여관이 딱 한 군데 있네."

그럼 플레이어들이 묵기에는 턱없이 부족할 텐데.

"예? 그럼 달리 숙박할 수 있는 곳이……."

"흐음. 잡화점에서 아마 텐트를 팔 텐데? 그걸 사용하면 광장에서 잘 수 있을 게야."

"참고로 텐트가 얼마인지 아십니까?"

"뭐야? 너희들, 이 마을에 머물 작정인 게야?"

"예, 한 일주일쯤."

"그럼 내 집에 묵도록 해라. 밭일을 거들어 준다면 나한테도 도움이 될 테고."

과연. 나쁘지 않은 이야기다. 밭일은 1시간이면 끝난다. 텐트보다는 침대에서 자는 편이 더 낫다. 아니, 꼭 부탁하고 싶다.

"빈방이 있는데 어떤가?"

다만 확인해야만 하는 것도 있었다.

"우리 애들도 함께 묵어도 되나요?"

이건 중요하다. 릭과 쿠마마는 헛간에서 지내야만 한다면 거절해야 한다.

그러나 할아버지는 싱글벙글 웃으며 고개를 끄덕였다.

"물론이지. 침대도 마음껏 써도 좋네."

다행이다. 평범하게 묵을 수 있을 것 같다. 더욱이 침대까지 쓸 수 있다니 고마운 이야기다.

"그럼 말씀에 따르도록 할게요."

"호호홋. 집안 분위기가 떠들썩해질 테니 나도 기쁘구먼. 잘 부탁함세. 방을 안내해 줄까?"

할아버지가 안내해 준 방에는 침대가 4개 놓여 있었다.

"이 방을 마음대로 쓰도록 해."

"방이 좋네요."

침대는 푹신푹신해서 편안할 것 같다. 색조가 차분해서 고상하게 느껴지는 여러 가구들도 놓여 있었다.

시험 삼아 침대에 걸터앉아 봤다. 그러자 깃털 이불 같은 부드러운 감촉이 느껴졌다. 이거 기분 좋네. 그리고 어떤 창이 떠올랐다.

아마도 침대에서 몇 시간 동안 잘 건지 설정할 수 있는 것 같다.

평소였다면 침대에서 눈을 붙이면 바로 로그아웃되었을 테지만, 이벤트 기간 중에는 설정한 시간이 자동으로 경과한다. 그동안은 체감 시간이 조정되어 시간이 순식간에 지나가는 것 같다.

이거 편리하다.

"원래는 작은 아들네가 쓰던 방이라서 가구 같은 게 그대로 남아 있지."

"감사합니다."

"저녁 식사 때까지 시간이 조금 있는데 어떡할 텐가?"

"예? 식사까지 차려주시는 건가요?"

"내가 초대를 했으니 손님 식사를 차려주는 게 당연하지 않나?"

이거 운이 좋네. 게임 안에서 아직 먹어보지 못한 요리를 먹을 수 있을지도 모른다. 다만 한 가지 먼저 말해둬야지.

"아, 그래도 제 몬스터들의 식사는 제가 준비할게요."

"그래? 뭐, 몬스터는 사람과 다른 음식을 먹을 테니 당연한가?"

"그렇죠."

"알겠네. 그럼 여행자 양반의 음식만 차리도록 함세."

"유토라고 불러주세요."

"난 카이엔일세. 잘 부탁하네, 유토."

카이엔 할아버지네 집에서 묵기로 결정한 우리는 알프 마을을 한 번 둘러보기로 했다.

"다녀오겠습니다."

"그래, 잘 다녀오거라."

카이엔 할아버지의 배웅을 받으며 집을 나섰다.

목조 가옥에, 포장되지 않아 헐벗은 땅바닥. 길 좌우에는 밭과 초원, 숲이 펼쳐져 있었다. 정말로 한적한 시골 마을 같은 분위기가 풍겼다.

몬스터들도 기분이 좋겠지. 껑충껑충 뛰면서 진심으로 즐겁게 웃고 있었다.

오르트와 쿠마마는 내 손을 잡고 있고, 사쿠라는 뒤를 따르고 있다. 릭은 사쿠라의 어깨 위에 타고 있다.

이벤트 기간 중에는 다 함께 지내는 시간이 늘어날 것 같네. 그것만으로도 이벤트에 참가한 보람이 있다.

"어디 잡화점 같은 데 없나? 너희들도 찾아봐 줄래?"

"무!"

"큐!"

"쿠마!"

"―♪"

모두들 내 말을 듣고서 척- 하고 경례했다.

그렇게 마을을 산책하고 있으니 몬스터들이 무언가를 발견한 듯한 반응을 보였다.

"무무!"

"오, 잡화점을 찾은 거야?"

"무~!"

"쿠마~!"

오르트와 쿠마마가 내 손을 당기며 안내한 곳은 작은 상점이었다. 외관을 보니 지극히 평범한 민가처럼 생겼다. 혼자서 찾았다면 놓쳤을지도 모르겠다. 용케도 찾아냈네.

문을 열고서 안으로 들어가니 아담한 잡화점 내부가 눈에 들어왔다. 야채나 농기구뿐만 아니라 무구까지 갖춰져 있다.

"어서 오슈."

까다롭게 생긴, 야위고 등이 굽은 할머니가 가게를 보고 있었다. 조심스럽게 말하자면 온후한 인상과는 정반대라고 해야 할까? 손님이 우물쭈물거리면 '걸리적거리니까 물건이나 냉큼 사고서 돌아가!' 하고 말할 것 같은 인상이다.

"씨앗이나 묘목을 볼 수 있을까요?"

"이쪽으로."

다행이다. 퉁명스럽긴 하지만 평범하게 응대해 줬다.

그런데 판매하는 상품 중에 새로운 것은 없었다. 약초와 독초, 파란 도토리 등의 묘목. 그리고 바지루루 등의 허브류를 팔고 있었다.

혹시나 시작의 도시에서 팔지 않는 아이템을 입수할 수 있지 않을까 기대했는데…….

다만 야채 중에는 본 적이 없는 품종이 몇 개 진열되어 있었다. NPC숍의 상품이라 포기 나누기는 할 수 없지만, 몇 개쯤 구입하기로 마음먹었다. 요리에 넣어서 맛을 보고 싶다.

나는 일단 하얀 토마토와 군청 가지를 각각 5개씩 구입했다.

이 게임에서 토마토와 가지는 처음 보네. 색깔이 다소 독특하긴 하지만 맛은 어떨까? 기대가 된다.

"자, 다른 가게를 찾아볼까."

그리고 길드 위치를 물어볼까. 다른 가게가 또 없느냐고 묻는 건 이 가게에서 취급하는 상품 종류가 빈약하다고 말하는 듯하여 거북스럽다.

다만 길드 위치는 알려주지 않을까? 일단 상품도 구입했고 말이지.

"저기, 이 마을에 길드가 있습니까?"

"길드?"

"예, 농업 길드나 수마 길드가 있으면 좋겠는데."

"흥, 이런 쪼끄마한 마을에 그런 길드가 여러 군데나 있을 리가 없잖느냐. 작은 모험가 길드가 하나 있을 뿐이야."

그야 그렇겠지. 그런데 모험가 길드는 있었구나.

아마도 그곳에서 퀘스트를 받을 수 있겠지.

위치를 물어보니 무뚝뚝한 말투이긴 했지만, 똑바로 알려줬다.

처음에 전이했던 광장 인근에 있는 것 같다. 마을을 한 바퀴 둘러본 뒤에 들러보자.

우리는 할머니에게 인사하고서 다시금 마을을 탐색했다.

다른 가게를 찾으면서 종종 맞닥뜨린 마을 사람들과 인사를 나누며 걸어갔다. 탐색이라고 하긴 했지만 반쯤 산책이나 마찬가지다.

시작의 도시의 서양식 거리와는 다른, 한적한 마을을 종마들과 걷고 있으니 즐거웠다.

1시간쯤 돌아다닌 덕분에 마을 지도를 절반쯤 밝혔을 즈음에

드디어 새로운 상점을 발견했다.

"안녕하세요~."

"어서 옵쇼!"

"여긴 청과상인가요?"

가게에는 본 적이 있는 녹색 복숭아와 파란 도토리뿐만 아니라 본 적이 없는 보라 감이라는 과일이 진열되어 있었다.

오르트와 쿠마마의 식사를 여기서 조달하면 문제가 없을 듯하다.

"오! 갓 따서 과일이 아주 신선해! 한동안 입하 예정이 없으니 사려거든 바로 지금이 적기지! 지금 파는 물건이 다 팔리면 한동안 문을 닫아야 하거든!"

"예? 한동안 입하 예정이 없다고요? 얼마나요?"

이 가게에서 과일을 사려고 마음먹었는데! 지금 몽땅 사들이더라도 복숭아와 감은 2개씩밖에 남아있지 않다. 일주일치 식사로는 턱없이 부족하다.

역시 오르트를 비롯한 종마들에게는 꿀경단을 먹어야 하나?

"일주일쯤? 우린 아버지가 운영하는 과수원에서 딴 과일을 팔고 있는데 시작의 도시로 가버렸어! 돌아올 때까지는 새 과일을 딸 수가 없다고."

이 점원은 나무 기르기 스킬을 갖고 있지 않은 모양이다. 아버지는 재배를 맡고 있고, 이 사람은 판매를 맡고 있는 것 같다.

"음. 잠깐만요……."

어떤 생각이 번뜩였다. NPC숍에서 파는 아이템은 포기 나누기를 할 수 없다. 이 보라 감도 당연히 불가능하다. 그러나 NPC의

밭에서 재배되고 있는 건? 내가 그걸 직접 딴다면? 어쩌면 포기 나누기를 할 수 있지 않을까?

"저기, 제 종마가 나무 기르기 스킬을 갖고 있는데요. 과수원을 봐드릴까요?"

자, 어떻게 나올까? 처음 보는 내 말을 믿어줄지 어떨는지……. 그런데 점원이 선선히 대답했다.

"뭐? 진짜? 그렇게 해주면 고맙지!"

"아뇨, 아뇨, 곤란한 상황인 것 같아서."

"사례는 어떻게 해야 할지……."

"아, 그럼 수확한 과일을 조금 나눠 받을 수 있을까요?"

"그 정도로 충분하겠어?"

"예."

"그럼 딴 과일을 하루에 4개, 원하는 조합으로 챙기도록 해."

호오. 하루에 4개라.

보라 감은 돈을 주고 구입하려면 1개에 300G를 지불해야 한다. 그런 과일을 매일 4개씩 챙길 수 있다면 꽤 이득이다. 설령 포기 나누기를 할 수 없더라도 희귀한 과일을 입수할 수 있으니 나쁘지만은 않다.

"알겠습니다. 밭은 어디에 있습니까?"

"지금 알려줄 테니 잠시만 기다려줘."

점원이 맵에 밭 위치를 표시해 줬다. 이럴 수가. 카이엔 할아버지의 밭 바로 근처다. 그 인근은 밭이 밀집되어 있는 구역이니 꼭 말이 안 되는 일만은 아니지.

"밭에는 수확물을 넣어두는 아이템 박스가 있으니 수확한 과일은 그 안에 넣어둬."

"알겠습니다."

굳이 여기까지 납품하러 오지 않아도 된다니 편해서 좋다. 들고 가기에는 제법 거리가 멀다.

"그럼 슬슬 가볼게요."

"오. 내일부터 잘 부탁해!"

점원의 배웅을 받으며 청과상을 나갔다.

이벤트 기간 중에 음식은 거나하게 먹을 수 있을 듯하다. 종마들도 기뻐하겠지.

그 뒤에 다른 플레이어나 NPC와 인사를 나누며 마을을 돌아다녔다.

특히 다른 플레이어들의 분위기를 엿볼 수 있어서 다행이었다.

광장에 머물지 않고 곧장 마을 여기저기로 흩어진 플레이어들이라서 무언가에 굶주려 있는 무서운 사람들일 거라고 지레짐작했었다. 그러나 제법 친근하게 대해줘서 안도했다. 개중에는 나와 몬스터들에게 웃으며 손을 흔들어준 사람도 있었다.

마을에 상점은 다섯 군데밖에 없었다. 상품 종류도 시작의 도시와 거의 차이가 없었다. 처음 본 아이템은 청과상에서 팔던 보라 감 정도?

우리가 마지막에 들른 곳은 모험가 길드였다.

더 일찍 가는 편이 낫지 않았겠냐고? 그게 말이야, 평소에 잘 이용하질 않으니 발걸음이 떨어지질 않더라고.

"혼잡하네~."

혼잡하다고 해야 할까? 이미 폭동이 일어나기 직전이었다.

길드 건물이 엄청나게 작았다. 마을에 있는 민가보다는 크다. 몇 배쯤 크겠지. 그러나 그래봤자 이 마을에 걸맞는 사이즈. 내부에 30명쯤 들어가면 꽉 찰 것 같다. 그 건물 입구를 미처 들어가지 못한 50명쯤 되는 플레이어들이 에워싸고 있다.

플레이어의 숫자에 비해 규모가 턱없이 작다.

순서를 기다리려고 했지만 줄 따윈 없었다. 플레이어들이 서로를 밀쳐대며 노성을 질러대고 있다.

"아, 저 안으로 들어갈 용기는 없는데."

"무?"

"큐?"

"종마들이 짓밟히는 미래밖에 보이질 않아."

"쿠마~."

"—……."

해러스먼트 블록이 있어서 프렌드 사이가 아니라면 서로 접촉할 수가 없다. 악수조차도 못할 만큼 철저하다. 그 덕분에 저 안으로 들어가더라도 찌그러질 일은 없겠지만…….

저 혼잡한 광경을 가만히 지켜보니 세게 밀면 상대를 움직일 수는 있는 것 같다. 대미지는 없겠지만 밀리면 충격은 다소 받는 듯하다.

그나저나 저렇게나 분위기가 험악한데 앞으로 서로 협력할 수나 있을까? 퀘스트 건수가 한정되어 있다면 경쟁이 벌어질 테니 무조건 서로의 발목을 잡는 사태가 벌어질 것 같은데.

혹시 이것도 운영진이 쳐놓은 함정일까?

딱히 상위 랭크를 노리는 건 아니지만, 서로 으르렁대다가 서버 포인트만 깎아먹는 건 멍청한 짓 같은데 말이지.

그렇게 생각하고 있으니 오르트가 갑자기 인파 근처로 다가갔다. 뭘 하고 있는지 궁금해진 모양이다.

"무~?"

"오르트, 너무 가까이 가면 위험해!"

"무?"

황급히 오르트를 만류했지만 조금 늦었다.

"우오오오?"

"무무~!"

인파에서 밀려난 몸집이 큰 남성 플레이어와 부딪쳐 오르트가 날아가 버렸다. 3미터쯤 굴러간 오르트의 눈이 빙글빙글 돌고 있었다.

"괘, 괜찮아!?"

"무~무무~?"

HP는 줄지 않았다. 괜찮은 듯하다. 다행이다.

"그나저나 여긴 위험하네."

"—!"

"사쿠라도 그렇게 생각해? 그럼 어서 벗어나자."

그렇게 생각했는데…….

오르트를 날려버린 남성이 몇몇 여성 플레이어들에게 포위당했다.

"이봐! 왜 노움 짱한테 심한 짓을 한 거야!"

"맞아, 맞아!"

"노움 짱이 다치기라도 했다면 어쩔 셈이야!"

엄청 호되게 남성을 책망하고 있다. 그와 동시에 몇몇 플레이어들이 걱정하는 얼굴로 다가왔다. 거의 여성들이다.

"저기~, 노움 짱은 괜찮나요?"

"예? 아, 괜찮은데요."

"다행이야! 근데 백은 씨도 이 서버였네요."

"우와, 일주일이나 노움 짱과 함께할 수 있어!"

궁금해서 물어봤더니 저 사람들은 오르트의 팬인 것 같다. 졸랑졸랑 움직이는 오르트의 모습을 보면서 늘 위안을 얻고 있다나 뭐라나.

역시 우리 오르트의 귀여움은 만인이 알아주는구나. 그래도 이토록 인기를 끌 줄은 생각지도 못했다.

그리고 백은 씨라는 내 별명이 어째서 사라지지 않는지 이유를 알 수 있었다. 사람들 사이에서 '노움의 주인인 백은 씨'로 은밀히 알려져 있는 듯하다.

아니, 이제 아무래도 상관없긴 하지만. 바보 취급하는 사람도 줄었고. 오히려 유명 플레이어가 된 것 같은 기분을 맛볼 수 있어서 기쁠 정도다. 뭐, 어디까지나 기분을 맛보는 것뿐이라서 허무하긴 하지만…….

"우리 오르트를 걱정해 줘서 고마워. 잠시 어지럼증을 겪은 것

뿐이니 괜찮아. 오르트, 그치?"
"무~."
괜찮다는 걸 어필하고자 오르트가 손을 홱 들었다. 그러자 여성 플레이어들이 비명을 질렀다. 진짜 아이돌급 인기다.
"아, 저기~. 죄송했습니다……."
그때 오르트를 날렸던 남성 플레이어가 초췌해진 모습으로 다가왔다.
고개를 연신 꾸벅거리고 있다.
그 뒤에는 무시무시한 표정을 짓고 있는 여성 플레이어들이 늘어서 있었다.
남자가 애원하는 듯한 눈빛으로 나를 보고 있다.
우와~, 어쩐지 저 남자가 굉장히 불쌍하게 보인다. 일부러 한 것도 아니니 그렇게까지 화낼 필요는……. 그렇게 생각하니 남성을 옹호하는 말이 저절로 입 밖으로 나왔다.
"아~, 뭔가 피해를 입은 것도 아니니까 사과한 것만으로도 충분해."
"그, 그래? 고맙다, 고마워!"
남성이 우리를 보는 눈빛에 진심으로 감사하는 마음이 담겨 있음을 알 수 있었다. 반쯤 울먹이고 있기도 하고.
"무무!"
"이거 봐요. 오르트도 괜찮다고 하잖아."
오르트가 남성의 다리를 툭툭 두드리며 엄지를 척 세웠다. 그 모습을 본 여성들의 입에서는 또다시 비명이, 남성의 입에서는

안도의 한숨이 새어 나왔다.

오? 오르트가 또 뭔가 제스처를 취하고 있네.

"뭇뭇무~."

두 팔을 몸통에 붙였다가 앞으로나란히를 하듯이 앞으로 내밀었다. 그러고는 제자리에서 몸을 쭉 폈다.

"?"

"??"

다른 플레이어들은 오르트의 뜬금없이 제스처를 보고 어리둥절했다. 그러나 나는 무슨 말을 하고 싶은지 알지요.

"저기, 역시 서로 밀치는 건 여러모로 위험하니 줄을 똑바로 서는 편이 낫다고 오르트는 말하고 싶은 거지?"

"무~!"

역시 정답이었나. 오르트가 고개를 연신 끄덕였다.

그러자 갑자기 여성 플레이어에게 의욕이 생긴 듯하다. 팬이라는 말이 허울은 아니었나 보다.

다 함께 일치단결하여 다른 플레이어들에게 줄을 서라고 따끔하게 말하기 시작했다. 오르트를 날렸던 남성 플레이어도 함께였다.

개중에는 쓸데없는 짓을 하지 말라며 화를 내는 플레이어도 있었지만, 대부분의 플레이어들은 유도하는 대로 따르기 시작했다.

다들 이 혼잡한 상황을 어떻게든 해소하고 싶었겠지. 더욱이 귀신 같은 얼굴로 쏘아붙이는 여성들을 거역할 수 있는 남성은 그리 많지 않았다.

주위 플레이어들이 순순히 줄을 서기 시작하자 덩달아서 동참

하는 자들까지 생겼다. 일본인이란 참.

우리 몬스터들도 돕고 있다. 역시 귀여운 외모는 무기인 걸까? 쿠마마나 사쿠라가 유도하자 대부분의 플레이어들이 잘 따라줬다.

그로부터 5분도 채 지나지 않아 모험가 길드 앞에 깔끔한 줄이 만들어졌다.

"무무!"

오르트도 만족스러운가 보다.

"그럼 우린 이만 가자."

역시 지금 줄을 서는 건 시간이 너무 걸린다. 한가한 시간에 다시 오도록 하자.

"또 봐요. 백은 씨!"

"오르트 짱도 바이바이~!"

"사쿠라 땅, 귀여워!"

"릭 짱, 복슬복슬!"

어쩐지 다른 애들도 귀여워해 주는 목소리가 들린 것 같은데? 혹시 오르트 말고 다른 애들에게도 팬이 있는 건가? 기뻐해야 할지, 무서워해야 할지…….

"그나저나 저 텐트는 플레이어가 친 건가?"

걸어가면서 관찰해보니 사람들이 광장에 속속 텐트를 치고 있었다. 역시나 여관을 잡지 못한 사람들이 광장에 숙박할 작정으로 텐트를 구입해온 모양이다.

잠자리를 준비하기에는 시간이 조금 이른 감도 없지 않지만, 좋은 자리를 선점하려는 생각이겠지.

더욱이 얼핏 보니 광장에 쳐놓은 텐트 숫자가 그리 많은 것 같지 않았다. 모든 텐트마다 6인 파티가 묵는다면 모르겠지만, 솔로나 2, 3인 파티도 많겠지.

자칫 텐트마저도 확보하지 못한 플레이어가 생기지 않을까?

아니, 확실히 생기겠지.

우리는 할아버지와 만나서 정말로 운이 좋았네.

"까먹지 말고 과수원 위치도 확인해 둬야지."

내일을 위해 지도를 보면서 청과상 점원이 부탁한 과수원으로 향했다. 그곳은 카이엔 할아버지의 밭에서 10분도 걸리지 않았다.

"가깝네."

위치가 이러니 카이엔 할아버지가 알려줬던 연못도 이용할 수 있다. 물을 주는 건 문제가 없을 듯하다. 나와 릭은 잡초를 뽑는 담당, 오르트와 나머지 종마들은 물을 주는 담당을 맡게 될 듯하다.

과수원에는 하얀 배, 녹색 복숭아, 보라 감, 파란 도토리, 호두나무가 심겨 있다. 보아하니 보라 감뿐만 아니라 하얀 배도 아직 획득하지 못한 과일이다. 이거 꼭 갖고 싶은데.

"내일부터 잘 부탁할게~."

"무무!"

"—!"

그 뒤에 나는 마을을 더 돌아보기로 했다.

지도에서 빠진 부분을 모조리 채우고 싶었다. 시작의 도시에서도 지도를 채우던 도중에 다리 아래에 있는 문을 발견하기도 했으니까.

뭐, 헛걸음하더라도 상관없다. 종마들과 산책하는 것이 주목적이다.

"쿳쿠마~."

"킷큐~."

껑충껑충 뛰는 쿠마마의 머리 위에 릭이 로데오를 하듯 매달려 있다. 그런데 오히려 그게 재밌는 모양이다.

몸이 퐁퐁 튕기는데도 꼬리로 균형을 잡으며 매달려 있다.

"무~."

"―♪"

오르트와 사쿠라는 손을 잡고 있다. 마치 우애 깊은 오누이 같다.

몬스터들이 즐거워 보여서 무엇보다 다행이다.

그리하여 마을 북쪽 절반의 지도를 완벽하게 채웠을 즈음에 해가 지기 시작했다.

유백색이었던 태양이 대지에 가까워질수록 적갈색으로 변하기 시작했다. 마을이 서서히 오렌지색으로 물들어간다.

억지로 맵핑 작업을 할 이유도 없으니 슬슬 카이엔 할아버지네 집으로 돌아갈까.

"애들아, 돌아가자~."

"무!"

"쿠마~!"

"큐큐!"

"―♪"

쿠마마와 오르트가 술래잡기를 하면서 앞장을 섰다. 릭은 내

어깨 위. 사쿠라는 내 왼손에 매달려 있다.

"아~, 바람이 좋네~."

앞쪽에서 강한 바람이 불어왔지만, 불쾌할 정도는 아니다. 저녁이 되자 바람이 조금 거세진 듯하다.

머리카락을 가볍게 뒤로 흘려버릴 정도의 바람이었다. 두 팔을 벌려서 바람을 온몸으로 쐰다.

"기분 좋아라~."

내 말을 들은 릭과 사쿠라도 팔을 벌리고서 바람을 쐬는 듯한 동작을 취했다.

"큣큐~."

"——♪"

릭은 내 어깨 위에 우뚝 서서는 팔을 활짝 벌린 채 하얗고 복슬복슬한 배로 바람을 느끼고 있다. 눈을 가늘게 뜬 것으로 보아 상쾌한 듯하다. 바람에 흔들리는 수염이 참 러블리하다.

사쿠라도 나처럼 두 팔을 벌리고서 온몸으로 바람을 쐬고 있다. 바람이 말아 올린 사쿠라의 머리카락이 내 팔을 간질간질 간지럽혔다.

"크핫. 간지러워."

"—♪"

내가 살짝 몸을 꼬며 웃자 그 모습이 재밌었는지 사쿠라가 스스로 머리를 흔들기도 하고, 머리로 내 팔을 문지르기도 했다. 그래서 또 간지러웠다.

"아하하하하! 간지럽대도!"

"—♪"
"큐~!"
릭도 가세하여 꼬리로 내 얼굴을 살랑살랑 간지럽히기 시작했다.
복슬복슬하고 폭신폭신하다.
"와하하하하!"
"무~!"
"쿠마~!"
사쿠라와 릭이 간지럽혀서 내가 크게 웃고 있으니 그 광경을 보고서 재밌게 놀고 있는 것처럼 비쳤나 보다. 오르트와 쿠마마가 가세하여 내 다리에 매달렸다.
아니, 아니, 그렇게 갑자기 두 다리에 매달리면…….
"잠깐, 균형이……!"
"큐~!"
"—♪"
"쿳쿠마~!"
"무무~!"
우리는 한 덩어리로 땅바닥에 쓰러졌다. 릭과 쿠마마의 복슬복슬한 털이 얼굴을 눌러서 기분이 좋다.
몬스터들도 웃고 있다. 즐거운 듯했다.
다 함께 이렇게 놀아본 적이 없었지. 가끔은 이런 스킨십도 괜찮네.
그런데 평범한 길 위에서 할 만한 행동은 아니었다.

플레이어뿐만 아니라 NPC 주민들도 우리를 보며 웃고 있다.
아차~, 너무 눈에 띄잖아!
"나 참, 이만 돌아가자!"
나는 모두를 일으키고서 황급히 그곳에서 벗어났다. 오르트와 종마들이 웃으며 쫓아온다. 술래잡기라도 하는 줄 알았나 보다.
카이엔 할아버지네에 도착하자 해가 완전히 저물었다.
"다녀왔습니다."
"어서 와라. 저녁 다 됐다."
"감사합니다."
"고맙기는 무슨. 간단한 음식뿐인데."
말은 그렇게 했지만, 식탁 위에는 꽤 맛있어 보이는 요리들이 차려져 있었다.
토끼 고기가 들어간 스프, 하얀 토마토가 들어가 맛있을 것 같은 샐러드, 가지 구이 등등 소박하지만 식욕을 돋우는 요리들이다. 유일하게 본 적 없는 음식은 평평하게 생긴 납작빵이었다. 인도 음식인 난을 동그랗게 만든 것처럼 생겼다.
"맛있겠는데요?"
"그렇게 말해주니 기쁘구먼. 자, 그쪽에 앉거라."
"예."
식탁에 앉자 카이엔 할아버지가 보라색 음료수를 내주었다. 와인인 줄 알았더니 보라 감 주스인 듯하다.
그 주스를 보다가 몬스터들에게도 식사를 챙겨줘야 한다는 걸 떠올렸다. 오르트와 쿠마마에게는 주스, 릭에게는 넛 쿠키를 줘야겠네.

주스는 지금 가지고 있는 게 마지막이다. 오늘 입수한 과일을 이용하여 내일에라도 만들어야 한다. 뭐, 매일 과일을 얻을 수 있으니 이벤트 기간 중에는 부족할 일이 없겠지.

"무뭇무!"

"쿠마~!"

"키큣!"

사쿠라는 식사를 할 필요가 없다. 그러나 음식을 맛있게 먹는 동생들을 보며 즐거운 듯 미소를 짓고 있다.

자, 나도 먹도록 하자.

"잘 먹겠습니다~."

"그래, 어서 들도록 해."

나는 우선 납작빵을 들어봤다. 인도 음식인 난과 비슷할 줄 알았는데 막상 들어보니 생각보다 찰지다. 굳이 말하자면 포카치아와 비슷한 듯하다.

잘게 찢어서 입 안에 넣어봤다.

"가장자리는 바삭바삭, 안은 쫄깃쫄깃해서 맛있네요."

"그런가? 우린 매일 먹고 있어서 별 감흥이 없긴 하지만, 맛있다고 해주니 기쁘긴 하구먼."

"부럽습니다."

이거 어떻게 만드는 걸까? 이벤트가 종료된 뒤에도 먹고 싶은데. 물어보면 레시피를 알려주지 않으려나?

"이 빵은 할아버지가 만든 건가요?"

가게에서 구입했다고 한다면 그 위치를 알려 달라고 하자.

"그렇다만? 내가 손수 저 오븐으로 구웠지."

아싸! 할아버지가 직접 만든 것 같다.

"어, 어떻게 만드나요?"

"뭐야? 여행자 양반도 요리를 할 줄 아나?"

"뭐, 그냥 조금 익힌 수준이긴 하지만."

"오호. 그럼 레시피를 알려줄 테니 한번 저녁을 만들어 보지 않겠나? 식재료는 집에 있는 걸 마음껏 써도 좋으니."

"그래도 됩니까?"

레시피를 알려줄 뿐만 아니라 이곳의 식재료로 요리 레벨링까지? 개인적으로는 바라지도 않았던 횡재다!

"난 그다지 요리를 잘하질 않아. 해준다면야 고마울 따름이지."

"아뇨, 저야말로 부탁드립니다!"

즐거운 식사를 마치고, 나는 몬스터들과 함께 침실로 돌아갔다.

"자, 그만 잘까? 난 여기서 잘게. 다들 어느 침대에서 잘래? 마음대로 골라도 좋아."

평소에 몬스터들은 잠을 잘 필요가 없지만, 이벤트 기간 중에는 아닌 모양이다. 주인이 취침하는 중에는 함께 잠을 자도록 되어 있는 듯하다.

이벤트 개요가 적힌 메일에 이토록 명확하게 수면이라고 명기되어 있다. 그러니 되도록 침대에서 재우는 편이 좋겠지.

잠자리를 배정해 보자면 쿠마마, 사쿠라, 오르트가 침대를 쓰고, 릭은 방 구석에 있는 바구니에 모포라도 깔아주면 되지 않을까 싶은데.

"무~!"

"쿠마~!"

"큐~!"

오르트와 종마들이 내가 앉아 있는 침대로 일제히 뛰어들었다. 사쿠라도 어느새 내 옆에 자리하고 있었다.

릭은 베갯맡에 재운다고 치더라도 다른 세 종마들까지도 한 침대에서 자면 불편하지 않을까?

나는 시스템이 알아서 수면 상태로 만들어 주니 아마 관계는 없겠지만…….

"무~."

"—♪"

나와 한 침대에 누울 수 있어서 좋아하는 듯하다.

뭐, 마음대로 하라지.

결국 오른쪽에는 쿠마마, 왼쪽에는 사쿠라, 베갯맡에는 릭, 내 배 위에는 오르트가 자리했다. 본인들이 답답하지 않다면야 상관없긴 하지만.

"그럼 난 잔다? 잘 자."

"키큐~."

"쿠마~."

모두의 머리를 한 번씩 쓰다듬고서 나는 침대에 누웠다. 그리고 수면 시간을 정하는 창에 6시간이라고 입력한 뒤 결정했다.

"오오, 진짜로 졸음이……."

눈꺼풀이 무거워지는 감각이 엄습해온다. 이렇게까지 재현할 줄이야 무서운 LJO.

"—으음?"

그리고 정신을 차려보니 벌써 아침이었다. 작은 새들이 짹짹 지저귀는 소리가 들린다. 아침 자명종 같다.

아니, 그나저나 이 시스템 참 좋네.

기분이 엄청나게 상쾌하다. 어쩐지 푹 잔 듯한 느낌이 들어 굉장하다.

"무~?"

"쿠마~?"

내가 움직여서 종마들이 깨어난 듯하다. 사쿠라와 릭도 일어났다.

"큐큐~?"

"—♪"

아직 졸린 듯한 오르트와 쿠마마를 신경 쓰지 않고 사쿠라가 먼저 일어나서 창가로 다가가 커튼을 확 걷었다. 그러고는 두 팔을 벌려서 아침 햇살을 온몸으로 쐬었다.

그러고 보니 사쿠라는 나무 정령이라서 광합성 스킬도 갖고 있지. 일광욕을 좋아하는지도 모른다.

나는 아직 잠기운에 취해 있는 몬스터들을 내버려 두고 1층으로 내려갔다.

자는 동안에도 만복도는 줄어드는 모양인지 20퍼센트까지 줄

어든 상태였다.

사실 할아버지에게 아침을 차려주는 건지 물어보지 않았다. 만약에 차려주지 않는다면 부엌을 빌리려고 생각했다.

"좋은 아침이구나. 잘 잤나?"

"예. 저도, 몬스터들도 푹 잤습니다."

"그거 다행이구먼. 아침밥을 차릴 테니 잠시만 기다려 주겠나?"

오오, 내 거까지 차려준다고 한다.

"뭐, 어제 먹던 스프와 빵이긴 하다만."

"그럼 제가 만들어도 될까요?"

"오오, 그래 주겠나? 그럼 빵 레시피부터 알려주지."

이런 연유로 할아버지가 빵 레시피를 알려주기로 했다. 그런데 단순히 레시피만 받는 게 아니라 함께 빵을 만들면서 익히는 방식인 듯하다.

"우선 이거."

"식용초 분말인가요?"

명칭 : 식용초 · 분말

레어도 : 1

품질 : ★6

효과 : 식재료

할아버지의 말을 들어보니 건조시킨 식용초를 절구에 넣고 빻은 것이라고 한다. 뭐, 노력하면 나도 만들 수 있으려나? 다만 품

질이 ★5 이하면 식용초의 떫은 맛이 남는다고 하니 주의해야 한단다.

"이걸 물로 녹인 뒤 소금을 넣는 거지."

"흐음."

"이렇게 반죽해서……."

할아버지가 평범하게 반죽을 치대고 있다. 약간 갈색인 점만 빼고는 완전히 빵 반죽이다.

"다 치댔으면 그대로 보울에 넣고서 30분쯤 재우도록."

"이스트는 필요 없나요?"

"그게 뭔가?"

아무래도 이 게임에는 이스트 균이 존재하지 않는 듯하다. 어딘가에 있을 수도 있지만 이 마을에는 알려져 있지 않은지도.

"이 상태로 15분쯤 지나면 반죽이 보기 좋게 부풀기 시작하는데, 그걸 납작하게 펴서 오븐으로 구워내면 완성이네."

이스트 균이 없는데도 별문제 없이 반죽이 부풀어 오르는 모양이다. 역시 게임.

우리는 반죽이 부풀어 오르기를 기다리는 동안에 샐러드를 준비하기로 했다.

하얀 토마토, 시금치, 그리고 양배추와 똑 닮은 양배채를 넣은 샐러드다. 소금과 후추로만 간을 했지만 야채가 맛있으니 문제없겠지.

샐러드가 완성될 즈음에 빵 반죽이 2배쯤 부풀어 올랐다. 이거 굉장하네. 식용초의 효과인가? 아니면 게임 내에서는 이스트 균이 전혀 필요가 없는 건가?

내가 보는 앞에서 할아버지가 반죽을 4등분한 뒤 넓게 펴서 오븐 안에 넣었다.

저 오븐은 마력으로 불을 붙이는 타입인지 마력을 불어넣고서 온도를 설정하면 끝이다.

"스프는 어제 먹던 게 남아 있긴 한데, 음식을 한 가지 더 만들어줄 수 있겠나?"

"그래야겠죠……. 해볼게요."

"보다시피 식재료는 잔뜩 있네. 마음껏 만들어 보는 게 어떤가? 망치더라도 상관없으니."

"괜찮을까요?"

"물론이고말고. 어차피 평소에는 허접한 음식만 해 먹는걸. 유토 군이 만드는 음식이 기대가 되는구먼."

기쁘기 그지없는 요청이었다. 실은 여러 식재료를 본 덕분에 몇몇 레시피가 해방된 상태였다.

일단 나는 고기와 야채 2종류가 필요한 '????'를 만들어 보기로 했다.

아마도 고기 야채 볶음인 것 같은데…….

시스템의 지시에 따라 작게 토막 낸 토끼 고기와 잘게 썬 군청가지와 시금치를 프라이팬에 넣고서 볶는다. 그리고 마지막에 소금을 뿌리면 완성이다.

"역시 고기 야채 볶음이었네."

"오호. 맛있어 보이는구먼."

아침밥치고는 조금 거나하긴 하지만 게임이니 신경 쓸 필요는 없다. 아니, 납작빵, 스프, 샐러드에다가 고기 야채 볶음까지. 어제 저녁밥보다 호화롭긴 하네.

"으음, 맛있구먼."

"그러네요."

소재가 좋은 덕분에 맛이 대단히 좋다.

우리는 쩝쩝거리며 아침밥으로 뱃속을 채웠다.

아니, 주로 나만.

카이엔 할아버지가 식사를 하면서 마을에 관해 여러모로 알려주었다.

이 마을의 주요 산업은 농업과 임업, 목제 세공품이라고 한다. 또한 마을 주변에는 나름 강한 몬스터가 출현하는데, 우리의 전력으로는 조금 버거울지도 모르겠다.

가장 약한 몬스터는 래빗. 그다음에는 리틀 베어 등이 출현한다고 하니 적어도 제2에어리어와 비슷한 수준의 적이 출현하겠지.

"오늘은 뭘 할 예정인가?"

"밭일을 끝낸 뒤에 모험가 길드에 가보려고요."

"그런가? 애쓰게."

"예."

아침을 먹은 뒤 나는 오르트와 종마들을 데리고서 밭으로 나갔다.

우선 카이엔 할아버지의 밭부터지.

"다들 힘내자~."

"무무~!"

"—♪"

"큐~!"

"쿠마~!"

오르트와 사쿠라, 쿠마마는 물을 길러오고, 나와 릭은 잡초를 뽑기로 했다. 뭐, 릭은 커다란 잡초와 고전을 벌이고 있는 걸 보니 그다지 큰 도움은 되진 못하겠지만.

1미터 남짓한 잡초를 뽑기 위해서 힘껏 여러 번 잡아당겼지만 뽑힐 기미가 전혀 없다. 뿌리가 단단히 박혀 있는지도.

잡초를 뽑으려고 애쓰는 릭의 모습이 마치 '커다란 무'라는 동화 속 한 장면처럼 보였다. '영차영차' 하고 기를 쓰는 목소리가 들릴 것만 같다.

힘내라! 조금만 더!

"킷큐~!"

뭐, 악전고투하는 모습이 귀여우니 방치해야겠다.

"야채는 아직 수확할 수 없나?"

밭에 심긴 야채를 감정해 보니 하얀 토마토, 군청 가지, 시금치, 파란 당근, 주황 호박, 양배채가 있었다. 모두 수확은 불가능한 상태였다.

오르트의 능력이 있으니 수확이 가능할 줄 알았는데…….

어제 카이엔 할아버지가 밭 일부에 이미 물을 뿌렸기 때문에 오르트의 재배촉진ex가 기능하지 않은 건가? 혹은 내가 밭의 소유자가 아니어서 오르트의 스킬이 적용되지 않았는지도 모른다.

내일이면 밝혀지겠지. 내일 수확할 수 있는 작물이 생긴다면 오르트의 스킬 덕분일 테니까.

"자, 다음은 과수원으로 가자~."

"무!"

청과상의 과수원에 도착하니 수확할 수 있는 과일이 눈에 들어왔다. 이쪽 과수원에는 종마들의 나무 기르기 스킬이 문제없이 기능한 모양이네.

그렇다면 내일 할아버지의 밭을 기대해도 될 것 같다.

다 함께 과일을 땄다.

릭을 비롯한 종마들이 도토리를 먹지 않을까 걱정했는데 착실히 수확하고 있네.

보수는 오늘 딴 수확물 중 4개인데…….

일단 보라 감, 녹색 복숭아를 1개씩, 그리고 하얀 배 2개를 챙겼다. 오르트와 쿠마마에게 무얼 좋아하는지 물어보니 오르트는 하얀 배, 쿠마마는 녹색 복숭아가 좋다고 했다.

자, 주스용 과일은 확보했다.

이제는 이 과일들을 포기 나누기할 수 있는지가 관건인데…….

"오르트, 이 과일 포기 나누기할 수 있겠어?"

"무~."

"안 돼?"

"무!"

안 되는 모양이다. NPC의 밭에서 수확한 시점에 포기 나누기가 가능한 대상에서 제외되는 거겠지. 정말로 아쉽다.

뭐, 이 마을에 머무는 동안에 하얀 배를 최대한 확보하기로 할까. 오르트가 좋아한다고 하니.

"이제는 수확물을 아이템 박스에 넣으면……. 일단 오늘 할 일을 일단락 지었구나."

밭일을 마친 우리는 다시 모험가 길드로 향했다. 이 마을의 길드에는 아직 발조차 들이지 못했다. 어떤 퀘스트가 있는지, 또 포인트를 얼마나 얻을 수 있는지 알아두고 싶다.

만약에 비어 있다면 퀘스트를 받아도 좋고.

"좋아, 오늘은 그렇게까지 혼잡하지는 않네."

길드 밖에 줄을 서 있는 사람도 없었고, 안을 들여다보니 플레이어가 10명 남짓밖에 없었다.

"너희들은 여기서 기다려줘."

"무!"

"쿠마!"

"—♪"

오르트와 종마들이 척, 하고 경례를 했다. 그런데 릭이 내 어깨 위에 폴짝 올라탔다.

"뭐, 릭은 데리고 가더라도 남한테 폐를 끼치지 않을 테니 상관없으려나."

"큐!"

"대신 얌전하게 있어야 해."

처음으로 발을 들인 길드는 대단히 간소했다.

목제 카운터가 있고, 모험가를 줄 세우기 위한 표식 같은 게 일

단은 바닥에 그려져 있다. 좋게 말하자면 미국 촌 동네에 있는 패스트푸드점 같다고 해야 할까? 나쁘게 말하자면 그냥 초라한 곳이다.

그러나 작긴 해도 퀘스트 보드가 설치되어 있다. 그걸 보니 이곳이 모험가 길드임을 알 수 있었다.

"퀘스트는 평범한 모험가 길드스럽네."

채취나 토벌 의뢰가 많은데 내가 수행할 수 없는 것들이 많았다. 래빗 토벌 같은 의뢰라면 가능할지도?

상설 퀘스트도 있는데 허니 비 토벌이었다.

"아직 싸워본 적이 없는데……."

일단 동쪽 숲 너머 제2에어리어에 있는 날개짓 소리의 숲에 출현하는 몬스터이니 소수라면 싸울 수 있을 것 같긴 하지만.

그리고 노동 퀘스트가 몇 개 있다. 지붕 수리나 낚싯대 제작 등 시시한 것이 많다.

내가 할 수 있는 퀘스트 중에는 밭 돌보기 작업이 있었다. 파종을 끝마친 밭에 물을 뿌려주는 등 여러모로 돌봐달라는 내용이었다. 그 중에서 보수가 가장 짭짤한 퀘스트를 확인했다.

"장소가 중요한데. 카이엔 할아버지의 밭 근처라면 밭일을 도와주는 김에 수행할 수 있을 텐데."

그렇게 생각하며 장소 등 정보를 확인하니 이럴 수가, 카이엔 할아버지의 밭 옆이었다. 더욱이 제법 넓다. 넓이가 10면쯤 된다.

으~음. 이거 시간이 꽤 걸릴 것 같다. 2시간쯤 소요되겠지. 할아버지의 밭과 청과상의 과수원까지 포함한다면 4시간…….

모처럼 이벤트에 참가했건만 하는 일은 평상시와 별반 다를 게 없다니.

그래도 포인트를 벌려면 이런 퀘스트를 수행하는 방법밖에 없을 것 같으니 수락하도록 할까.

뭐, 수확을 1번만 하면 퀘스트를 달성할 수 있으니 오르트가 있다면 다른 플레이어보다 더 빨리 달성할 수 있겠지.

더욱이 사실 노동 퀘스트는 그리 나쁘지 않은 선택지다. 노동 퀘스트는 보수가 짠 대신에 이벤트 포인트를 많이 벌 수 있는 것 같다.

참고로 퀘스트 보수나 경험치는 일반 퀘스트와 차이가 없다고 한다. 다만 길드 포인트를 얻지 못하는 대신에 이벤트 포인트를 얻을 수 있는 것 같다.

"그럼 이 퀘스트를 받도록 할게요."

"예. 그럼 퀘스트 장소를 마킹해 두겠습니다."

지도에 찍힌 표식을 보니 밭이 아니라 어느 집에 퀘스트 마크가 찍혀 있다. 의뢰주의 집이겠지.

우리는 곧바로 그 집으로 향했다.

그곳으로 걸어가는 동안에 묘한 기시감이 느껴졌다. 뭐지? 그리고 이윽고 의뢰주의 집 앞에 이르고 나서야 비로소 기시감의 정체를 이해할 수 있었다. 한 번 온 적이 있는 장소였다.

"안녕하세요~."

"어서 오슈."

의뢰주의 집은 그 까다롭게 생긴 할머니가 운영하는 잡화점이

었다.
안으로 들어가니 여전히 할머니가 언짢아하며 맞이해줬다.
"아, 저기~……."
"어? 뭐냐?"
"모험가 길드에서 밭 돌보기 퀘스트를 받았는데요."
나는 할머니의 태도에 기가 눌린 채 퀘스트를 받아 이곳으로 왔다고 설명했다.
"흐~음……."
왠지 가늠하는 듯한 시선이다!
나는 불편한 마음을 꾹 누르며 할머니의 시선을 견뎌냈다.
가볍게 웃어도 봤지만 할머니의 표정은 꿈쩍도 하지 않는다. 그래도 그럭저럭 할머니의 눈에 찬 모양이다.
"뭐, 일만 확실히 해준다면야 상관없지. 위치를 알려줄 테니 잘 돌봐다오."
"예, 맡겨주세요."
"무!"
"—♪"
"흐음, 종마냐? 오호, 오호라."
어라? 혹시 종마 애호가? 오른손을 올리며 인사를 하는 오르트와 종마들을 할머니가 살짝 흐뭇해하는 눈으로 보고 있다. 순간 손주를 바라보는 듯한 상냥한 분위기가 느껴진 것 같다.
나의 따뜻한 시선을 감지했는지 할머니가 불쾌한 얼굴로 나를 노려봤다. 방금 전 그 부드러운 분위기 따윈 눈곱만큼도 느껴지지 않는다.

"……뭐냐?"

"아, 아뇨, 아무것도 아닙니다."

"흥. 어서 가거라."

"예!"

아~, 무서워라. 게임 속인데도 식은땀이 다 나네.

"의뢰받은 밭은 할아버지의 밭 옆이니 후다닥 가자."

"무!"

그리하여 우리는 할머니의 밭으로 가서 다 함께 물을 뿌리고 잡초를 뽑았다.

노동을 하면서 2시간쯤 땀을 흘리니 벌써 오후가 되었다.

"자, 밭일도 일단락되었고."

아직 정오가 지난 지 얼마 되지 않았고, 저녁 식사 때까지는 시간이 있다. 이제 어쩌지?

"마을 밖으로 잠깐 나가볼까……."

"무무?"

조금 불안하기는 하지만 승산이 없는 건 아니다.

"마을 인근이니 그렇게까지 위험하지는 않을 거야."

역시 마을 밖으로는 한 발자국도 나가지 못할 만큼 난도가 흉악하게 설정되어 있지는 않겠지.

애당초 무술에 자신이 있는 많은 플레이어들이 무술대회에 참가한 실정이다.

이쪽 이벤트는 생산직이나 느긋한 플레이를 즐기는 플레이어

들이 다수 참가했을 터. 그런 플레이어들이 마을 밖에서 즉사할 만한 수준의 몬스터와 부딪치도록 조치하지는 않았겠지.

그게 내 예상이다.

뭐, 나는 그런 느긋한 플레이를 즐기는 무리 중에서도 특히나 빈약하니 조심해야만 한다는 점은 변함없긴 하지만.

"잠깐만 나가보자. 사쿠라, 쿠마마, 날 지켜줄래?"

"—♪"

"쿳쿠마!"

나는 마을 입구로 향했다. 마을을 에워싸고 있는 목벽에 유일하게 존재하는 문이다.

다만 문이라고는 했지만 파수꾼이나 문지기가 따로 있는 것도 아니고, 드나들 때 제한이 있는 것도 아니다. 누가 뭐라 할 사람이 없으니 별 제약 없이 지나갈 수가 있었다.

"마을 주변에는 숲이 있네."

나무들로 빼곡해서 안쪽을 들여다볼 수는 없지만 숲이 꽤 깊어 보인다.

더 먼 곳으로 시선을 돌리니 산이 사방을 에워싸고 있다. 아무래도 이 마을은 분지 같은 지형에 자리하고 있다는 설정인 듯하다.

나는 숲으로 다가가 관찰해봤다.

"숲에 있는 수목들은 제1에어리어와 다를 게 없네."

"큐!"

"일단 적을 찾아보자."

숲 속으로 들어가 봤지만 역시나 제1에어리어와 다를 게 없다.

다만 채취 포인트는 적은 듯하다. 10분쯤 걸었지만 약초 등을 거의 채취하지 못했다. 전혀 없는 건 아니지만 제1에어리어와 비교해 5분의 1 이하였다.

릭도 채집을 하러 거의 나가지 않았다.

"몬스터도 안 나오네."

이렇게나 숫자가 적으니 얻을 수 있는 소재도 적을 듯하다. 이벤트 기간 중에 제작할 수 있는 아이템이 꽤 제한될지도 모르겠다.

5분을 더 돌아다녔다. 드디어 래빗 2마리가 나타났다.

코를 킁킁거리는 모습이 무지무지 귀여웠지만 나는 결코 방심하지 않는다.

다람쥐나 쥐에게도 호되게 당한 전적이 있으니까.

"얘들아, 가자!"

"무!"

"큐~!"

"쿠맛!"

"—♪"

오오, 다들 의욕이 넘친다.

"이 전투를 통해 이벤트 기간 중 마을에 줄곧 틀어박혀 있을지 말지를 정할 거야. 중요한 전투라는 걸 알아둬."

그렇게 생각했건만…….

상대가 너무 약하네. 래빗의 레벨도 낮은 듯하다. 모두 내 아쿠아 볼과 쿠마마의 손톱 공격에 순살당했다.

우리도 제1에어리어의 필드 보스를 이길 정도로 강해졌으니 역

시나 이만한 적에게 고전할 리는 없겠지.

그런데 게임을 처음 시작했을 때 온갖 고초를 겪은지라 스스로가 피라미 같다는 느낌을 떨쳐내기가 어렵네.

"이 부근에서 몇 번 더 싸워보자."

"무무!"

마을에서 너무 멀어지지 않도록 주의하면서 필드를 걸어다녔다. 마을 주변에는 래빗만 출현하는 모양이다. 더욱이 3마리 이상은 출현하지 않는다. 역시 생산직 이벤트답게 난도가 그렇게까지 높지는 않은 듯하다.

"싸우는 맛이 전혀 안 나네."

"쿠마~."

"큐~."

굳이 말하자면 호전적인 릭과 쿠마마가 어딘지 아쉬운 눈치였다. 보상도 좋질 않으니 조금만 더 안쪽으로 들어가서 강적을 찾아볼까……. 그런데 느닷없이 강적이 나타나면 무서운데…….

"좋아! 다수결로 결정하자! 이대로 마을 주변에서 래빗 사냥을 계속하는 게 좋겠다고 생각하는 사람!"

"―♪"

손을 든 종마는 사쿠라뿐인가.

"그럼 마을에서 조금 더 벗어나 강적과 싸우는 게 좋겠다고 생각하는 사람!"

"무!"

"쿠마!"

"큐!"

오르트와 쿠마마, 릭은 더 강한 녀석과 싸우고 싶은가 보다.

솔직히 무섭긴 하지만 다수결로 정해졌으니 별수 없지. 이제와 그만두자고 한다면 종마들이 화를 내겠지.

"그럼 조금 더 안으로 들어가 볼까."

위험해질 것 같으면 달아나면 된다. 그리하여 우리는 마을에서 조금 더 벗어나 보기로 했다.

마을 주변에는 삼나무가 많았다. 그런데 더 멀리 나아가자 삼나무가 줄어들고 다양한 잡목들이 모습을 드러냈다.

원생림에 가까운지도 모르겠다. 식생이 이토록 다르다면 서식하는 몬스터들도 달라지겠지.

"오, 약초다."

"큐~!"

릭도 바로 파란 도토리를 채집해 왔다. 이 근방에는 채집 포인트가 나름 있는 듯했다.

역시 마을 주변은 초심자용 필드였나 보다.

그리고 고대하던 적대 몬스터와 조우했다.

"래빗 2마리에다가 리틀 베어 1마리. 그리고 쁘띠 데빌 1마리?"

백토끼처럼 생긴 래빗과 아기 곰처럼 생긴 리틀 베어는 본 적이 있다. 그러나 쁘띠 데빌은 처음 보는 적이었다.

악마 계열인 듯하다. 지금껏 조사했던 제2에어리어에 등장하는 적의 종류에도 포함되어 있지 않았다.

이벤트 전용 적? 아니면 제3에어리어에서 등장하는 적인가?

히죽거리는 얼굴이 그려진 검은 농구공에 박쥐 날개가 돋아 있는 형상이라서 징그럽다.

"오르트는 리틀 베어를 막아줘. 나머지는 쁘띠 데빌을 집중 공격해."

어떤 게임에서든 악마 계열 몬스터는 상태이상이나 디버프를 걸어서 플레이어를 약체화시키기 마련이다.

나는 단순히 능력치가 강하기만 한 적보다는 이런 약은 수법을 쓰는 적을 더 싫어한다. 왜냐면 귀찮잖아? 그러니 이상한 짓을 벌이기 전에 속공으로 격파한다.

"아쿠아 볼!"

좋아, 직격이야! 뒤이어 사쿠라의 채찍과 릭의 몸통박치기가 들어갔다. 마지막으로 쿠마마가 발톱 공격으로 움츠러 들어 옴짝달싹도 못하는 쁘띠 데빌을 끝장냈다.

곰 인형처럼 생긴 쿠마마의 손에서 발톱이 쌱, 하고 돋아나는 광경은 마치 호러 영화를 보는 듯하지만 전투 중에는 든든하다.

그 뒤에 우리는 리틀 베어, 래빗 2마리를 차례대로 격파했다. 다소 대미지를 입었지만 싸울 수 있다. 이 부근에서도 충분히 활동할 수 있을 듯하다.

"쁘띠 데빌의 HP는 리틀 베어보다 적은 것 같네."

쁘띠 데빌은 처음 보는 적이었지만 HP는 별 대단치 않았다.

그러나 아쿠아 볼이 쁘띠 데빌에게 입힌 대미지가 낮았다는 점이 마음에 걸린다. 릭이나 쿠마마의 물리 공격보다도 내 아쿠아 볼이 입힌 대미지가 확연히 낮았다. 아마도 마법 방어력이 높은

적인 것 같다.

"쁘띠 데빌은 물리 공격으로 쓰러뜨리는 편이 나은 것 같아. 얘들아, 부탁할게."

"큐!"

"쿠마!"

"―!"

오르트를 제외한 세 종마가 동시에 엄지를 척 세웠다.

릭은 자그마한 손을 바르르 떨고 있고, 쿠마마는 엄지 대신에 발톱을 세웠는데 그 모습이 와일드하다. 사쿠라는 두 종마를 보고 흉내 낸 것 같은데, 얌전한 그녀가 평소답지 않게 그런 포즈를 취하고 있으니 갭이 느껴져 귀여웠다.

"몇 번 더 싸우고서 마을로 돌아가자. 쁘띠 데빌이 어떤 아이템을 떨어뜨리는지 정보가 더 필요해."

리틀 베어는 모피, 래빗은 고기를 떨어뜨렸다. 그런데 쁘띠 데빌은 아무것도 떨어뜨리지 않았다.

LJO는 기본적으로 적을 쓰러뜨리면 드랍물을 획득할 수 있다. 필드에 출현하는 MOB일지라도 드랍물을 전혀 떨어뜨리지 않는 건 아니다. 운이 좋다면 여러 아이템을 떨어뜨리며, 레어 아이템을 입수할 수도 있다.

대부분 보스는 다양한 아이템을 떨어뜨린다.

그런 세계에서 쁘띠 데빌 같은 몬스터가 아무 아이템도 떨어뜨리지 않은 건 상당히 희한한 일이었다.

"으~음, 쁘띠 데빌은 이벤트 몬스터인걸까."

그렇다면 아이템을 떨어뜨리지 않는 이유가 납득이 된다. 어쩌면 포인트 등이 가산되는지도 모른다.

정확한 정보를 얻기 위해서라도 쁘띠 데빌을 더 사냥해 놓고 싶었다.

그 뒤로 쁘띠 데빌을 4마리쯤 더 쓰러뜨렸지만 결국 아무 아이템도 얻지 못했다.

"역시 이벤트 몬스터인가? 하지만 짜증 나는 적이야."

쁘띠 데빌 2마리가 동시에 출현했을 때 우리는 처음으로 공격을 받았다. 그 몬스터는 물리 공격력을 떨어뜨리는 범위 공격을 발사했다.

파티 전체의 공격력을 낮추는 광범위 공격은 아니었지만, 방금 치른 전투에서는 릭과 쿠마마가 동시에 그 공격을 맞아서 상당히 고전했다. 디버브 효과는 쁘띠 데빌을 쓰러뜨린 뒤에도 지속되므로 해당 전투와 뒤이은 전투가 길어진다.

전투가 오래 이어지면 필연적으로 대미지를 입을 확률이 올라가며 MP도 더 소모된다.

"좀 피곤하네. 마을로 돌아가자."

"무~……."

제2서버에 속한 어느 플레이어들

"기왕이면 토벌 퀘스트를 해야 하지 않겠어? 포인트도 벌 수 있고 말이야."

"그렇지~. 래빗 같은 피라미는 놔두고 오크 정도는 토벌해 줘야지."

"저기, 여행자님?"

"앙? 접수 NPC가 말을 걸다니 특이하네. 뭐냐?"

"이 퀘스트랑 이 퀘스트를 수행해 주시면 도움이 될 텐데요."

"하아? 잡초 뽑기? 농담하냐? 이런 시시한 퀘스트 따위를 어떻게 하냐고."

"지겹고, 또 포인트도 낮고."

"래빗 토벌? 안 해, 안 한다고!"

"더 그럴듯한 퀘스트를 가지고 오라고. 뭘 모르는구만."

"하, 하지만 여행자들은 우리 마을을 돕기 위해서 온 거 아닌가요? 이 퀘스트도, 이 퀘스트도 마을을 위해서 필요한데……."

"이 멍청아. 우리가 여기에 왜 왔을 것 같냐? 당연히 이벤트 때문이지. 상위권에 들어가려면 포인트를 벌어야 하는데 포인트가 낮은 그런 퀘스트를 누가 하겠냐!"

"맞아, 맞아. 이제 시끄러우니 그만 입을 다물어 줄래?"

"아, 알겠습니다……."

"좋아, 그럼 이 오크 토벌 퀘스트나 가자!"

"아까 다른 녀석들이 마을에서 나가는 모습을 봤어. 우리도 서두르자고."

"오!"

"……이제 됐어요."

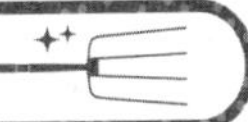

"다녀왔습니다~."

카이엔 할아버지네 집으로 돌아왔는데 대답이 없다.

불이 켜져 있길래 이미 돌아온 줄 알았는데.

아무래도 등불은 시간이 되면 자동으로 켜지는 모양이다.

"그럼 할아버지가 돌아오기 전에 저녁 준비나 해버릴까?"

집에 있는 식재료나 조미료를 마음껏 써도 좋다고 했으니까.

여러모로 시도해 보고 싶은 것도 있어서 시간이 나름 걸릴 것 같다.

우선 실패할 우려가 없는 스프부터 만들자.

"조미료는…… 있다, 있어. 종류가 상당히 많잖아?"

LJO에서는 요리를 할 때 조미료를 전혀 넣지 않더라도 소금 간이 약간 된 상태로 완성된다. 다만 어디까지나 맛이 별로라고 느껴지지 않을 정도로만.

그러나 조미료를 쓴다면 더 맛있는 요리를 만들 수 있을 것이다.

시작의 도시에서는 소금, 후추밖에 보지 못했지만, 카이엔 할아버지네 집에는 그 밖에도 여러 조미료가 비치되어 있다. 이것들을 꼭 써보고 싶었다.

감정하면서 조미료를 확인해 나갔다.

"소금, 후추, 간장, 된장, 올리브 오일?"

나는 일단 간장과 된장을 꺼내봤다.

"겉모습은 영락없는 간장이랑 된장이긴 한데……."

손으로 살짝 떠서 맛을 보니 그야말로 간장과 된장이었다. 그런데 맛과 냄새는 그렇게까지 좋은 것 같지는 않은데? 실제 세계에서 먹어본 것보다는 품질이 꽤 떨어진다.

"그래도 간장이랑 된장이 있으니 이걸로 스프는 만들 수 있어."

스프라기보다는 된장국이겠지. 사실 육수도 내고 싶었지만, 육수를 낼 만한 식재료가 아무것도 없었다. 가정식 전문가가 야채 등으로 육수를 우려내기도 하지만, 나는 흉내도 내지 못할 고도의 기술이다. 해산물이라도 있다면 좋았을 텐데…….

"내일 마을에서 파는지 둘러보자."

뭐, 오늘은 평범한 된장국으로 만족해야 할 듯하다.

"그런데 된장국에다가 빵이라……."

사실 쌀밥을 먹고 싶긴 하지만, 아직 발견되지 않았으니 어쩔 수 없다. 굳이 없어도 상관없긴 하지만, 연습도 할 겸 되도록 많은 것을 시도해보고 싶다.

에구, 빵 준비도 해둬야지.

스프를 만들기 전에 반죽을 해두자.

"무~?"

"—?"

"뭐야? 뭘 하는지 궁금해?"

"무무!"

릭과 쿠마마는 구석에서 자고 있다. 그런데 오르트와 사쿠라는 내가 무얼 하는지 궁금한가 보다. 빵 반죽을 보울에 넣고서 치대고 있으니 좌우에서 들여다보고 있다.

"무무!"

오르트가 내뿜은 콧김 때문에 건조 식용초 가루가 사쿠라의 얼굴에 뿌려졌다.

"—!"

가루가 눈에 들어갔는지 사쿠라가 눈을 비비며 신음했다.

그 뒤에 사쿠라가 조금 화난 얼굴로 째려보자 오르트가 겸연쩍어하며 움츠러들었다.

"—!"

"무~……."

"풋."

"무무!"

"크크크크."

"무무~!"

그 모습을 보며 무심코 웃음을 터뜨리자 오르트가 뿔이 난 모양이다. 뾰로통한 얼굴로 내 다리를 툭툭 때리고 있다. 그러나 귀엽게 분풀이하는 모습을 보니 더욱 우스워졌다.

"와하하하하."

"무~!"

오르트와 술래잡기를 하고 있으니 순식간에 시간이 지나가 버렸다. 아차차, 할아버지가 돌아오겠네.

나는 종마들에게 조금 떨어진 곳에서 견학하라고 지시해 두고는 다시 요리에 몰두했다.

빵 반죽이 발효되기를 기다리는 동안에 스프를 만들도록 하자.

"재료로는 토끼 고기랑, 파란 당근을 써야겠네. 잠깐, 군청 가지도 넣어볼까?"

스프는 물에다가 두 종류의 식재료를 넣으면 된다. 그런데 어제 할아버지가 만든 스프에는 식재료가 세 종류 들어 있었다. 그렇다면 나도 식재료를 더 늘려도 되지 않을까?

"뭐든지 해보고 볼 일이야. 시도해 보자."

냄비로 물을 끓인 뒤 파란 당근, 군청 가지, 토끼 고기를 투입했다. 된장과 소금 약간도.

그대로 푹 끓이니 좋은 냄새가 풍겨왔다. 이런, 엄청 맛있을 것 같다.

"뭐, 겉모습은 최악이지만……."

상상해 보길 바란다. 갈색 된장국 안에 선명한 파란색과 군청색 식재료가 대량으로 떠있는 광경을. 애들 장난감 같은 게 된장국 안에 떠 있는 것처럼 보인다.

식욕이 뚝 떨어지는 광경이었다. 그러나 실패는 하지 않았다. 감정해 보니 확실히 된장국이라고 표시되어 있다. 냄비 하나 분량이면 4명이 먹을 수 있다고 한다.

명칭 : 된장국

레어도 : 2

품질 : ★3

효과 : 만복도를 28% 회복한다. HP를 4% 회복한다.

된장국을 만드는 동안에 빵 반죽이 다 발효되었다. 잘 펴서 오븐에 넣어둔다. 이로써 음식 두 종류가 완성되었다.

"앞으로 두 종류는 더 만들고 싶은데. 샐러드라도 만들까."

샐러드는 이미 손에 익어서 대략 3분 만에 착착 만들어 버렸다. 하얀 토마토와 시금치, 양배채가 들어간 샐러드다. 소금과 후추, 올리브 오일로 간을 한 이탈리아풍 샐러드.

"마지막은 메인 요리인데……. 좋아, 고기구이로 가자!"

이것도 굽기만 하면 되니 간단하다. 그러나 조금 더 공을 들여서 맛을 내볼까 한다.

"건조!"

우선 바지루루, 세이지를 건조시켜 허브티 찻잎으로 만들었다. 거기에 소금을 넣고서 섞었다. 허브 솔트를 만들어 볼 작정이다.

허브와 소금을 조합용 그릇에 넣고서 막자로 섞는다. 그러자 찻잎이 가루가 되더니 소금과 한데 섞이기 시작했다. 하얀 소금 결정 안에 녹색 분말이 섞이더니 허브 향이 희미하게 풍긴다.

실제로 존재하는 허브 솔트와 얼핏 비슷해지면 완성이다.

"좋아, 완성이야!"

감정해보니 명칭이 허브 솔트라고 확실히 바뀌었다. 품질이 ★2인 걸 보니 제작법이 서툴렀나 보다. 그러나 성공은 성공이다.

구운 토끼 고기에 허브 솔트를 솔솔 뿌리면 허브 솔트로 간을 한 토끼 고기구이가 완성된다. 뭐 명칭은 단순하게 구이 · 토끼 고기라고 되어 있긴 하지만.

고작 간을 한 정도로는 요리 이름이 바뀌지 않는 모양이다.

그렇다면 노점 등에서 파는 요리도 실은 다양한 맛이 있을지도 모른다는 뜻이네. 예를 들어 명칭은 똑같은 토끼 고기 꼬치구이라도 가게마다 차이가 날 가능성이 있다. 다음에 시험해 보자.

"일단 내 몫으로 만든 걸 맛보도록 할까."

맛없는 걸 할아버지에게 내놓을 수는 없는 노릇이니까. 사실 이번에 쓴 조미료의 품질이 ★2밖에 되지 않으니 정말로 고기가 맛있어졌을지 모르겠다.

"그럼 잘 먹겠습니다~."

고기구이를 조심스럽게 입에 넣어봤다. 놀라운 나머지 눈이 번쩍 뜨였다. 꽤 맛있었다. 육질이 다소 딱딱하긴 하지만 허브 솔트의 맛이 제대로 난다. 허브 향도 확실히 남아 있고.

"아니, 잠깐만. 내가 만든 요리라서 내 입에는 맛있는 건가?"

허브 향이 꽤 강하다. 나는 허브류를 좋아하니 상관없지만, 허브를 싫어하는 사람이라면 아린 맛이나 잡스러운 맛을 잡아내지 못했다고 느낄지도 모르겠다.

"……오늘은 간장과 된장으로 맛을 내기로 할까."

허브 솔트로 맛을 낸 요리는 맛을 한번 평가받은 뒤에 내도록 하자. 이번에는 간장과 된장으로 맛을 낸 고기구이를 만들었다. 자, 이것으로 음식 네 종류가 완성되었다. 저녁밥으로는 충분하겠지.

날이 완전히 저물어서 저녁을 먹기에는 딱 좋은 시간이다.

그런데 할아버지가 아직 돌아오지 않았다.

그럼 조금만 더 실험해볼까.

실은 납작빵을 봤을 때부터 꼭 만들어 보고 싶었던 요리가 있었다. 오늘 올리브 오일을 발견하고서 그 바람이 더욱 간절해졌다.

납작빵에다가 하얀 토마토, 바지루루, 올리브 오일. 그래, 피자다.

바삭바삭하고 쫄깃쫄깃한 납작빵에 올리브 오일과 토마토 소스를 듬뿍 끼얹는다. 그것만으로도 충분히 맛있을 듯하다. 치즈가 있다면 완벽하겠지만 이 세계에서는 아직 본 적이 없다. 진심으로 아쉽다. 문제는 그뿐만이 아니다. 우선은 가장 중요한 토마토 소스를 만들 수 있는지 확인해야만 한다.

잘게 썬 하얀 토마토를 냄비에 넣고서 소금, 후추를 뿌린 뒤 잘 섞는다. 빛깔이 하얘서 얼핏 화이트 소스처럼 보이지만 냄새는 토마토. 위화감이 엄청나네.

그래도 15분쯤 계속 섞으니 그럴듯해졌다. 토마토는 원형을 알아볼 수 없을 정도로 뭉개졌다. 걸쭉해진 걸 보니 완벽한 소스 같았다.

"좋아, 마지막 과정."

나는 결심하고서 냄비에 마력을 불어넣었다.

"자, 어떻게 되려나……."

잘되면 무언가가 완성될 것이고, 실패하면 쓰레기가 된다.

그러자 퐁, 하는 소리와 함께 눈앞에 하얀 소스가 담긴 작은 병이 놓여 있었다. 명칭은 하얀 토마토 소스라고 되어 있다. 품질은 ★3이지만 틀림없는 토마토 소스다.

"오오오! 해냈다!"

이제 피자를 만들 수 있다! 아니, 그뿐만이 아니다. 해먹을 수 있는 요리의 가짓수가 단숨에 늘어났다고!

"훗훗훗, 내일은 이 토마토 소스로 피자를 만들어 먹어야겠네!"

그렇다면 내가 할 일은 하나다. 무슨 수를 써서라도 치즈를 입수한다. 꼭 모짜렐라일 필요는 없다. 치즈라면 뭐든지 좋다. 그것만 있다면 피자가 더욱 완벽한 핏~짜가 될 테니까!

이튿날 아침. 오늘도 몬스터들과 한데 뒹굴어 자다가 눈을 떴다.

"굳이 몬스터가 잠버릇이 나쁠 필요가 있나? 대체 누가 득을 본다고……."

뺨을 찌르고 있는 쿠마마의 발을 치우면서 몸을 일으켰다.

"으~음. 오늘로 벌써 이벤트 사흘차인가."

즐겁긴 하지만 이벤트 공략은 전혀 진행되지 않았다. 이래도 되나?

"뭐, 내가 할 수 있는 일을 하면 그뿐이지."

일단 아침밥부터 준비해야겠네.

나는 아직 자고 있는 몬스터들을 침대에 놔두고서 부엌으로 향했다.

그리고 곧장 아침밥을 차리기 시작했다. 말은 거창하게 했지만 그저 납작빵, 겉보기에는 맛없어 보이는 된장국, 야채볶음으로 간단히 차렸다. 그런데 할아버지의 집에 고기가 다 떨어져서 어제 사냥하여 입수한 토끼 고기를 사용했다.

기분이 좋아서 조금 과하게 만들긴 했지만, 나중에 저녁으로

먹으면 되겠지. 부족하면 고기구이라도 만들어서 추가하면 되고.

"오호라~. 맛있는 냄새가 나는구먼."

"아침밥을 차렸으니 먹도록 하죠."

그 뒤에 아침밥을 먹으면서 카이엔 할아버지에게 마을에 관해 물었다.

"오늘은 뭘 할 예정인가?"

"실은 몇 가지 필요한 게 있는데 마을에서 구할 수 있을까요?"

"뭐가 필요한가?"

"어패류요. 해산물이면 더할 나위가 없을 텐데. 그리고 치즈도 필요합니다."

"이런 벽촌에 해산물이 들어올 리가 없잖나?"

"그런가요?"

그렇겠지~. 이곳은 바다에서 멀리 떨어진 것 같아서 별로 기대하지는 않았지만.

"민물고기라면 록케 녀석한테 부탁하면 마련해 줄 테지만."

"록케?"

"으음, 록케는 견습 민물 어부라네. 원래는 그 애비가 고기를 잡았는데 지금은 무술대회를 관전하려고 나가버렸지. 그 대신에 아들인 록케가 일하고 있네."

그럼 그 록케라는 사람과 만나면 물고기를 얻을 수 있을지도 모른다. 은어로 맛을 낸 라면을 먹어본 적도 있으니 민물고기로도 충분히 육수를 낼 수 있겠지. 무엇보다 그저 물고기를 먹고 싶다. 꼭 방문해야겠다.

"그리고 치즈는 아발한테 가면 있을 것 같은데?"

"그 사람이 낙농업에 종사하고 있나요?"

"으음. 그렇지."

이 마을은 자급자족하는 곳인지라 상점에 납품하지 않고 생산자가 집 등에서 직접 판매하는 경우가 많다고 한다.

정말로 좋은 정보를 들었다. 그런가? 꼭 상점에 가야만 아이템을 입수할 수 있는 건 아니지.

"그 사람들 말고도 집에서 물건을 파는 사람이 또 있나요?"

"어디 보자……. 버섯을 채집하는 바츠랑 사냥꾼 카카루, 그리고 콩을 키우는 크누트가 자택에서 여러 물건들을 파는 것으로 알고 있다만?"

오호. 들어보니 모두 재밌을 것 같다. 나는 언급된 모든 사람들의 집 위치를 알려달라고 부탁했다. 오늘 중에 모두 돌아볼 작정이다.

그전에 밭일부터 끝내야겠지만. 카이엔 할아버지의 밭으로 향하니 다양한 야채가 자라나고 있었다. 역시 오르트의 재배촉진ex와 사쿠라의 나무마술의 힘은 위대하다.

"좋아, 오늘은 수확할 수 있겠네."

"무!"

"—♪"

"쿠마!"

"큐!"

다만 그 뒤에는 뭘 하면 되지? 전부 수확하여 집으로 옮기면 되

나? 그리고 씨앗은 안 뿌려도 되나?

나는 오르트와 종마들에게 밭을 맡기고서 물어보기 위해서 일단 할아버지네 집으로 돌아갔다. 수확한 작물의 절반을 포기 나누기하여 밭에 뿌리면 된단다. 그 일도 우리에게 맡겨달라고 했다. 종마들이 경험치를 벌 수 있는 좋은 일거리니까.

밭으로 돌아가니 다 함께 즐겁게 밭일을 하는 광경이 눈에 들어왔다.

한적한 밭에서 열심히 일하는 요정과 동물들. 으~음, 언제 봐도 판타지스러운 장면이다.

"뭇뭇무!"

"—♪"

오르트와 사쿠라는 야채를 수확하고 있는데, 그 방식이 미묘하게 다르다.

오르트는 기세 좋게 쑥쑥 뽑고 있는데 반해 사쿠라는 하나씩 정성스레 수확하고 있다. 품질에는 차이가 없을 것 같지만……. 오르트, 괜찮겠지?

쿠마마와 릭은 협동하여 잡초를 뽑고 있다. 역할을 완벽하게 분담하고 있는 듯했다. 쿠마마는 억셀 것 같은 커다란 잡초를, 릭은 작은 잡초를 뽑고 있다.

"큐~!"

"쿠마쿠마쿠마~!"

특히 쿠마마가 잡초 뽑기 작업에서 뜻밖의 재능을 발휘했다. 평소에는 적을 베거나 가르는 데 쓰는 예리한 발톱으로 마치 경운기처럼 땅을 파헤쳐 잡초를 잇달아 없애 나갔다.

평소와 다른 밭에서 벌이는 작업에도 익숙해졌는지 어제보다 꽤 일찍 끝났다. 이 상태라면 다른 밭에서도 시간을 단축할 수 있을지도 모르겠는걸.

할아버지의 밭을 끝낸 뒤에 다음에는 할머니의 밭으로 향했다. 이쪽도 다양한 야채를 수확할 수 있었다. 오늘은 수확만 하면 되기에 물을 뿌릴 필요는 없다. 그래서 작업이 순조롭게 끝났다.

1시간 뒤.

할머니의 밭 다음에 과수원의 일까지 끝낸 우리는 다 함께 마을 안을 걷고 있었다. 목적지는 할머니의 가게. 그리고 생산자들의 자택이다.

처음에는 할머니의 잡화점을 찾았다. 밭에서 수확한 야채를 납품하면 퀘스트 달성이다.

"좋은 아침입니다."

"넌 어제 그 여행자냐? 무슨 용건이냐?"

"작물을 납품하러 왔습니다."

"어머, 상당히 빠르구나. 참 고맙구먼. 그래서 작황은 어떠냐?"

"으~음, 이게 수확한 야채인데요."

품질이 낮다며 화를 내면 어쩌지? 조금 떨면서 할머니에게 야채를 건넸다.

할머니가 어리둥절해하는 눈으로 야채를 물끄러미 쳐다보다가 이내 입꼬리를 씨익 올리며 웃었다.

"품질이 좋구나. 이 정도면 문제없지."

"그런가요? 다행이네요."

"보수는 길드에서 받거라. 빨리 납품했으니 더 후하게 쳐주지."

"감사합니다."

수확한 야채가 할머니의 마음에 든 모양이다. 뭐, 기쁨보다는 혼나지 않고 끝나서 다행이라는 감정이 더 컸다.

할머니의 가게를 나온 우리는 그 길로 모험가 길드로 향했다.

길드는 오늘도 비어 있다. 퀘스트 달성을 보고하자 예상보다도 더 많은 포인트를 얻었다. 할머니가 말했던 '더 후하게 쳐주겠다'라는 건 포인트였나 보다. 푼돈 따위보다 더 기쁜 보너스다.

나는 그 흐름을 이어서 뭔가 할 만한 퀘스트가 없는지 게시판을 들여다봤다. 그리고 어떤 노동 퀘스트 하나가 눈에 띄었다.

"할머니의 퀘스트가 또 올라왔잖아."

"키큐?"

"이거 말이야. 이거."

그건 방금 달성한 밭 돌보기 퀘스트였다. 의뢰주도, 의뢰 내용도 똑같다. 아무래도 무제한으로 반복할 수 있는 퀘스트인가 보다.

나는 망설이지 않고 퀘스트를 받았다. 내가 할 수 있는 퀘스트 중에서 비교적 포인트를 많이 얻을 수 있는 퀘스트니까. 보통은 며칠에 걸쳐 야채를 키워 납품하는 퀘스트겠지. 우리는 그 퀘스트를 매일 반복할 수 있다. 크으~, 이거 짭짤하다.

나는 다시 할머니의 가게로 가서 퀘스트를 또 수행하기로 했다.

"어머? 또 오다니 대체 무슨 일이냐? 깜빡한 물건이라도 있는

게야?"

"실은 그 퀘스트를 또 받았거든요."

"아아, 그거? 또 받아주다니 고맙구먼. 두 번째이니 설명은 필요 없겠지?"

"아, 예."

"그럼 잘 부탁한다."

오오, 역시 학습형 AI. 설명을 생략해 줬다. 옛날 게임이었다면 NPC에게서 또 귀찮은 설명을 들어야만 했을 테지.

2시간 뒤.

할머니의 밭으로 가서 물 뿌리기 등 작업을 모두 끝마친 우리는 카이엔 할아버지가 알려준 생산자들의 집으로 향했다.

맨 먼저 낙농업을 하는 아발 씨네 집부터 갔다. 이곳은 나도 알고 있다. 지난번에 마을을 거닐었을 때 발견했던 마을 외곽의 목장이겠지. 소가 몇 마리 있었던 광경이 기억난다.

"실례합니다."

"누구시죠~?"

목장 옆 외딴집 문에 달린 고리쇠로 문을 두드렸다. 물론 고리쇠는 소대가리 모양이었고, 쇠코뚜레 부분으로 두드리는 구조였다. 운영진, 뭘 좀 아네.

잠시 뒤 문이 열리더니 안에서 풍채가 좋은 할아버지가 얼굴을 내밀었다. 저 사람이 아발 씨겠지.

"오호, 여행자인가?"

"예. 안녕하세요. 실은 이곳에서 치즈를 구할 수 있다고 들어서……. 제게 나눠주실 수 있을까요?"

"오오, 그런 용건으로 온 거였나……."

내가 요청하자 아발 씨가 고민하는 얼굴로 생각에 잠겼다.

어라? 치즈를 팔지 않나?

"으~음, 외지인한테 파는 건 생각해 본 적이 없어서 말이야. 게다가 수량도 적어서 네게 팔아버리면 마을 사람들한테 팔 분량이 부족해질지도 모른다."

재고가 한정되어 있다는 건가? 이 게임은 이런 부분을 의외로 대충 다룬다. 도시 등에서는 수많은 플레이어가 상품을 구입하더라도 NPC숍에서는 품절되는 일이 없다.

다만 이벤트이기에 아이템이 한정되어 있는 듯했다.

"허나 귀한 걸음을 해준 사람을 빈손으로 돌려보낼 수도 없는 노릇이지."

"그 말씀은?"

"부탁을 하나 들어주지 않겠나? 그 보수로 우리 집에서 먹을 치즈를 넘겨주지. 어떠냐?"

오오, 느닷없이 퀘스트 발생? 꼭 받고 싶다! 그러나 달성할 수 있는지는 퀘스트 내용에 달려 있긴 하지만…….

"과자를 조달해 달라는 게 내 부탁이야."

"과자 말인가요?"

"그래. 요즘에 낮에 친구들과 차를 즐기는데, 다음번에 내가 다과를 준비할 차례야. 그런데 과자를 구할 데가 마땅치 않아서 말이지~. 과일이라도 살까 생각하긴 했는데, 혹시 과자 5인분을 마련해 줄 수 있겠니?"

과자? 문제는 어디까지가 과자의 범주 안에 들어가느냐는 건데.

벌꿀 넛 쿠키는 갖고 있지만, 아이템 도감을 보면 휴대식량과 같은 페이지에 표시되어 있다.

만약에 과자라는 카테고리 안에 들어가야만 과자로 인정된다면 마련하려면 꽤 애를 먹을 것 같다.

식용초 가루로 빵을 만들 수 있으니 케이크라면 가능할까? 간단한 팬케이크 정도면 괜찮을지도 모른다. 아니면 달리 만들 만한 음식이 있던가?

아니, 그전에 이 벌꿀 넛 쿠키가 과자로 취급되는지 확인부터 해봐야지.

나는 일단 쿠키를 보여주자고 마음먹었다.

"달콤한 음식이면 되는 건가요?"

"흐음? 어떤 건지 보여줄 수 있겠나?"

"음, 이건데요?"

"오오! 이거 좋구나!"

나는 인벤토리에 넣어놨던 벌꿀 넛 쿠키를 건넸다. 그러자 아발 씨가 활짝 웃으며 고개를 끄덕였다. 이 쿠키도 과자라고 판단하는 모양이다. 순식간에 퀘스트를 달성해 버렸다.

"그럼 5개면 되는 건가요?"

"고맙다! 다들 기뻐할 거야!"

그리하여 나는 염원하던 치즈를 손에 넣었다. 더욱이 상상했던 것보다 커다란 홀 치즈다. 30인분쯤 되는 양이라고 한다.

보잘 것 없는 재료로 만든 쿠키가 치즈로 변하다니. 좁쌀 한 톨로 장가까지 간다는 이야기는 실화가 아니었을까. 무척이나 횡재한 기분이긴 하지만, 이벤트 기간 중에만 수행할 수 있는 퀘스트이니까. 처음부터 쿠키를 갖고 있지 않았다면 마을 안에서 과자를 구하느라 꽤나 애를 먹었을 것이다.

"토마토 소스에 치즈, 올리브 오일, 바지루루도 있어. 이제 여러 이탈리아 요리를 만들 수 있어~."

이런, 불타오른다!

오늘 저녁은 무조건 피자를 만들자.

"애들아! 다음 목적으로 가자!"

"무!"

"—♪"

내가 웃어서인지 몬스터들도 웃으며 걸어 나갔다. 아니, 몬스터들은 늘 즐거워 보이긴 하지만.

다음 목적지는 목장에서 가장 가까운 콩을 키운다는 크누트 씨네 집이다.

콩을 키우는 농가이니 콩밖에 없을 테지. 평범한 플레이어들은 무시할지도 모르겠지만 나는 꽤 기대하고 있다.

콩이라고 하면 역시 시작의 도시에서 봤던 볶은 콩이 떠오른다. 릭이 좋아할 거라고 생각한다.

그 콩을 스스로 재배하는 법을 알게 된다면 릭도 기뻐하겠지.

만약에 종자를 살 수 없다면 별수 없이 콩이라도 최대한 사들

작정이다.

아니, 애당초 콩은 씨앗 아닌가? 그렇다면 어쩌지? 씨앗이기도 하고 콩이기도 하다?

뭐, 가보면 알게 되려나?

그대로 10분쯤 걸어가니 농가 한 채가 보이기 시작했다.

지도를 보니 목적지인 것 같다.

"도착……. 여기 맞지?"

길에서 집 뒤쪽에 있는 밭이 보인다. 그런데 덩굴처럼 자라난 식물이 심겨 있다. 저게 콩인가?

외관을 보니 정말로 평범한 민가 같다. 여기서 콩을 구입할 수 있다고 누가 생각이나 했을까?

나도 알려주지 않았다면 절대로 발견하지 못했겠지.

"실례합니다. 누구 계십니까?"

"예~."

집 문을 두드리니 금세 반응이 있었다. 안에서 몸집이 작은 여성이 나왔다. 나이는 스무 살쯤 되어 보인다. 저 누나가 크누트 씨겠지.

내 모습을 미심쩍게 보고 있다.

"어머? 여행자? 대체 무슨 볼일이 있어서 우리 집에?"

"여기서 콩을 재배하고 있다고 들었습니다만. 조금만 나눠 받고 싶습니다."

"누구한테 그 얘기를 들었죠?"

크누트 씨가 조금 곤혹스러운 표정을 지었다. 아무래도 그다지 환영하는 분위기가 아닌 듯하다. 아발 씨네 집에서 치즈를 구할 때도 이야기를 듣긴 했지만, 기본적으로 마을에서 소비되는 양만 생산하는 듯하다. 그런 실정인데 느닷없이 팔아 달라고 요청해서 곤혹스러운지도 모르겠다.

"카이엔 할아버지요. 지금 그 집에서 신세를 지고 있거든요."

"어머~, 카이엔 할아버지가 소개했다면 소홀히 대할 수는 없겠네~."

혹시 소개를 받지 않고 그냥 왔다면 쫓겨났을 가능성도 있었을까? 고마워요, 카이엔 할아버지. 그래도 그녀는 떨떠름한 표정을 거두지 않았다.

"자, 너희들도 부탁해."

조금 비겁하긴 하지만 나는 종마들이 지닌 최대의 힘을 활용하기로 했다.

힘, 그것은 바로 귀여움!

크크크. 그 까다로운 잡화점 할머니마저도 굴복시킨 우리 종마들의 영악하고도 귀여운 눈빛 공격을 받아 봐라!

"무?"

"—?"

"큐?"

"쿠마?"

우리 애들이 애원하듯 다리에 살며시 손을 대니 크누트 씨가 완전히 격침되었네.

"귀, 귀여워……! 어머, 애들 뭐니!"

모두의 머리를 차례대로 쓰다듬으며 행복한 표정을 짓고 있다. 당장에라도 끌어안고 싶다는 얼굴이다.

"헉! ……어험."

그런데 내 시선을 눈치챘나 보다. 조금 거북한지 헛기침을 하고는 자세를 고쳤다.

"그, 그래서 뭐가 필요한가요?"

좋아, 일단 팔아주기는 할 모양인가보다.

"소이콩? 아니면 된장이나 간장?"

뭐지? 방금 흘려들어서는 안 되는 단어가 있었는데.

"된장이랑 간장을 팔고 있나요?"

"그야 그렇죠. 콩 농가이니까."

그런가? 할아버지네에 있던 된장과 간장은 이곳에서 구입한 거였나? 그나저나 키운 콩으로 집에서 조미료까지 만들고 있구나.

예상치 못한 곳에서 간장과 된장을 손에 넣을 수 있을 듯하다.

"필요한 건 콩, 된장, 간장. 그리고 콩 씨앗이 있다면 그것도 필요한데요. 그나저나 소이콩은 씨앗을 심으면 수확할 수 있나요?"

"그야 그렇지. 야채이니까."

소이콩 씨앗을 밭에 뿌리면 다른 야채와 마찬가지로 성장하여 수확할 수 있게 된다고 한다. 그리고 그 소이콩을 포기 나누기하면 소이콩 씨앗이 된다고 한다. 게임 속에서는 콩과 씨앗이 별개의 것으로 정의되어 있단다.

"으~음, 씨앗은 남아 있지 않은데요. 다른 건 조금 나눠줄 수 있어요."

역시 씨앗은 무리였나. 그래도 된장과 간장을 구할 수 있다니 솔직히 기쁘다. 이곳에 온 김에 물어볼까?

"된장이나 간장은 콩을 어떻게 하면 만들 수 있나요?"

"간단한데요? 삶은 콩을 으깬 뒤 소금을 뿌리고서 발효통이라는 마도구에 넣어 발효시켜요. 소금만 넣으면 된장. 염수를 넣으면 간장이 됩니다."

"그 발효통을 이 마을에서 구할 수 있나요?"

"아뇨, 이런 마을에서는 팔지 않죠. 나도 시작의 도시에서 구입했습니다."

이럴 수가. 시작의 도시에서 팔고 있다니. 그럼 내가 미처 발견하지 못했을 뿐 어딘가에서 팔고 있을지도 모른다.

더욱이 볶은 콩을 팔고 있단 건 콩을 입수할 수도 있다는 것. 조미료를 스스로 만들어 낼 수 있을지도 모른다.

그러나 이야기가 그리 간단하지 않은 듯하다.

"하지만 발효통은 그 명칭대로 발효 스킬이 없으면 쓸 수 없는데요?"

"발효 스킬? 그런 거까지 있는 거야……."

그러고 보니 브루어라는 직업도 있으니 이상한 일은 아니겠지.

으~음, 조미료 때문에 발효 스킬을 취득하는 건 좀……. 그래도 어쩌면 술 같은 걸 만들 수 있지 않을까?

크누트 씨에게 물어보니 발효 스킬이 있으면 술이나 요구르트 등도 만들 수 있단다.

직접 빚어낸 와인이나 맥주로 한잔하는 것도 재밌을 것 같아. 안

주로 직접 만든 치즈나 오이 피클 같은 걸 곁들여서……. 괜찮네!

더욱이 종마들이 술을 마시면 어떤 반응을 보이는지도 보고 싶다. 뭐, 일단 이벤트가 끝날 때까지는 보류해야 하려나? 시작의 도시로 돌아가면 조사해 보자.

나는 일단 콩 10인분, 된장과 간장을 한 항아리씩 구입하고서 콩 농가를 뒤로 했다. 항아리라고 해봤자 용량이 3리터밖에 되지 않아서 양은 그리 많지 않지만.

그건 어쩔 수 없다. 입수한 것만으로도 행운이라고 생각하자.

"그 다음에 여기서 가까운 곳은……."

콩 농가에서 가장 가까운 곳은 버섯을 채집하는 바츠 씨네 집이겠지.

다 함께 장난을 치면서 갔는데도 5분도 걸리지 않았다.

"실례합니다!"

"무무~!"

나, 그리고 오르트가 문을 두드렸다.

그러나 아무도 나오지 않는다. 아무래도 외출 중인 듯하다.

"저녁에라도 또 와보자."

"무."

"그럼 사냥꾼 카카루 씨네 집이 가깝겠네."

민물 어부네 집도 거의 비슷한 거리이긴 하지만.

둘 다 마을 입구 근처에 있어서 도중에 중앙 광장을 지나게 되었다. 그런데 주목을 꽤 받고 있음을 알았다. 뭐, 내가 아니라 우리 애들이 주로 주목을 받고 있지만.

비명을 지르는 여성 플레이어들의 시선이 내 다리 쪽에 명백히 집중되어 있다.

매번 겪는 일이지만 아직 익숙하지 않다.

내가 거북해하며 광장을 지나려고 하자 누군가가 뒤에서 말을 걸었다.

"저기~, 죄송합니다."

"예?"

뒤를 돌아보니 수인(獸人) 남성이 서 있다.

"백은 씨, 맞죠?"

별명을 묻는 물음에 예, 라고 대답하고 싶지 않았지만, 부정해 본들 소용없다. 나는 마지못해 고개를 끄덕였다.

"뭐, 그렇게 불리기도 하죠."

"저기, 여쭤보고 싶은 게 있는데요. 시간을 잠시 내주실 수 있을까요?"

거칠게 생긴 수인치고는 예상 밖으로 태도가 엄청 공손하다. 그렇게 부탁한다면 차마 거절하기가 어렵다. 어쩐지 실제 세계에서 열심히 일하는 영업 사원이 떠오른다.

"휴우, 잠깐만이라면."

"감사합니다. 어디서 묵고 계시는지 여쭤보고 싶었습니다."

"무슨 뜻이죠?"

남자의 말에 따르면 마을에 묵을 만한 곳이 부족해서 꽤 많은 플레이어들이 곤경에 처해 있다고 한다. 여관에는 소수 인원밖에 묵지 못하고, 텐트도 광장이 아닌 다른 곳에서는 사용할 수가 없는 듯하다.

마을 밖에서는 텐트를 칠 수가 있긴 하지만, 세이프티 존이 아니어서 몬스터의 습격을 받을 수 있다. 마을 내 적당한 곳에서 노숙을 하더라도 HP 등이 전혀 회복되지 않는단다.

현재는 순서를 정하여 광장에 텐트를 쳐서 잠을 청하는 실정이라고 한다.

그리고 광장을 이용하는 시간표를 만들고자 명부를 작성하던 도중에 내가 광장에도, 여관에도 묵지 않는다는 사실을 깨달았다나 뭐라나.

뭐, 우리가 눈에 띄어서 사람들이 빈자리를 금세 알아차리나 보다. 어쩔 수 없나?

"즉 어디서 숙박하고 있는지 알고 싶다는 건가요?"

"그보다도 여관이랑 광장 말고도 숙박할 수 있는 장소가 있다면 알려주십시오. 안 될까요……?"

으~음. 딱히 안 될 건 없긴 하지만. 역시 카이엔 할아버지네 집으로 초대할 수는 없지만, NPC 집에 묵을 수 있다는 정보를 알려주더라도 딱히 불이익은 없겠지.

내가 NPC의 집에서 묵고 있다고 하자 남성이 대단히 놀란 표정을 지었다.

실은 첫날에 시도해 본 플레이어가 여럿 있었다고 한다. 그러나 매몰차게 거절당해서 불가능하다고 판단한 모양이다.

그런데 이야기를 들어보니 어쩐지 그 이유를 알 것 같다. 그들은 어떤 보상도 제시하지 않고서 그저 선의에 매달려 묵게 해달

라고 부탁했겠지.

우연이긴 하지만, 나는 밭일을 거들었고 그 대가로 묵게 되었다. 아마도 그 차이다. 나는 그 점을 남성에게 알려줬다.

"과연. 무슨 일이든 도와주며 친해지지 않으면 안 된다는 겁니까?"

"어디까지나 억측이긴 하지만. 뭐, 마을 사람들한테 도움이 되는 노동 퀘스트 같은 것도 있으니 한번 시도해 보지 그래?"

"그래야겠네요. 이 정보를 모두한테 알려도 괜찮겠는지요?"

"괜찮아."

서버 포인트를 버는 데는 공헌하지 못할 것 같으니 이런 작은 정보로나마 도움을 줘야겠지.

"감사합니다! 큰 도움이 되었습니다!"

남성은 마지막까지 공손하게 고개를 숙이고서 떠나갔다.

광장에서 다소 시간을 허비하긴 했지만, 우리는 무사히 사냥꾼 카카루 씨의 집을 발견했다.

입구 부근에 마을 안에서도 특히 나무가 빼곡히 밀집한 에어리어가 있다. 그곳에 남의 이목을 피하고자 외따로 지어진 통나무집이 있다. 인기척이 느껴지지 않는데 혹시 출타 중인가?

"죄송합니다~."

일단 말을 걸고서 노크를 해봤다.

그러자 이내 집 문이 살짝 열렸다.

마치 기다리고 있었던 것처럼.

그러나 문은 활짝 열리지 않았다.

10센티미터쯤 틈이 벌어졌을 뿐이다.

혹시 나를 경계하고 있나?

그대로 기다리고 있으니 문틈에서 무언가가 움직이는 것이 보였다.

사람이다. 올려다봐야 하는 높은 위치에서 노인의 얼굴이 확인되었다. 부라리며 이쪽을 들여다보는 노인의 눈이 무섭다.

얼마 전에 흥행했던, 배타적인 벽촌을 배경으로 한 서바이벌 호러물에 이런 장면이 있었지. 이 다음에 노인이 이방인에게 꺼지라고 외쳤고, 그럼에도 이방인이 끈질기게 말을 붙이려고 하는 장면이 이어진다. 그리고 끝내 참다못한 노인이 손도끼를 들고서 이방인을 쫓아가는데…….

"이방인인가……."

노인이 박력이 느껴지는 목소리로 낮게 중얼거렸다.

어? 거짓말. 호, 혹시 정말로 서바이벌 호러물이 전개되는 거야? 한적하고 아름다운 시골 마을인 줄 알았는데 실은 무시무시한 어둠이 도사리고 있었던 건가? 상냥한 줄 알았던 카이엔 할아버지도 실은 밤마다 수상쩍은 의식을 치르는 광기에 홀린 사람인 거 아냐?

그렇게 무서운 상상을 하고 있으니 문이 서서히 열렸다. 안에서 흰 수염이 덥수룩하게 난 근육질 할아버지가 나왔다.

바, 박력이 장난 아니네~. 키도 나보다 훨씬 크다. 백발 사이로 엿보이는 눈빛이 무섭도록 날카롭다. 미간부터 뺨에 걸쳐 날카로운 상흔이 그어져 있다. 아무리 봐도 산적 두목이나, 역전의

전사처럼 보인다.

일찍이 최강의 모험자로 일컬어졌다고 해도 납득할 만한 풍채였다. 아니, 그보다도 무서워! 무지 세 보이는 이 할아버지는 뭐야!

더욱이 할아버지의 오른손에 쥐어져 있는 거대하고 두꺼운 손도끼가 그 박력을 더더욱 도드라지게 했다.

아니, 손도끼라니…….

거, 거짓말이지? 거짓말이라고 해줘!

"아, 안녕하세요."

일단 말이나 걸어보자! 우호를 다지기 위한 첫걸음은 인사다!

이거 보세요. 벌레 하나 못 잡을 것처럼 착하게 생긴 청년이라고요! 이상한 녀석이 절대로 아니에요! 그러니 느닷없이 습격하거나 위해를 가하지 말아줘요!

"그래."

"카, 카카루 씨 맞죠?"

"음."

일단 고개를 끄덕이긴 했지만, 표정은 전혀 변화가 없다. 속으로 무슨 생각을 하는지 전혀 모르겠다. 심기를 거스르지 않도록 주의하면서 근육질 할아버지 카카루 씨에게 질문했다.

"여기서 카카루 씨가 잡은 사냥감을 나눠받을 수 있다는 얘기를 듣고 왔습니다만. 제, 제게도 팔아주실 수 있을까요?"

기, 긴장돼! 신입사원 시절에 사장과 함께 뜬금없이 저녁을 먹을 일이 생겼을 때처럼 긴장된다! 그때는 사장이 갑자기 젊은 사원에게 두둑한 배포를 과시하고 싶어졌는지 잔업하려고 남아 있던 우리를 기쁜 마음으로 연행했었다. 고급 레스토랑에서 맛있는 요리를 즐겼을 텐데도 뭘 먹었는지 기억이 흐릿하다. 기억나는 건 사장의 개그 센스가 최악의 아재개그였다는 사실뿐이다.

"누구한테서 들었나?"

매섭게 노려보고 있다. 아무래도 경계하고 있는 모양이다. 콩을 키우는 크누트 씨 때와 비슷한 패턴이다.

그러나 나에게는 든든한 아군이 함께 하고 있다!

"카, 카이엔 할아버지입니다."

카이엔 할아버지의 이름을 대자 카카루 씨의 표정이 살짝 누그러진 듯한 기분이 들었다. 악귀에서 인왕상(仁王像) 정도로 바뀐 것 같다.

"그래? 카이엔이 소개했나?"

"아, 예."

이 대목에서 크누트 씨를 함락시켰던 러블리 공격을 보여주고 싶었지만, 차마 우리 애들을 내세울 용기가 나질 않았다.

카카루 씨에게 유효할지도 알 수가 없다. 저 흉악하게 생긴 근육질 할아버지가 귀여운 종마를 바라보며 사랑스러워하는 모습을 도무지 상상할 수가 없으니까.

더욱이 종마들도 카카루 씨의 박력에 겁을 집어먹었는지 내 뒤에 숨어 있다. 오르트는 뒤에서 내 다리를 끌어안고 있고, 오르트의 등 뒤에는 쿠마마가, 또 그 뒤에는 릭이 숨어 있다.

이 녀석들, 나를 방패막이로 내세우다니. 오직 사쿠라만이 그런 동생들을 어이없다는 표정으로 쳐다보고 있다. 뭐, 나에게서 거리를 조금 띄우긴 했지만.

"그래서 뭐가 필요한가?"

"아, 팔아주시려고요?"

"그래."

내 눈앞에 상품 창이 열렸다. 일단 상품을 팔기는 할 건가 보다.

래빗 모피, 래빗 고기, 리틀 베어 모피, 리틀 베어 발톱, 어택 보어 고기, 어택 보어 모피, 올리브 트렌트 열매, 올리브 트렌트 가지 등을 팔고 있다.

어택 보어란 제2에어리어에서 출현하는 멧돼지형 몬스터다. 리틀 베어만큼 강한 것 같다.

올리브 트렌트는 처음 봤는데, 아무리 생각해도 이 녀석이 올리브 오일의 원료겠지. 설마 밭에서 재배하는 것이 아니라 몬스터에게서 채취해야만 얻을 수 있을 줄은 몰랐다.

래빗, 리틀 베어의 소재는 자력으로 어떻게든 구할 수 있다. 어택 보어는 아직 싸워본 적이 없지만, 이벤트가 종료된 뒤라도 문제없다. 어디서 출현하는지 정보를 알고 있으니까.

문제는 올리브 트렌트다. 가지는 무리하여 얻을 필요는 없겠지만, 열매는 꼭 갖고 싶다. 오일을 짜도 되고, 요리에 사용해도 재밌을 듯하다.

가격은 1개에 200G라서 비싸지 않았다. 나는 최대치인 5개를 구입하기로 했다. 그리고 오늘 저녁 찬거리로 어택 보어 고기도 함께 구입했다.

"이, 이거랑 이게 필요한데요. 괜찮을까요?"

"그래."

"가, 감사요!"

"음."

그 뒤에 우리는 카카루 씨의 집을 뒤로 했다. 카카루 씨는 떠나가는 우리에게 호통을 치지도, 습격하지도 않고 무뚝뚝한 태도로 지켜봤다.

혹시 얼굴만 사납게 생겼지 살짝 부끄럼을 타고, 조금 과묵할 뿐인 선량한 일반 시민일지도? 아니, 아니, 설마. 얼굴이 저런데 말도 안 된다.

뭐, 일단 멧돼지 고기는 손에 넣었다. 일반 돼지고기는 아니지만 돈지루(돼지고기로 맛을 낸 일본식 된장국)를 흉내 낼 수 있을 것 같다.

그렇다면 꼭 육수를 제대로 우려내고 싶다.

"기필코 물고기를 손에 넣겠어!"

그대로 나는 민물 어부인 록케 씨네 집으로 돌격했다.

카카루 씨의 집이 있던 숲을 나오면 금방이다.

"좋아, 꼭 물고기를 손에 넣고야 말겠어."

"형, 물고기가 필요해?"

"어?"

내가 기세를 몰아서 노크를 하려고 한 순간, 뒤에서 누군가가 느닷없이 말을 걸었다.

뒤를 돌아보니 햇볕에 피부가 갈색으로 그을렸고, 손으로 짠 것 같은 밀짚모자를 쓰고 있어서 자못 시골 아이처럼 생긴 소년이 서 있었다.

소년이 활짝 웃으며 종종걸음으로 다가왔다.
"안녕! 난 록케라고 해! 형은?"
"난 여행자 유토. 네가 견습 어부 록케?"
"응!"
견습 어부라고 해서 젊은 남성을 상상했는데, 설마 이렇게 어릴 줄이야.
아마도 12살쯤 되었겠지. 그러나 허리에 어롱을 차고 있고, 긴 낚싯대를 어깨에 메고 있는 모습으로 보아 거짓말은 아닌 듯하다.
"네게 부탁하면 물고기를 얻을 수 있을지도 모른다고 들었거든. 그래서 방문했는데."
"아~……. 그런 이유로 온 거였어?"
내가 물고기가 필요하다고 하자 록케의 표정이 어두워졌다. 아무래도 쉽사리 얻기는 힘들 듯하다.
"나, 견습이잖아? 그래서 아빠만큼 잔뜩 잡아내질 못해. 그래서 마을 사람들이 부탁한 양을 구하는 것만으로도 버겁더라고. 미안해."
"한 마리도 안 남았어?"
"응. 오히려 부족할 정도야."
"그래……."
정말로 아쉽다. 그래도 수량이 부족하다고 하니 설령 어떤 퀘스트를 수행하더라도 구하지는 못하겠지.
"으~음. 물고기가 꼭 필요한 거야?"
"꼭."

"그럼 물고기를 낚을 수 있는 포인트까지 함께 가줄 테니까 직접 낚아보는 게 어때? 나도 한 번 더 낚시를 하러 갈까 하거든."

뜻밖의 제안이었다. 그러나 그런 게 가능한가? 만약에 낚을 수 있다면 꼭 낚고 싶긴 한데.

"나, 낚시 스킬이 없는데?"

"그래? 그럼 어렵겠네."

그렇게 딱 잘라 말하다니!

"왜냐면 불가능한 건 불가능한 거잖아?"

"잠깐, 낚시 스킬이 있으면 낚시를 할 수 있다는 거지?"

"어. 낚싯대도 빌려줄게."

그럼 문제없다. 보너스 포인트가 남아 있으니까! 미래를 대비하고자 전투 스킬을 취득할 예정이었지만, 기왕 여기까지 왔으니 끝까지 가봐야지. 더욱이 게임 속에서 낚시를 해보는 것도 조금 재밌을 것 같다.

그리하여 나는 2포인트를 지불하여 낚시 스킬을 취득했다.

"이제 낚싯대를 쓸 수 있을 거야."

"오, 그럼 이걸 들어봐."

록케가 빌려준 낚싯대를 들었다.

사용이 불가능한 경우에는 손으로 들 수는 있어도 사용하지는 못한다. 구체적으로 캐스팅을 보조하는 마커나 보정이 전혀 적용되지 않는다. 더욱이 낚시터에서 낚싯줄을 드리우더라도 생선이 물지 않는다고 한다.

게임이 개시된 초기에는 그 사실을 몰라서 시간을 허비한 플레이어들이 몇 명 있었다고 한다. 위로의 말씀을 드립니다.

"좋아. 시스템은 제대로 작동되고 있어."

"낚을 수 있을 것 같네!"

"좋아, 이거 흥분되는데! 당장 낚시터로 고~!"

"오, 내게 맡겨두라고! 비장의 포인트로 안내해 줄 테니까!"

나 못지않게 흥분한 록케를 따라서 낚시터로 출발했다.

마을 안에 하천이 흐르지 않아서 예상하기는 했지만, 역시 낚시터는 마을 밖에 있다고 한다.

저수지로 가는 게 아닐까 예상하기도 했지만, 그곳에서는 마을 사람들이 먹을 양을 충당하지 못할 것 같거든.

우리 애들은 록케가 마음에 들었는지 그 주위에서 알짱거리고 있다.

릭, 오르트, 쿠마마가 자꾸 달라붙어서 록케가 걷기 어려워했다.

"너, 머리에 올라타지 마! 아아, 모자도 당기지 마! 풀어지잖아!"

"큐~."

"걷기 힘드니까 너무 들러붙지 마! 우와, 넘어진다!"

"무~."

"야, 아직 어롱에 아무것도 넣지 않았으니 들여다보지 마!"

"쿠마~."

록케에게 놀아달라고 보채는 수준이 아니라 아예 완전히 가지고 놀고 있다. 평소에는 나 말고는 놀 사람이 없어서인지 어린이인 록케와 노는 게 즐거워서 어쩔 줄 모르는 눈치였다.

사쿠라도 웃으며 오르트와 종마들을 보고 있다.

딩동.

바로 그때 귀에 익은 안내음이 울렸다.

[이벤트 사흘 차 12:00가 되었습니다. 중간 결과를 발표합니다.]

"오호, 중간 결과를 공개하는구나."

아무래도 오늘부터 매일 발표되는 것 같다.

안내음과 동시에 메일을 받았다. 열어보니 여러 이벤트 데이터가 게재되어 있었다.

우선 개인 랭크부터 확인했다. 지금 내가 보유한 이벤트 포인트는 149점.

할머니네 밭일을 돕는 퀘스트를 수행하여 얻은 100점이 가장 큰 비중을 차지하고 있다. 그리고 쁘띠 데빌과 래빗을 토벌하여 얻은 포인트와 소재 납품 퀘스트로 얻은 자질구레한 포인트가 나머지를 차지하고 있다.

순위는 내가 속한 제29서버에서 298명 중 274위다. 꼴찌일 줄 알았는데 의외로 순위가 올라갔다.

뭐, 꼴등도 120점 정도는 벌었으니 어영부영하다가는 금세 역전될 테지만.

또한 1등은 411포인트로 꽤 높다. 아마도 효율적으로 퀘스트를 수행했겠지. 그리고 쁘띠 데빌 같은 이벤트 몬스터를 사냥하고 있으려나? 쁘띠 데빌은 1마리당 1포인트밖에 얻질 못하니 상당한 숫자를 쓰러뜨려야만 하는데…….

한 가지 마음에 걸리는 랭킹이 있었다. 그건 서버 공헌도라는 것이다. 포인트로 표시되어 있지 않고 순위만 게재되어 있다.

그런데 이벤트 포인트로 순위를 정하는 것이 아닌 듯하다. 4위에 내 이름이 들어가 있으니 말이야.

아니, 정말로 영문을 모르겠네. 이유가 뭐야?

공헌도 1, 2위는 이벤트 포인트 랭킹이 순위권인 플레이어들이 그대로 이름을 올렸다. 그런데 3위는 지크프리트, 4위는 나다. 참고로 지크프리트의 이벤트 포인트는 231점으로 139위다. 공헌도 5위인 인물도 이벤트 포인트 랭킹에서는 12위를 차지하고 있다.

"으~음, 기쁘긴 한데 뭐가 좋은 건지 잘 모르겠네……."

뭔가 서버 공헌도가 올라갈 만한 특별한 행동을 한 기억이 없는데……. 뭐, 내일 이후로 발표될 데이터를 보면 뭔가 알 수 있으려나?

마지막으로 게재된 것은 서버 랭킹이었다. 서버가 무려 33번까지 있다고 한다. 그 중에서 우리 제29서버가 3위를 차지했다. 1위는 제7서버다.

"오호. 꽤 상위권이잖아."

나를 제외한 나머지 플레이어들이 애를 써준 모양이다. 그렇게 데이터를 보고 있으니 록케가 의아해하며 고개를 갸웃거렸다.

"형, 뭐 해?"

나란히 걷던 녀석이 느닷없이 능력치 창을 보면서 신음을 하니 의아해할 수밖에.

"미안, 미안. 조금 중요한 메일이 와서 말이야."

"그래? 그럼 어쩔 수 없지~."

NPC에게 게임 용어가 통해서 고맙다. NPC가 먼저 게임에 관한 이야기를 꺼낸 적도 없지만, 내가 말하는 단어에 고개를 갸웃거린 적도 없었다. 의미를 이해하며 자연스럽게 맞장구치는 느낌이다.

이제 데이터를 확인했으니 다시 록케와 대화하도록 하자. 더 이상 놔뒀다가는 록케가 화를 낼지도 모르니까.

"큐큣!"

낚시터로 걸어가면서 아버지에 관한 이야기 등을 듣고 있으니 릭이 내 어깨 위로 잽싸게 오르더니 경계하듯 날카롭게 울었다. 그러고는 내 머리카락을 핵핵 잡아당기며 숲의 어느 방향을 여러 번 가리켰다.

"큐~큐~!"

"으. 몬스터인가?"

"큐!"

릭이 경계하는 모습을 보고 다른 종마들도 바로 전투태세를 갖췄다. 든든하기 그지없다.

그런데 릭이 경계하는 양상이 묘하다.

이 부근에는 래빗밖에 나오지 않건만 이토록 필사적으로 호소할 필요가 있나? 평소였다면 가볍게 울어서 경고만 하는 수준에 그쳤을 텐데.

10초쯤 기다리니 숲 속에서 몬스터가 모습을 드러냈다.

"뭐야? 역시 래빗이잖아……?"

어라? 뭔가 이상한데?

나타난 래빗은 3마리. 그 중 2마리는 백토끼처럼 생긴 평범한 래빗이었다.

그런데 한가운데에 있는 녀석이 조금 묘하게 생겼다. 감정해 보니 래빗이라고 표시되어 있지만, 검은 아지랑이 같은 것이 몸을 휘감고 있다.

"록케, 저 검은 래빗을 본 적 있어?"

"아니. 나도 처음 봐."

그렇다면 얼마나 강한지도 알 수가 없나?

이름은 래빗이니 설마 전멸시킬 만큼 강하지는 않겠지?

"그르르르르."

검은 래빗이 토끼답지 않게 으르렁거렸다. 명백히 적의가 실려 있다.

"저쪽은 한번 붙어 볼 생각인가 봐!"

별수 없다. 일단 싸울 수밖에 없을 것 같다. 여차하면 전력으로 도주하자.

"록케는 뒤로 물러나."

"괜찮아! 나도 싸울 수 있어!"

"어? 괜찮겠어?"

"맡겨두라고!"

쓸데없는 걱정이라며 록케가 자신만만해했다. NPC가 죽으면 어떻게 되는지 모르겠지만, 정말로 괜찮을까? 쉽사리 쓰러지지는 않겠지?

그러나 현 상황에서 전력이 늘어난다는 건 고마운 일이다.

"알겠어. 단 오른쪽에 있는 일반 래빗만 상대해줘. 한가운데에 있는 래빗은 사쿠라랑 내가 상대할게. 오르트와 릭은 록케를 호위해줘. 쿠마마는 왼쪽 래빗을 쓰러뜨려!"

"알겠어!"

"무무!"

"큐!"

"쿳쿠마!"

"—♪"

내가 신호하자 모두가 일제히 움직이기 시작했다.

사쿠라가 검은 래빗에게 채찍을 휘둘렀다.

평소였다면 채찍으로 상대를 휘감아서 움직임을 봉쇄했을 테지만…….

"갸우!"

"빨라!"

검은 래빗이 옆으로 뛰어 사쿠라의 채찍을 회피했다! 더욱이 그대로 이쪽으로 돌진해온다.

"—♪"

"땡큐, 사쿠라!"

그러나 사쿠라는 방패 역할도 수행할 수 있다.

사쿠라가 돌진해온 검은 래빗을 가볍게 튕겨냈다.

그 기회를 놓칠 내가 아니지! 뭐, 자세가 무너져서 빈틈투성이이니 놓칠 사람은 아무도 없겠지.

"아쿠아볼!"

"그르~!"

"휴우, HP는 강화되지 않은 모양이네."

마술을 맞은 검은 래빗이 비명을 지르고서 일격에 쓰러졌다. 사쿠라가 입은 대미지를 보니 공격력도 대단치는 않은 듯하다. 민첩만 강화된 듯했다.

"쿠마~!"

"뿅!"

쿠마마가 예리한 발톱을 휘둘러 귀여운 토끼를 폴리곤으로 만들어 버렸다. 어쩐지 작은 동물을 학대하는 장면 같긴 하지만, 신경 쓰면 지는 거다. 이 게임에는 귀여운 몬스터가 많으니까.

자, 록케 쪽은 어떻게 됐지?

"무~!"

"큐~!"

"이얍~!"

오르트가 래빗의 공격을 막아내자 릭이 달려들어 자세를 무너뜨렸다. 그리고 그 순간 록케의 공격이 작열했다.

이게 웬걸. 낚싯대로 낚싯줄을 날려서 공격하고 있다. 더욱이 HP가 반쯤 남아 있던 래빗을 끝장낸 것으로 보아 공격력도 상당하겠지. 공격 범위도 넓다. 혹시 낚시꾼은 강한 게 아닐까?

"어떻게든 처리했네."

"에헴. 나도 꽤 강하지?"

"그러네."

래빗을 상대로 한 전투에서는 전력으로 여겨도 문제없겠지. 오히려 나보다도 든든한지도 모른다.

"……자, 전투도 끝났으니 드랍물을 확인해 볼까."

특수한 적이었으니 특수한 아이템을 떨어뜨렸는지도 모른다.

그러나 내 예상과 달리 검은 래빗은 특수한 아이템을 떨어뜨리지 않았다. 아니, 아이템 자체를 떨어뜨리지 않았다. 고기나 모피조차도 말이다.

그 대신에 이벤트 포인트 4점을 얻었다.

드랍물 대신에 이벤트 포인트를 얻은 건 어제 쁘띠 데빌을 쓰러뜨렸을 때와 똑같다. 그렇다면 그 검은 래빗은 이벤트 몬스터였나 보다.

"저런 유형도 있구나."

"다음에도 내가 쓰러뜨려 줄게!"

검은 아지랑이를 휘감은 수수께끼의 래빗을 쓰러뜨린 뒤에는 딱히 적과 조우하지 않고 목적지에 도착했다. 몬스터 조우율이 올라간 건 아닌 듯하다.

"저기가 낚시터야!"

어린 견습 어부인 록케가 안내한 곳은 마을에서 15분쯤 떨어진 하천이었다.

하천 양쪽에는 평지가 아니라 회갈색 바위 지대가 펼쳐져 있다. 계곡과 비슷한 분위기다.

흐르는 물도 아주 투명한 게 그대로 마셔도 될 정도로 깨끗하다.

"마을에서 가깝네."

"당연하지! 안쪽으로 들어가면 위험하잖아. 이 부근까지라면 위험한 몬스터는 나오지 않거든."

여기까지 오는 동안에 래빗밖에 출현하지 않았으니 록케 말대로 별로 위험한 곳은 아니겠지.

“더 상류로 올라가면 진귀한 물고기를 낚을 수 있긴 하지만, 아빠처럼 강하지 않으면 몬스터한테 당할 거야.”

록케의 아버지라. 견습 어부인 록케도 저토록 강하니 그 아버지는 분명 상급 직업의 소유자겠지. 어쩌면 낚싯대로 드래곤과 싸운 적이 있을지도 모른다.

“그나저나 상류로 가면 맛있는 물고기를 얻을 수 있나?”

“응. 나도 언젠가 상류에서 낚시를 하고 싶어!”

맛있는 물고기에는 흥미가 있다. 그러나 전투력에는 자신이 없다. 록케를 호위하면서 상류로 가는 건 도저히 불가능하다.

뭐, 오늘은 여기서 느긋하게 낚시를 하자.

“그럼 낚시를 시작하자. 저기 있는 바위 위에서 물고기가 잘 잡혀.”

“그거 기대가 되는걸.”

“이게 미끼야.”

록케가 자루를 넘겨줬다. 안에는 비린내가 살짝 풍기는, 갈색 경단 같은 것이 잔뜩 들어 있었다.

“떡밥?”

“맞아. 우리 아빠 특제 떡밥이지.”

명칭 : 락케의 떡밥

레어도 : 2

품질 : ★7

효과 : 민물고기가 더 잘 문다.

록케는 곧장 바늘에 미끼를 끼운 뒤 계류에 실을 드리웠다. 허리에 어롱을 차고, 갈색 피부에 밀짚모자를 쓴 소년의 모습. 완전히 낚시광처럼 보인다. 엄청난 대물을 낚을 수 있을 듯하다. 언젠가 하천의 신과 대결을 하는 날이 올지도 모르겠다.

"그럼 나도."

낚싯대를 들고서 자세를 취해본다.

"역시 낚시 스킬이 있으니 마커가 표시되는구나."

수면에 낚시 바늘을 던져 넣을 수 있도록 가이드 마커가 표시되어 있다. 그 마커를 의식하면서 낚싯대를 휘두르자 자세가 다소 이상했는데도 그 마커에 캐스팅을 할 수 있었다. 이런 식이라면 초보자라도 간단히 낚시를 할 수 있겠지.

"형, 미끼를 달지 않으면 의미가 없어."

"시험 삼아 던져봤을 뿐이야."

나는 낚시 바늘을 되돌린 뒤 미끼를 매달았다.

"이제 준비 완료지?"

"오! 이제는 진득하게 기다리기만 하면 돼."

나는 록케를 따라 바위에 걸터앉아 하천에 낚싯줄을 드리웠다.

"자, 어떤 물고기가 잡히려나~."

"무무?"

"—?"

오르트와 사쿠라가 낚싯대를 든 나를 의아하게 보고 있다. 아마도 낚시 자체를 모르는 듯하다.

“이건 낚시라고 해. 저기 막대기 끝을 보면 실이 달려 있지?”

“무.”

“저 실 끝에 바늘과 미끼가 달려 있는데, 미끼에 홀려 다가온 물고기를 바늘로 붙잡아 낚아 올리는 거야.”

“—♪”

내 설명을 듣고서 무엇인지 대충은 알았겠지. 두 종마는 내 옆에 앉더니 낚싯줄 끝을 물끄러미 쳐다보기 시작했다.

릭과 쿠마마는 주변을 경계하면서도 술래잡기를 하며 놀고 있다. 이 부근에서는 래빗 정도밖에 나오지 않으니 릭과 쿠마마에게만 경계를 맡겨두더라도 괜찮겠지.

“…….”

“………….”

“……………….”

그대로 20분쯤 지났지만 입질이 없다.

“……완전 꽝인데.”

으~음. 쉽사리 낚을 줄 알았는데 역시 낚시는 끈기가 필요하네.

“무~.”

“—♪”

“너희들, 안 지겹니?”

오르트와 사쿠라가 아직도 낚싯줄 끝을 쳐다보고 있다. 그저 바라만 보고 있는데 지겹지 않나?

"무?"

"—♪"

내가 물어보자 두 종마는 한순간 고개를 갸웃거리더니 이내 다시 낚싯줄을 응시했다. 아니, 지겹지 않다면 다행이긴 하지만.

"아싸! 왔다!"

그러는 사이에 록케가 낚싯대를 힘껏 끌어올렸다. 낚싯줄 끝을 보니 검은 물고기가 매달려 있다.

"헤헤, 한 마리~!"

명칭 : 비기니 송어

레어도 : 1

품질 : ★6

효과 : 소재. 식용 가능.

"비기니 송어네."

비기너(초심자)용 송어라는 뜻이겠지.

다만 겉모습을 보면 그냥 송어처럼 생겼다. 그리고 살집도 나쁘지 않다.

"맛있을 것 같네."

"어. 회를 떠먹어도, 조려 먹어도 맛있다고!"

"어? 회로 먹을 수 있어?"

"당연하지."

실제 세계에서는 기생충 때문에 민물고기는 생식할 수 없다. 날

것으로 먹을 수 있는 가게가 드물게 있기는 하지만, 특별한 사육 방법으로 키운 민물고기를 특별하게 조리하였기에 가능하겠지.

그런데 게임 속에서는 날 것으로 먹어도 괜찮은 듯하다. 기생충까지 재현할 의미가 없다는 거겠지.

그런데 실제로 낚은 모습을 봤더니 의욕이 솟았다. 너무 맛있을 것 같다.

"나도 기필코 낚을 테야!"

"힘내, 형!"

그러나 그로부터 30분. 나에게는 입질이 전혀 없었다. 이따금씩 찌가 흔들려서 낚싯대를 올려봤지만 기분 탓이었는지 애꿎은 미끼만 날려버렸다.

"헤헷~! 또 왔다!"

"끄으응……."

록케는 벌써 세 마리째다. 스킬 레벨에 차이가 있다는 건 알지만, 그래도 분해!

"형, 아직도 못 낚은 거야?"

"젠장~! 똑똑히 봐. 커다란 녀석을 낚아줄 테니까!"

나는 낚싯대를 쥔 손에 온 신경을 집중시켰다.

그리고 드디어 그때가 왔다.

움찔, 하는 진동이 느껴져 낚싯대를 힘껏 들어 올리니…….

"무무무!"

"—♪"

"좋았어!"

낚싯줄 끝에 작은 물고기가 걸려 있었다. 응, 엄청 작다. 록케가 낚았던 비기니 송어보다 몸집이 대략 4분의 1정도밖에 되지 않는다.

명칭 : 비기니 황어
레어도 : 1
품질 : ★6
효과 : 소재. 식용 가능.

"아~, 비기니 황어네~."
"별로야?"
"아니, 맛있어. 그런데 비기니 송어보다 싸고, 맛도 비기니 송어가 더 위야."
잡어로 취급하지는 않지만, 송어에 비해 가격이 떨어진다고 한다. 그래도 좋다. 처음으로 낚은 물고기이니 이따가 확실히 먹어 줄 테다.
"다음에는 비기니 송어를 낚아 줄 거야!"
"응. 힘내."
방금 물고기를 낚은 덕분에 낚시 레벨이 단숨에 2나 올랐다. 다음에는 더 쉽게 낚을 수 있겠지. 물고기를 낚는 데 성공하면 큰 경험치를 얻을 수 있나 보다.
그리고 한 가지 확실한 점은 이곳이 초보자용 낚시터가 아니라는 것이다. 애당초 이렇게 단기간에 딱 한 마리 낚았을 뿐인데 레

벨이 2나 오르는 건 평범하지 않으니까.

아마도 중급자가 올 만한 낚시터겠지. 그래서 난도가 높은 대신에 딱 한 마리 낚았을 뿐인데도 경험치를 많이 얻을 수 있었던 거겠지.

그대로 한동안 낚시를 계속했다. 나는 비기니 황어 2마리, 비기니 송어 1마리를 낚았다.

풍어라고 하기에는 어렵지만, 처음 낚시한 것치고는 제법이지 않나? 낚시 스킬 레벨도 4까지 올라갔고.

"——♪"

"응?"

낚시를 하고 있으니 불현듯 어디선가 사람의 목소리가 들린 것 같았다.

"록케, 방금 무슨 소리 들리지 않았어?"

"응. 사람 목소리가 들렸어."

록케의 귀에도 들렸나 보다.

"그쪽은 어때?"

"키큐?"

릭은 느긋한 표정으로 털 고르기를 하고 있다. 아무래도 릭의 경계망에는 아무것도 걸리지 않은 듯하다.

그래도 나는 낚시를 중단하고서 주변을 경계했다.

그러자 하천 상류 쪽에서 여러 사람들이 달려오는 광경이 보였다. 바위 위를 날아가듯이, 꽤 빠른 속도로 뛰면서 이쪽으로 오고 있다.

"우오오오오오오오오!"
"달려, 달려, 달려!"
"아직도 쫓아와?"
"몰라!"
마커 색깔을 보니 플레이어네.
네 남녀가 필사적으로, 종종 뒤를 돌아보면서 달려오고 있다. 무언가에 쫓기고 있나? 하지만 저들 이외에는 기척이 느껴지지 않는데…….
그러자 상대도 이쪽을 알아차린 듯하다.
"저기 누가 있어!"
"어? 이~봐!"
"도망쳐~!"
그렇게 외치고들 있는데, 이미 추격에서 벗어났음을 깨닫지는 못한 것 같다.
"이봐~! 무슨 일이야~!"
"골치 아픈 몬스터한테 쫓기고 있어!"
역시 그랬구나. 장비를 꽤 잘 갖춘 파티를 달아나게 할 만한 적과 맞닥뜨린다면 나는 순살당하겠지.
다만 이곳은 래빗밖에 출현하지 않는 숲의 얕은 지점이다. 릭도 특별히 경고하지 않았고, 저들 뒤에도 아무것도 보이지 않는다.
아마도 그 몬스터를 이미 뿌리쳤겠지.
"쫓아오는 몬스터는 딱히 보이지 않아~!"
"뭐?"

"어, 뿌리쳤나?"
"그러고 보니……."
플레이어들이 내 말을 듣고서 속도를 늦춘다. 그러고는 뒤를 돌아보고는 안도하는 표정을 지었다.
"살았다……."
"무서웠어……."
모두 제자리에 털썩 주저앉고 말았다.
대체 무슨 일이 있었던 걸까?
"괜찮아?"
"어, 뒤에 아무도 없다는 걸 알려줘서 고마워. 한계였거든."
"정말로 고마워."
"아니, 그보다도 무슨 일이 있었던 거야?"
내가 묻자 그들은 무엇에게서 이토록 달아나고 있었는지 입을 모아 말하기 시작했다.
자신들이 겪었던 공포 체험을 누구에게든 좋으니 들려주고 싶었는지도 모른다.
"강 상류에서 광석을 캘 수 있다고 들어서 채굴하러 갔어."
"그렇게까지 강한 몬스터도 없다고 들어서……."
"분명 처음에는 제2에어리어에서 나올 법한 피라미 몬스터만 조우했는데 말이지~."
"채굴하고 있으니 느닷없이 엄청나게 큰 곰이 기습해서~."
"3미터는 족히 넘었다고."
"응. 게다가 눈에 핏발이 서 있어서 무지 무서웠어."

“이상한 검은 아지랑이 같은 것도 내뿜고 있었고 말이야.”

“그 녀석의 첫 일격을 맞고 씨프가 당했어. 그 뒤에는 그저 필사적으로 달아날 수밖에 없었지.”

제2에어리어의 적을 피라미라고 할 만큼 강한 파티가 도망칠 수밖에 없었다니. 그 거대 곰은 대체 얼마나 강한 거야.

씨프 캐릭터는 보통 경장갑을 착용하지만, 이 파티 멤버라면 나름 수준급 장비를 착용하고 있었겠지. 아무리 기습이었다고 해도 곰에게 플레이어를 일격으로 죽일 만한 공격력이 있었다고? 출현 에어리어를 착각한 거 아냐?

다만 그들이 앞뒤 보지 않고 달아났던 이유는 알았다.

탐지나 경계를 담당하는 씨프 캐릭터가 죽어서 파티의 색적 능력이 현격히 저하되었겠지. 그래서 곰이 쫓아오는지 안 쫓아오는지도 판단하지 못한 채 무작정 줄행랑을 칠 수밖에 없었겠지.

“지금도 바로 뒤에서 들었던, 곰의 두 어금니가 콰직! 하고 맞부딪치는 소리가 잊히질 않아.”

“크으~, 진짜 무서웠어~.”

그나저나 검은 아지랑이를 뿜어냈다고 했었지? 그거 우리가 조우했던 검은 래빗과 동일한 현상인가?

“실은 우리도 검은 아지랑이를 휘감은 이상한 래빗과 조우했었어. 쓰러뜨렸더니 드랍물은 없고, 대신에 이벤트 포인트만 받았는데…….”

“우리가 조우했던 곰도 혹시 이벤트랑 관련이 있나?”

“그렇다면 레벨대를 무시하고 흉악한 몬스터가 출현한 이유를

알 것 같네.”

“으~음. 즉 이번 이벤트를 공략하기 위해서는 그걸 쓰러뜨려야만 한다는 소린가?”

“레이드 파티라도 꾸리지 않으면 불가능하잖아?”

“하지만 평범하게 맞닥뜨렸다는 건 레이드 몬스터가 아니라는 뜻이잖아?”

“그렇긴 한데……. 이 서버에 있는 플레이어 중 실력자만 선별하여 팀을 꾸린다면 가능성이 있지 않을까?”

아무래도 저들은 이번에 얻은 정보를 독점할 마음이 없는 듯하다. 다른 플레이어에게 알려서 협력을 구하려면 어떻게 해야 좋을지 논의하기 시작했다.

“몇 번쯤 싸워서 행동 패턴을 조사해둘 필요가 있는데.”

“하지만 초기에 맞붙는 플레이어는 무조건 죽잖아? 자칫 잘못하면 전멸이야.”

“그럼 협력할 플레이어가 얼마 없을지도…….”

이벤트 기간 중에 죽으면 광장 길드 앞으로 되돌아간다. 이벤트 기간 중에는 통상 패널티가 없는 대신에 이벤트 포인트를 10~30퍼센트 잃는다고 한다. 다시 말해 정보를 수집하기 위해서 그 곰에게 도전하는 역할을 맡은 플레이어는 이벤트 포인트를 잃을 가능성이 높다는 뜻이다.

자신의 포인트를 잃을 각오를 하면서까지 협력해 줄 사람은 얼마 없겠지.

프렌드도, 지인도 전혀 없는 나는 협력할 수 없지만 응원만은

할게! 오히려 딱 한 번이라면 죽을 각오를 하고서 곰을 상대해 볼 만하다.

문제는 우리가 너무 약해서 도저히 정보가 수집될 것 같지가 않다는 점이다.

그렇게 생각하고 있으니 그 파티의 홍일점인 마술사처럼 생긴 여성이 나를 쳐다봤다.

“맞다! 백은 씨한테 도와달라고 하면 되잖아!”

느닷없이 그런 말을 꺼냈다.

그야 협력할 수 있다면야 하겠지만, 그리 큰 도움은 되지 못할 거야.

아니, 내 정체가 들통났네.

“어? 백은 씨라면 그? 어? 저 사람이 백은 씨야?”

“맞아! 그렇죠?”

“뭐, 그럴지도 모르겠네요.”

되도록 그 호칭은 삼가해 줬으면 좋겠는데…….

“거봐! 예전에 본 적 있어! 그리고 무엇보다도 저 애!”

“응? 저 곰처럼 생긴 몬스터가 어쨌는데?”

“몰라? 백은 씨의 몬스터인 쿠마마 짱이야! 곰을 좋아하는 플레이어 사이에서 초유명하다니까!”

이럴 수가. 쿠마마의 이름까지 알려져 있을 줄이야. 말마따나 곰을 좋아한다면 쿠마마를 간과할 수는 없을 테니 유명해질 수밖에 없겠지.

검은 곰은 그런 곰을 좋아하는 플레이어마저 벌벌 떨게 할 만

한 박력을 갖고 있는 듯하다.

“쿠마마 짱의 귀여움에 격침되어 리틀 베어랑 허니 비를 데리고 다니는 테이머가 엄청 늘어나서 또 유명해졌다니까.”

얼레? 그게 뭔 소리래? 몰랐는데? 그런데 아미밍 씨의 웹페이지에 허니 베어의 정보는 게재되어 있으니 다른 테이머가 소유욕을 느끼더라도 이상한 일은 아닌지도 모른다. 여하튼 움직이는 곰 인형이니까.

“게다가 저 아이!”

“저 작은 애도 몬스터야?”

“백은 씨라고 하면 노움! 노움이라고 하면 백은 씨잖아!”

“아니, 모르는데.”

“나도 몰라.”

아무래도 남성들은 나에 관해 그리 자세히 알지 못하는 듯하다. 그들이 아는 정보라고 해봤자 별난 플레이를 하는 백은이라 불리는 테이머가 있다는 정도인가 보다.

다행이다. 그렇겠지. 나 같은 게 그렇게까지 유명할 리가 있겠어? 아마도 정보통이나 일부 귀여운 걸 좋아하는 플레이어에게 조금 알려진 정도겠지?

“아~, 알겠어. 일단 저 사람이 백은 씨라는 건 알겠어.”

“너희들도 알겠어?”

“아, 어.”

“알겠어.”

“알았으면 됐어!”

어째서 저 여성은 가슴을 활짝 펴고서 잘난 척하는 거지? 아니, 상관없긴 하지만.

"그나저나 백은 씨한테 도와달라는 게 무슨 말이야?"

아, 그건 나도 묻고 싶다.

"백은 씨의 종마는 여러 플레이어들한테 인기가 있어. 나처럼 쿠마마 짱의 팬뿐만 아니라 다른 애들한테도 팬이 잔뜩 있지."

진짜? 아니, 종종 우리 쪽을 쳐다보는 듯한 묘한 시선을 느끼거나, 손을 흔드는 플레이어를 가끔 보긴 했지만, 설마 그 정도였어?

그래도 언젠가 허니 베어와 노움을 테임하는 플레이어가 나올 테니 유명세를 치르는 건 지금뿐이겠지. 우쭐대며 유명 플레이어처럼 굴다가는 나중에 창피만 당할 뿐이다. 기간 한정으로 초유명인 기분을 맛보고 있을 뿐이라고 여기자.

"이 서버에도 팬들이 제법 많아. 광장에서 백은 씨와 같은 서버라서 행운이라는 소리도 많이 들었고."

"과연."

"백은 씨가 그런 플레이어들한테 협력을 요청한다면 들어줄지도? 게다가 그 플레이어들이 목소리를 높인다면 더 많은 협력을 이끌어 낼 수 있을지도 모르고!"

일이 그렇게 술술 잘 풀릴까? 뭐, 이벤트 진행과 관계가 있을 것 같으니 최대한 협력은 하겠지만.

"얼마나 도움이 될지는 모르겠지만, 말을 거는 것 정도라면 협력할게."

"야호! 그럼 당장 마을로 돌아가자!"

"그래야지. 그 녀석도 데리러 가야만 하니까."

내가 고개를 끄덕이자 모두 다시 의욕이 솟은 듯하지만, 바로 마을로 돌아갈 수는 없다.

"잠깐만."

아니, 나는 물고기도 입수했으니 돌아가더라도 상관없다.

그러나 록케는 그럴 수가 없겠지. 그는 낚시가 생업이니까.

그런데 록케가 무언가 골똘히 생각하고 있었다. 그리고 이내 고개를 들더니 자기도 돌아가겠다고 했다.

"나도 마을로 돌아가서 그 몬스터 얘기를 모두한테 알려야 해."

"그래? 그럼 함께 돌아가자."

"응!"

마을에 도착했을 즈음에 해가 뉘엿뉘엿 넘어가고 있었다.

입구에서 록케와 악수를 하고서 헤어졌다.

"여러 가지로 참고가 됐어."

"그럼 됐어. 낚시 동료니까!"

초보자라도 낚시인으로 인정해주는 모양이다.

"그럼 또 봐!"

록케는 웃으며 손을 흔들고는 그대로 떠나갔다.

낚싯대를 둘러메고서 노을진 길을 걸어가는 밀짚모자 소년의 실루엣. 묘하게 멋있다고 해야 할까? 애수가 느껴지는 장면이네. 계속 보고 있더라도 질리지 않을 듯하다.

그러나 그럴 수 있는 상황이 아니지만.

"우린 광장으로 가죠. 플레이어가 가장 많으니."

"그래야지."

쓰러뜨릴 수 있는지 없는지는 제쳐두더라도 피해를 줄이기 위해서라도 곰의 정보를 모두에게 속히 전해야만 한다.

록케와 헤어진 우리는 마을 광장으로 가는 발걸음을 재촉했다.

도중에 자기소개를 간략히 끝내뒀다. 쿠마마의 팬이라는 여성의 이름은 마루카였다.

나머지 세 사람은……, 뭐, 별 특색이 없으니 굳이 기억할 필요는 없으려나?

"광장에 돌아오긴 했는데 어쩔 셈이야?"

플레이어들이 제법 있긴 하지만, 어떻게 곰의 정보를 전해야만 좋을까?

여기서 큰소리로 외칠까? 솔직히 나는 사양하고 싶지만.

"어~음……. 저기 있네요."

마루카에게 뭔가 생각이 있는 듯하다.

광장 중앙 부근에 있는 텐트로 걸어갔다.

"실례합니다."

"예? 내게 뭔가 용건이라도?"

그 텐트를 향해 말을 걸자 이내 한 플레이어가 모습을 드러냈다. 밖으로 나온 사람은 낯이 익은 보라 머리 플레이어였다.

기사 플레이로 유명한 지크프리트다. 개인적으로는 삼칭호를 소유한 동료라고도 할 수 있다.

"여어, 마루카 군이었나? 무슨 일이지?"

"지크프리트 씨, 할 얘기가 좀 있어서요. 이벤트가 진행될지도 모릅니다."

"오오! 그거 낭보로군!"

"우선 지크프리트 씨한테 얘기를 들려주고 싶었습니다. 지금 내 동료가 코쿠텐 씨를 부르러 갔어요."

"알겠어. 그리고 그쪽 플레이어와는 초면인가?"

지크프리트의 시선이 이쪽으로 향했다. 여전히 웃음이 시원스럽다.

"아, 아아, 테이머 유토야."

"난 방랑 기사 지크프리트. 만나서 반갑군. 너와 줄곧 만나고 싶었지."

"……날 알고 있어?"

"그야 물론. 나와 마찬가지로 삼칭호 취득자이기도 하고, 백은의 선구자라고 하면 노움의 주인으로 유명하니까!"

역시 알고 있었나? 뭐, 나쁜 녀석은 아닌 것 같고, 또 내 칭호를 우습게 여기는 것 같지도 않으니 상관없긴 하지만.

"아카리 군이 괜찮은 사람이라고 해서 만날 날을 고대하고 있었어."

"그, 그래?"

그러고 보니 아카리가 지인이라고 했었지.

눈앞에 있는 지크프리트를 가볍게 관찰했다. 멀리서 봤을 때는 왕자님처럼 생겼다고 생각했는데, 가까이서 보니 더더욱 미남이다. 속눈썹도 무척 길고 말이지. 나와 동일한 수준의 미형(美形) 아바타인데도 하늘과 땅만큼은 아니더라도 도저히 동급이라고는 할 수가 없을 듯하다.

행동거지의 차이인가? 곁에서 겪어보니 전혀 불쾌하지 않다. 너무 산뜻하다.

분명 마음씨마저도 잘생겼겠지. 젠장! 나는 게임 속에서만 인기를 얻고 있는 가짜라는 건가!

내가 그렇게 일방적으로 패배감에 시달리고 있으니 마루카의 동료가 다른 플레이어를 데리고 왔다.

나는 몰랐는데, 이 서버에서 가장 레벨이 높으며 일반 게임에서도 탑 공략조라 일컬어지는 파티의 리더라고 한다.

어째서 이런 굉장한 파티가 무술대회에 참가하지 않았는지 의문이었는데, 애당초 플레이어 전투인 PvP에는 흥미가 없어서 무술대회에 참가하지 않았다고 한다.

이 서버에서도 모두가 우러러보고 있다. 어쩐지 리더라고 해야 하나, 중심적인 인물로 대하고 있는 듯하다.

그 코쿠텐이라는 플레이어는 엄청난 위엄이 느껴지는 새카만 장비를 착용하고 있어서 위압감이 장난이 아니었다.

그런데 내가 머뭇머뭇 인사를 하자 이내 활짝 웃으며 정중하게 받아주었다.

"저기~, 아, 안녕하세요?"

"예. 안녕하세요. 코쿠텐이라고 합니다. 잘 부탁합니다."

저 태도, 친숙하다. 덕분에 긴장이 순식간에 날아가 버렸다.

"테이머 유토입니다. 잘 부탁해."

"아뇨, 아뇨, 저야말로."

"아뇨, 아뇨."

저 사람, 틀림없이 실제 세계에서 직장인이겠지. 다른 회사의 영업 사원과 명함을 교환할 때 풍기는 분위기가 느껴졌다. 뭐, 그 덕분에 긴장이 풀리긴 했지만.

상대도 같은 생각인 듯하다. 머리를 긁적이며 쓴웃음을 짓고 있다.

"하하, 게임 속에서까지 고개를 숙이고 말았군요."

"그 마음 알아. 그래서 난 게임 속에서는 오히려 일부러 존댓말을 쓰지 않으려고 하고 있지."

"하하, 그것도 좋군요. 전 이미 물들어 버려서 존댓말을 쓰는 편이 더 편하거든요."

코쿠텐이 합류했으니 준비가 다 끝났겠지. 마루카가 자신들을 습격했던 거대 곰에 관해 이야기하기 시작했다.

조우 지점과 강한 힘, 몸에서 풍기던 검은 아지랑이 등 여러 가지를.

지크프리트와 코쿠텐은 역시나 검은 아지랑이 이야기에 관심을 기울였다.

다만 처음 듣는 이야기는 아닌 듯했다.

"검은 아지랑이라. 실은 오늘 검은 아지랑이나 안개를 휘감은 몬스터와 조우했다는 이야기를 여러 건 들었지."

"나도 검은 래빗과 전투를 벌였어. 쓰러뜨렸는데 드랍물은 없었고, 이벤트 포인트만 얻었지."

“저도 마찬가지입니다. 깊은 숲에서 검은 아지랑이에 휩싸인 왕도마뱀과 싸웠죠. 뭔가 이벤트가 진행되고 있는 건 확실하겠지요.”

나와 코쿠텐이 이야기하자 지크프리트가 고개를 끄덕였다. 다른 플레이어들도 동일한 보고를 한 듯하다.

“다만 거대 곰 이야기는 처음 들었습니다.”

“나도야. 마루카 군, 동영상이나 뭔가 찍은 거 없나?”

“그야 물론. 그리 길지는 않지만, 곰의 형태는 확실히 찍혔어.”

지크프리트를 비롯한 다른 플레이어들과 함께 동영상을 봤다. 엄청난 박력이었다.

동료가 기습을 당해 쓰러진 시점부터 시작하여 돌진하는 곰에게서 전력으로 달아나는 모습이 찍혀 있다. 촬영자가 이따금 뒤를 돌아보면 곰이 어금니를 한껏 드러낸 채 무시무시한 얼굴로 달려드는 모습이 보였다.

마루카 일행의 거친 숨과 비명이 뒤섞여 들려온다. 곰이 울부짖는 소리와 어금니를 맞부딪치는 소리가 긴박감을 더하고 있다.

“이거 굉장하군요. 그래도 검은 아지랑이가 몸을 휘감고 있는 건 알겠습니다.”

“그래. 그나저나 마루카 군 일행도 공략조잖아? 그 파티 멤버를 일격으로 죽일 줄이야…….

“그러네요. 기습 보너스와 크리티컬이 중첩됐다고 하더라도 일격에 당했다는 건…….”

“보스급이라고 할 수 있겠군요.”

마루카의 이야기를 듣고서 코쿠텐과 지크프리트가 신음했다. 그들에게도 저 거대 곰은 꽤 강적인 듯하다.

"코쿠텐 씨의 파티로도 이길 수 없나요?"

마루카가 질문하자 코쿠텐이 복잡한 표정으로 생각에 잠겼다.

"으~음……. 솔직히 모르겠군요. 어떤 특수 능력이 있을지 알 수가 없고."

"그렇겠죠……. 역시 여러 번 싸워서 패턴을 확인할 수밖에 없겠네요."

"하지만 패턴을 파악한다고 해도 자칫 잘못하면 전멸당할 가능성도 있을 텐데? 마루카 군 파티만으로는 위험하지 않으려나?"

"그래서 협력자를 모을 생각이에요."

그리고 마루카가 작전을 들려줬다. 여러 사람들에게 말을 걸어서 패턴을 탐색하기 위한 희생양이 되어 줄 플레이어를 찾는다. 죽었다가 부활하면 이벤트 포인트가 감소하므로 되도록 많은 플레이어를 모아서 한 사람당 한 번씩만 죽도록 하고 싶지만…….

"그러기 위해서라도 얼굴이 알려진 지크프리트 씨나 코쿠텐 씨한테도 협력을 부탁하고 싶어요. 여기 있는 백은 씨도 협력을 약속해 줬습니다."

"뭐, 전투 때는 도움이 되지 않으니 이 정도쯤은 해야지."

"그렇군요. 어차피 싸워야 할 상대이고……. 첫 전투는 우리 파티한테 맡겨주십시오. 아마 모두들 가겠다고 할 겁니다. 우리는 그런 강한 몬스터와의 전투를 목적으로 활동하는 파티니까."

과연. 다시 말해 코쿠텐의 파티는 LJO에서 몬스터 사냥을 즐

기고 있는 파티라는 건가.

그러니 투기장에서 벌어지는 토너먼트에 참가하지 않았겠지.

"나도 지인들한테 물어보지. 임시 파티를 꾸려서 전투에 나서도 좋고."

지크프리트도 반드시 찬성해 주리라 예상했는데 역시나 기대한 대로 의욕을 보였다.

이 서버에서 중심을 맡고 있는 두 플레이어라면 틀림없이 수많은 협력자들을 모아줄 테지.

다만 우리는 우리대로 움직일 작정이다. 뭐, 나와 몬스터들은 걸어다니는 광고판이라고 해야 하나? 뒷짐만 지고서 가만히 서 있을 뿐 협력을 요청하는 일은 마루카 일행이 전부 맡게 될 테지만.

마루카 일행이 각자 도와줄 만한 플레이어에게 말해보겠다며 흩어진 바람에 나는 길드 앞에서 잠시 기다리기로 했다.

인벤토리 안에 있는 이번에 입수한 식재료를 바라보면서 뭘 만들지 여러모로 궁리했다.

물고기도 입수해서 레퍼토리가 확 늘어났다.

"무~뭇무!"

"쿠마마!"

"큐!"

"—♪"

우리 애들은 동그랗게 쪼그려 앉아서는 무언가를 하고 있다.

들여다보니 가운데에 흙으로 쌓은 산이 있었고, 그 산에는 막대기가 꽂혀 있었다.

종마들은 순서대로 그 산의 흙을 손으로 조금씩 깎아나갔다. 아마도 막대를 쓰러트리면 지는 그 놀이를 하고 있는 듯하다. 나도 어렸을 적에 자주 했었지.

"무……무무."

"쿠마~……."

"……키큐!"

"—♪"

사쿠라를 제외한 세 종마들은 무척 진지한 표정이다.

어이가 없을 만큼 신중한 손놀림으로 토산을 조금씩 무너뜨리고는 그때마다 이마에 맺힌 땀을 훔쳤다. 마치 인생을 걸고서 대승부에 임하고 있는 것 같은 분위기다. 진지하게 노는 건 좋은 일이긴 하지.

그런데 패자가 빠지는 식으로 그 놀이를 여러 번 반복한 끝에 사쿠라가 최후의 승리자가 되었다.

결국 무슨 일이든 어깨의 힘을 살짝 빼고서 임하는 편이 최선일지도 모른다. 설마 몬스터들의 놀이를 보고서 인생의 진리를 깨달을 줄이야……. 심오하네.

내가 그렇게 시간을 보내고 있으니 마루카가 다른 플레이어들과 함께 돌아왔다.

"기다리게 했네요. 흥미가 있다고 한 사람들을 데리고 왔어요."

마루카가 데리고 온 10명은 모두 여성 플레이어들이었다.

"많네."

"다들 백은 씨의 몬스터들의 팬이에요!"

"전부?"

"예!"

분명 모두의 시선이 우리 애들에게 쏠려 있다. 모두 내 옆에서 놀고 있는 종마들을 반짝거리는 눈으로 쳐다보고 있다.

그런데 이내 이곳으로 온 목적을 다시금 떠올렸나 보다.

"아, 미안해요. 무심코……. 이렇게 가까이에 노움 짱이 있다 생각하니."

이 여성은 오르트의 팬인가?

"그래서 할 얘기가 뭔가요?"

"예? 마루카한테서 듣지 못했어요?"

예상치 못한 발언에 나는 마루카를 쳐다봤다.

"아니~, 모두를 한데 모아 놓은 자리에서 설명하는 편이 빠르잖아요? 일단 백은 씨가 부탁할 게 있다고 말해두긴 했어요."

"요, 용케도 모아왔네."

"왜냐면 백은 씨가 있다는 건 오르트 짱이 있다는 뜻이잖아요?"

"쿠마마 짱을 가까이서 볼 수 있는 기회를 놓칠 수는 없잖아요?"

"릭 땅, 역시 귀여워. 복슬복슬한 털에 얼굴을 문대고 싶어라."

"사쿠라 짱처럼 귀여운 여동생 갖고 싶어~."

귀여운 몬스터는 무서운 존재로구나.

마루카는 그런 그녀들에게 곰에게 습격당했을 때의 동영상을 보여주면서 자초지종을 설명해나갔다.

거대 곰을 쓰러뜨리기 위해서 죽음을 각오하고서 여러 번 전투를 벌어야만 한다는 것, 그리고 그 협력자를 찾고 있다는 것.

다만 반응이 시원치 않았다. 어쩔 수 없다고 해야 할까? 당연하다고 생각하긴 하지만. 죽음이 거의 확정된 것이나 마찬가지이고, 또 그 동영상이 공포심을 꽤나 키운 모양이다.

더욱이 본인뿐이라면 모를까 파티 멤버까지 설득하라는 건 너무하다는 의견도 있었다.

뭐, 여기서부터는 내가 나서야 되겠지. 할 수 있는 일은 하나밖에 없지만.

"저기, 여러분들, 부디 협력해 주실 수 없을까요? 자, 너희들도 부탁드려."

"무무."

"쿠마."

"큐."

"—."

나와 나란히 선 종마들이 일제히 고개를 꾸벅 숙였다.

그 모습을 본 여성 플레이어들이 비명을 질렀다.

내가 시키긴 했지만 참 비겁한 수다. 귀여운 몬스터들이 부탁했으니 차마 거절하기가 어렵겠지. 실제로 여성 플레이어들의 얼굴에 고뇌가 드리워져 있다.

나도 좋아하는 아이돌이 귀여운 얼굴로 '부탁해' 하고 요청한다면 뭐든지 할 거다. 통장쯤이야 가볍게 넘겨줄 수 있지.

그런데 막상 내가 해보니 조금 죄책감이 든다. 예상보다 힘든 역할을 맡았는지도 모르겠다.

더욱이 마루카가 플레이어들을 부추기는 듯한 발언을 했다.

"백은 씨도 당연히 협력하겠다고 했어요."

뭐, 도움이 될는지는 모르겠지만, 나만 안전한 곳에 있을 생각은 없다.

그러자 한 여성 플레이어가 목소리를 높였다.

"저기, 전 협력해도 괜찮은데요? 솔로니까."

"고맙습니다. 아메리아 씨!"

그 여성은 나도 눈여겨보고 있었다. 바로 그녀도 테이머였기 때문이다.

금발 트윈테일에 파란 눈이 인상적인 미소녀다. 종족은 인간이겠지.

하트 래빗이라는 처음 보는 토끼형 몬스터와 허니 비, 리틀 베어, 칠흑 다람쥐, 워 도그를 데리고 있다. 짐승 계열에 편중된 구성이다.

"백은 씨, 처음 뵙겠어요. 비스트 테이머 아메리아입니다. 복슬복슬한 몬스터를 좋아하긴 하지만, 오르트 짱도 좋아해요!"

"아, 예."

"역시 오르트 짱은 귀여워! 게다가 릭 짱도, 쿠마마 짱도, 사쿠라 짱도 최고! 이렇게 귀여운 애들만 모으다니 굉장해요! 부러워요!"

나보다 명백히 한 수 위인 플레이어가 이렇게까지 추켜세우니 어쩐지 마음이 불편하네. 더욱이 2차 전직을 한 데다가 진화된 몬스터까지 데리고 있는 상대가 저렇게 나오니.

"백은 씨한테 한 가지 부탁할 게 있는데……."

과연. 교섭을 하겠다는 건가? 뭐지? 돈? 아니, 프렌드 등록일지도? 나와 프렌드가 되면 오르트를 비롯한 종마들을 만질 수가 있으니까. 그래도 여기 있는 모든 사람들과 프렌드 등록을 하는 건 좀 자제해 줬으면 한다. 왜냐면 프렌드 등록을 했다는 게 알려지다면 앞으로도 어떤 교섭을 벌일 때마다 프렌드 등록을 강요받을지도 모른다.

그런데 아메리아가 내건 조건은 내 예상에서 벗어났다.

"한 장. 딱 한 장이면 되니까 오르트 짱의 스크린샷을 찍게 해 주세요!"

"어? 스크린샷?"

"예. 저기 있는 꽃밭에서 귀여운 포즈를 취한 오르트 짱의 스크린샷. 딱 한 장이면 되니까!"

그 말을 들은 순간 다른 여성 플레이어들의 분위기가 확 바뀌었다. 왠지 뜨거운 시선으로 우리 애들을 응시하고 있다.

"워, 원하는 포즈로 스크린샷……?"

"쿠마마 땅의 귀여운 포즈."

"꿀꺽."

그리고 모두가 나를 쳐다봤다.

무서워, 무섭다고! 압박이 굉장한데! 아니, 마루카까지 한통속이 되어 나를 쳐다보지 마!

그래도 스크린샷? 그래도 되나? 아니, 그만한 조건으로 협력해 준다면 싸게 먹히는 셈이긴 하지만.

"아, 알겠어. 딱 한 장이라면 좋아. 다른 사람들도 만약에 협력

해 준다면 내 몬스터 중에서 좋아하는 애를 택해서 스크린샷을 한 장 찍도록 허용할게."

정말로 괜찮은걸까 싶었지만, 여성 플레이어들의 반응이 굉장했다.

"아싸~!"

"신난다~!"

"반드시 동료를 설득할게요!"

"설득에 응하지 않았다가는……, 우후후후후."

"이 서버에 소속돼서 정말로 다행이야!"

여성 플레이어들이 느닷없이 환호성을 내지르자 종마들이 흠칫 놀랐다.

뭐, 모습을 보아하니 협력자가 조금은 모이려나?

"아자! 그럼 약속이야! 작전이 정해지면 또 연락해요!"

"알겠어. 그때 잘 부탁할게."

"아아! 반드시 최고의 한 장을 찍어야 해! 그러기 위해서 최고의 구도와 시추에이션을 궁리해야겠어!"

아메리아는 이미 자신만의 세계로 들어가 버린 듯하다. 저 모습을 보니 약속을 어길 걱정은 없겠지.

그렇게 생각하고 있으니 마루카가 진지한 얼굴로 나에게 다가왔다. 왜, 왜 그러는 거지?

"당연히 나도 스크린샷을 찍을 권리가 있겠죠? 그쵸?"

"아, 어. 그렇지. 그래야겠지?"

"그렇죠! 크흐흐흐. 쿠마마 짱의 스크린샷……."

일단 내일 오전 중에 길드 앞에서 다시 모이기로 약속하고서 오늘은 해산하기로 했다. 내가 할 수 있는 일은 여기까지겠지.

"뒷일은 지크프리트랑 코쿠텐한테 맡기자."

제5서버에 속한 어느 플레이어들

"어째서 마을 안에서 노숙해야 하는 거냐고!"

"별수 없잖냐! 텐트를 칠 장소가 없으니까!"

"그러니까 왜 그래야 하는 거냐고!"

"다른 녀석들이 광장을 독점하고 있어! 공간을 양보해 달라고 부탁해도 무시당하기 일쑤야!"

"여관도 빈 데가 없고……. 달리 묵을 만한 곳이 없나?"

"NPC한테 묵게 해달라고 부탁해 봤지만 낯선 사람을 집에 묵게 하고 싶지 않대."

"운영진은 대체 무슨 생각이야!"

"몰라! 불평을 늘어놓을 시간이 있으면 알아서 찾으라고!"

"찾고 있어! 그런데 보이질 않잖아! 마을 변두리에 절대로 사람이 살지 않을 것 같은 허름한 오두막집에 갔더니 엄청 무섭게 생긴 영감이 '이방인인가?' 하고 묻더라고. 대체 뭐야! 그 녀석, 틀림없이 살인귀일 거야!

"……이대로는 오늘도 노숙을 하거나, 마을 밖에 텐트를 쳐놓고서 경계하며 쪽잠이나 자는 신세겠네."

"싫어! 이제 진절머리나! 나, 돌아갈래!"

"도, 돌아간다니……. 이벤트에서 한번 이탈하면 두 번 다시 돌아올 수가 없다고!"

"알게 뭐야! 이제 이딴 이벤트, 어찌 되든 상관없어! 그럼 안녕!"

"아~! 잠깐~. 젠장!"

이벤트 나흘째.

"자, 오늘은 있으려나?"

"무~."

"실례합니다."

"무무~."

밭일 등을 모두 끝마친 우리는 어제 부재중이었던 버섯 채집인 바츠의 집을 다시 방문했다.

오늘은 시간대가 괜찮았나 보다.

"예예~? 누구신지요?"

바로 대답이 돌아왔다.

"아~, 여행자 유토라고 합니다. 실은……."

또 카이엔 할아버지의 이름을 빌려서 버섯을 사고 싶다는 뜻을 전했다. 그러자 조건부로 팔아주기로 했다.

그러나 오르트가 있는 우리에게 그렇게까지 어려운 조건은 아니었다. 버섯을 파는 대신에 버섯 재배를 도와달라는 것이었다.

시간은 다소 걸렸지만, 수확이 큰 퀘스트였다고 할 수 있겠지. 굉장한 발견을 했으니까.

이게 웬걸. 건조 버섯으로 육수 내는 법을 배웠다. 말린 표기버섯을 물에 담가두면 물이 육수로 바뀐다고 한다.

실제 세계에서도 건조 표고버섯으로 육수를 내는 방법이 있다. 실제로 본 적은 없지만, 요리 만화 주인공이 그런 방식으로 국물

을 내는 장면이 있었다.
이로써 된장국 레벨이 더욱 향상될지도 모른다. 아니, 분명 더 맛있어질 거야.
"당장 시도해 볼까~."
"무무~."
"쿠마~."
무심코 껑충껑충 뛰자 나란히 걷던 오르트와 쿠마마도 뛰기 시작했다.
나를 보고서 덩달아서 뛰는가 보다.
한동안 셋이서 껑충껑충 뛰면서 카이엔 할아버지네 집으로 돌아갔다.
아직 점심 전이지만, 지금부터 저녁 준비를 할 작정이다. 인벤토리에 넣어두면 언제든 갓 지은 따끈따끈한 밥을 먹을 수 있다는 게 게임의 장점이지.
맨 먼저 시작한 음식은 물론 된장국이다. 무려 물고기와 버섯이 있으니까.
"버섯으로 육수를 내는 건 이미 봐서 괜찮긴 한데, 문제는 물고기네."
날생선으로 육수를 내는 건 나에게는 어려워서 아츠로 건조시켜 보기로 했다. 그러자 비기니 황어는 말린 잔고기, 비기니 송어는 숙성건조 민물고기라는 아이템으로 바뀌었다.
크기의 차이 때문인가? 뭐, 건어물이 있으니 육수는 낼 수 있겠지.

기왕 시도하는 김에 더욱 공을 들여서 정화수와 건어물, 건조 표기버섯을 함께 냄비에 넣어봤다.

그러자 끓는 냄비 속에서 변화가 일어났다. 건어물과 건조 표기버섯이 어디론가 사라지더니 정화수가 육수라는 이름으로 바뀌었다. 성공한 모양이다. 품질이 낮은 걸 보니 연구가 더 필요하려나.

그 육수에 된장과 파란 당근, 양배채, 군청 가지, 사냥꾼 카카루에게서 구입한 어택 보어 고기를 넣었다. 어택 보어 고기는 어제 구워서 먹어봤는데 돼지고기와 맛이 거의 똑같았다. 다소 딱딱하고 지방이 적긴 했지만 나쁘지 않았다.

"그다음에 한소끔 끓여내면……."

파란 재료가 둥둥 떠 있는 돈지루가 완성되었다. 그런데 그 효과가 굉장했다.

명칭 : 돈지루

레어도 : 2

품질 : ★7

효과 : 만복도를 23% 회복한다. 2시간 동안 HP 자동회복속도 상승. 2시간 동안 체력과 정신력이 2 상승.

효과가 예상보다 몇 곱절은 더 높다. 이거 팔 수 있지 않을까? 식사만 하면 버프를 얻을 수 있고, 또 맛있으니 말이다. 나라면 무조건 사겠지.

"우, 우와~. 육수는 대단해."

다음에는 염원하던 피자를 만들었는데 이쪽도 굉장했다.

우선 토마토 소스부터 만들었다. 하얀 토마토를 썬 뒤에 올리브 오일을 넣고서 오로지 졸이기만 했다. 가볍게 소금과 후추를 뿌리고서 눅진해지면 완성이다. 얼핏 화이트 소스처럼 보이지만 하얀 토마토 소스다.

지난번에는 품질이 낮았기 때문에 이번에는 처음에 토마토 껍질을 벗기고서 조릴 때 화력을 세심하게 조절했다. 덕분에 품질 ★5짜리 소스가 완성되었으니 애쓴 보람이 있다.

토마토 소스를 빵 반죽에 바른 뒤 그 위에 올리브 오일, 하얀 토마토, 균청 가지, 바지루루, 잘게 썬 치즈를 올리고서 오븐에 넣고 굽는다.

"치즈가 어떻게 될까~. 기대가 되네~."

그리고 완성된 것이 이겁니다.

명칭 : 피자 1조각

레어도 : 2

품질 : ★6

효과 : 사용자의 공복을 13% 회복한다. 2시간 동안 MP소비가 8% 감소한다.

아쿠아볼밖에 쓰지 못하는 나에게는 별로 의미가 없지만, 마술사에게는 꽤 유용한 효과겠지. 역시나 재료를 많이 넣으면 넣을 수록 효과가 높아지는 듯하다.

“밤에는 재료를 듬뿍 넣은 피자를 만들어 보는 것도 좋을지도 모르겠네.”

된장국도 재료를 잔뜩 넣기에 적합한 요리다. 사용하는 식재료를 늘리면 강력한 버프를 기대할 수 있을지도 모른다.

그런 생각을 하면서 길드 앞 광장으로 가니 이미 마루카와 지크프리트를 비롯한 여러 플레이어들이 동그랗게 모여 이야기를 나누고 있었다.

어라? 약속 시간까지 아직 30분쯤 남았는데……. 혹시 내가 시간을 잘못 들었나?

“미안. 늦었어.”

내가 모여 있는 플레이어들에게 고개를 숙이자 상대가 가당치 않다며 손사래를 쳤다.

“아뇨, 아뇨. 아직 약속 시간도 되지 않았는걸요.”

“우린 이 광장에 친 텐트에서 묵고 있거든. 자연스럽게 모였을 뿐이야.”

“아아, 그런 거였어?”

나와 달리 모두들 처음부터 이 광장에 있었다.

약속 시간 전에 지인끼리 얼굴을 마주하면 자연스레 잡담을 시작하기 마련이지.

“게다가 조금 지각한 정도로 백은 씨한테 불평을 할 사람은 없어요.”

“그래. 유토 군은 이미 충분한 성과를 거뒀으니까.”

"무슨 소리야?"

코쿠텐과 지크프리트의 말을 듣고 나는 고개를 갸웃거렸다.

성과라고 해봤자 아직 한 일이 거의 없는데?

"실은 오늘 아침부터 상당히 많은 플레이어들이 협력을 약속했어."

"50명은 족히 넘지 않을까 싶은데?"

그리고 모여든 협력자들 중에서 절반 이상이 내 이름을 입에 담았다고 한다.

어제 그 여성 플레이어들이 애를 써준 모양이네.

"백은 씨는 할 일을 충분히 해줬으니 그다음은 우리 차례지."

"그래, 넌 낭보를 기다려줘."

"어라? 난 참가 안 해도 되나?"

일단 먼저 말을 꺼낸 사람으로서 첫 전투 때는 참가할 작정이었는데?

"아니, 그게 말이지요……."

코쿠텐이 무슨 영문인지 말끝을 흐렸다. 무언가 말하기 껄끄러운 이유라도? 아니, 그런가? 우리가 약하다는 건 널리 알려져 있으니 별로 도움이 안 될 거라고 판단했는지도 모르겠네. 그래도 면전에 대고 '너희들은 피라미에 불과하니 싸워봤자 아무 의미도 없어' 하고 말할 수는 없을 테니까.

그러나 코쿠텐의 입에서 예상 밖의 말이 튀어나왔다.

"저도 백은 씨가 3번째나 4번째쯤에 전투를 벌여 줬으면 좋겠다고 생각하고 있었는데……. 극심한 반대에 부딪쳐서."

"극심한 반대? 누가?"

"대부분의 여성 플레이어들이지요. 다들 백은 씨가 데리고 있는 몬스터들의 팬인 것 같은데, 죽어서 광장으로 되돌아가는 건 당치도 않다면서. 그게, 험악한 얼굴로……."

그 당시가 떠올랐는지 코쿠텐이 비참한 얼굴로 여러모로 설명해 줬다. 여성들에게 둘러싸여 호된 소리에 시달렸던 모양이다.

그 광경을 상상했더니 등골이 오싹해져 부르르 떨고 말았다. 직장에서 겪었던 온갖 체험들이 머릿속을 스쳤다. 지진이나 번개나 화재보다도 아버지가 더 무섭다는 말이 있는데, 아버지는 일치단결한 여성들에 비해 새끼고양이나 다름없다.

그나저나 한기마저도 재현할 줄이야. LJO, 굉장하네.

"게다가 백은 씨가 협력자를 모아줬는데 전투까지 부탁하는 건 마음이 괴로워서."

"뭐, 그렇다면 상관없긴 하지만."

꼭 죽고 싶은 것도 아니니까.

그렇게 코쿠텐과 이야기를 나누고 있으니 광장에 있는 귀환의 비석이 희미하게 빛났다. 누군가가 죽고서 되돌아온 모양이다.

"어라? 어제 봤던 파티네."

"저들은 3번째로 곰과 싸웠습니다."

"어? 벌써 시작한 거야?"

"예. 우리도 이미 죽고서 되돌아온 겁니다."

코쿠텐 파티는 시간을 허비하는 것이 아까워서 아침부터 거대 곰에게 도전했다고 한다. 사전에 획득한 정보대로 하천 상류에서

맞닥뜨렸다고 한다.

코쿠텐 파티가 맨 처음으로 싸웠다고 한다. 설마 이 정도로 행동이 빠를 줄은 몰랐다. 역시 탑 플레이어다. 효율적이다.

"곰, 어땠어?"

"이대로는 어렵겠지요. HP를 30퍼센트쯤 깎았을 때 힘을 다했습니다. 다만 패턴을 파악한다면 꼭 불가능하지만은 않겠지요."

그거 든든한 말이다.

그나저나 이 뒤에는 뭘 하지? 곰과 싸울 작정이었는데 시간이 남아버렸네.

"길드에서 퀘스트라도 찾아볼까?"

그렇게 마음먹고서 길드 안으로 들어가니 느닷없이 누군가가 말을 걸었다.

"아, 백은 씨!"

"응? 아아, 아메리아?"

복슬복슬한 몬스터와 노움을 좋아하는 테이머 아메리아다.

"안녕!"

아메리아와 그녀의 몬스터가 달려왔다.

인사를 나눈 뒤 가볍게 잡담을 나누었다. 그녀도 이미 곰에게 도전했다가 당하고서 돌아왔다고 한다.

"우와, 턱도 없네요!"

"그래?"

"우리 애들도 굉장히 노력하긴 했지만~. 순살당했어요."

"뽕……."

"큐……."

아메리아가 말하자 그녀의 몬스터들이 고개를 푹 숙였다. 패배해서 마음이 상한 모양이다. 그들을 위로하려는 듯 우리 애들이 다가갔다.

"무무!"

"큐!"

오르트는 래빗의 어깨? 등? 을 툭툭 두드려 주었고, 릭은 다람쥐와 코끝을 맞대고 있다.

"쿳쿠마."

"—♪"

쿠마마와 허니 비, 리틀 베어는 서로 마주 보고서 고개를 끄덕이고 있고, 사쿠라는 워 도그를 위로하듯 턱 밑을 쓰다듬고 있다.

몬스터끼리 통하는 것이 있는지도 모른다.

몬스터끼리 친한 건 좋은 일이다.

"백은 씨는 이제부터 퀘스트를 받을 건가요?"

"받을 수 있는 퀘스트가 있다면."

아메리아와 대화를 나누며 퀘스트 보드로 향하려고 했는데, 그 전에 접수처 아가씨가 말을 걸어왔다.

"저기, 어제 록케랑 함께 있던 여행자죠?"

"예? 그런데요?"

어떻게 아는 거지? 아니, 마을 사람들이 록케와 함께 걷는 모습을 본 건가?

"실은 록케랑 다른 두 아이의 모습이 보이지 않는대요. 그래서 록케랑 마지막으로 대화를 한 당신한테 짐작 가는 바가 없는지 물어보고 싶은데."

"마지막? 아뇨, 나랑 헤어진 뒤에 길드나 촌장님의 집에 가지 않았을까요?"

거대 곰의 출현을 마을 사람들에게 알리겠다고 했으니까.

그러나 접수처 아가씨는 모르는 눈치다. 자세히 설명하니 몹시 놀란 표정을 지었다. 그런 보고는 들은 적이 없단다.

"예? 그래도 분명히 보고하겠다고 했는데."

"그 거대 곰은 어떤 곰이었나요?"

"난 직접 보지 못했지만, 꽤 거대한 곰 몬스터였다고 하던데요. 하천 상류에서 맞닥뜨렸다나 뭐라나."

"과연……."

내 말을 듣고 접수처 아가씨가 생각에 잠겼다. 대체 무슨 일이 벌어지고 있는 거지? 다만 록케가 곰 이야기를 마을 사람들에게 하지 않고 감췄다는 사실만은 알 수 있었다.

"저기, 록케와 아이들을 찾아주시면 안 될까요? 지금 마을 사람들도 찾으러 나갔는데, 인원이 부족해요."

긴급 발생 퀘스트인가? 뭐, 퀘스트를 받을 작정이었으니 마침 잘 됐다.

아니, 특별히 퀘스트가 발생한 건 아닌 듯하다. 퀘스트가 아니다. 단순한 부탁으로 처리될지도 모른다.

그러나 어제 록케에게 신세를 졌다. 이런 상황에서 거절한다는 선택지를 택할 수는 없지.

"나도 찾죠."

"괜찮겠어요? 퀘스트가 아니니 보수는 받을 수 없는데."

"그래도 이벤트랑 관련이 있을 것 같아! 다른 사람한테 말하고 올게!"

분명 이벤트와 관련이 있을 것 같은 사건이다. 분담할 수 있다면 그렇게 하는 편이 나을지도 모른다.

다른 플레이어들에게 알리는 일은 발이 넓은 아메리아에게 맡기고서 나는 당장 수색하러 나섰다.

"우선 짐작 가는 데부터 찾아볼까."

나는 록케의 일터인 낚시터로 향하기로 했다.

마을 밖에서 록케와 관련이 있을 만한 장소는 거기밖에 떠오르지 않았다.

"너희들도 록케를 찾아줄래? 낚시터로 가는 도중에 맞닥뜨릴 수도 있으니까."

"무!"

"큐!"

"쿠마~!"

"—!"

이렇게 다급한 마음만 안고 막상 마을을 뛰쳐나오긴 했는데, 록케가 전혀 보이지 않았다.

이름을 부르면서 스킬로 주위를 살펴보고 있지만…….

"으~음. 아무 데도 없네."

"큐."

"쿠마."

역시나 쉽게 찾아낼 수 없을 듯하다.

나는 기척 감지, 릭은 경계, 쿠마마는 후각이라는 사람을 찾는 데 쓸 만한 스킬을 갖고 있다. 그러나 그 어느 스킬에도 릭의 존재가 탐지되지 않았다.

다가오는 건 몬스터뿐. 이 부근에는 래빗밖에 나오지 않으니 후다닥 쓰러뜨릴 수 있을 줄 알았건만…….

"쁘띠 데빌이랑 검은 래빗이 엄청 늘어나서……. 으아, 위험해!"

"무무!"

"때, 땡큐! 오르트!"

"무!"

검은 래빗이 내게 돌진해서, 오르트가 나를 지켜주었다. 그는 뒤도 돌아보지 않고 엄지만 척 세워서 내 목소리에 답했다. 어머, 사내다워라!

어제는 이 부근에서 쁘띠 데빌은 나오지 않았다. 더욱이 어제 1번밖에 조우하지 않았던 검은 래빗을 오늘은 3번이나 조우했다.

전투가 끝난 뒤 난 새삼스레 위험한 사태임을 다시 인식했다.

"록케가 정말로 마을 밖에 나갔다면 상당히 위험한 거 아냐?"

"큐~."

"쿠마마!"

"그래야지. 한시라도 빨리 찾아야만 해."

릭과 쿠마마가 재촉하듯 나에게 손짓하고 있다. 록케는 함께 낚시를 했던 사이라서 우리 애들도 걱정하고 있겠지.

그대로 래빗들을 물리치면서 낚시터까지 나아갔다. 그러나 그곳에 록케의 모습은 없었다. 다만 소득이 전혀 없었던 것도 아니었다.

"—!"

"사쿠라, 왜 그래?"

사쿠라가 무언가를 주웠다. 그것은 붉고 작은 물고기 모형이었다.

"이건 루어?"

어디선가 본 것 같은데…….

그래, 록케가 갖고 있던 루어다! 역시 록케는 이곳에 왔었구나!

"다들, 이 주변을 찾아!"

"키큐!"

"쿠마~!"

다른 단서가 있을지도 모른다.

흩어져서 낚시터를 수색하고 있으니 오르트가 바위 사이에서 무언가를 주웠다.

"무!"

"오, 뭔가 찾아냈어?"

"무~."

오르트가 발견한 것은 여성이 쓸 법한 머리 장식이었다. 이건 록케의 소지품은 아니겠지? 뭐, 일단 인벤토리에 넣어두자.

"큐!"

"릭도?"

릭이 웬 작고 허름한 자루를 질질 끌고 왔다. 안을 열어보니 허브 씨앗이 들어 있다.

"이것도 록케를 찾을 단서는 아닌 것 같은데."

그러나 계속 수색해 봤지만 더 이상은 아무것도 나오지 않았다.

자, 이제는 어쩐지.

"상식적으로 생각해 보면 곰과 얽힌 무슨 일이 있었을 텐데."

이벤트와 관련이 있을 것 같은 거대 곰과 무슨 영문인지 그 곰을 비밀로 숨긴 록케. 그리고 종적을 감춘 록케가 이 낚시터로 되돌아왔던 건 거의 확실하다.

"그렇다면 곰이 목격됐던 상류로 향했을 가능성이 높다는 뜻인데."

으~음, 어쩌지. 곰과 맞닥뜨린다면 바로 전멸이다. 아니, 곰이 아니더라도 강력한 일반 몹과 맞닥뜨린다면 죽고서 광장으로 되돌아가겠지.

그래도 록케의 실종은 확실하게 이벤트와 연관이 있을 것 같은데…….

"어쩔 수 없지. 가볼까? 전투는 최대한 피하면서 록케의 소재지만이라도 밝혀내도록 하자. 최악의 경우에 우리가 죽더라도 다른 사람들한테 데리러 가달라고 부탁할 수 있으니까."

그래서 우리는 상류 쪽으로 더욱 올라가기로 했다.

"쿠마~."

"—!"

하천을 따라 펼쳐져 있는 바위 지대를 다 함께 올랐다. 꽤 지치는 일이었다. 바위를 기어오르는 느낌이니까.

가끔씩 나오는 거대한 바위를 오르는 건 특히나 고되었다. 릭은 몸이 가벼워서 뛰어오르는 것은 문제가 없었다.. 다른 종마들은 오르트가 흙마술로 만들어준 손잡이를 잡고서 바위를 오르는데……. 오르트는 의외로 몸이 가벼운지 잘도 올라가네. 쿠마마는 민첩이 낮지만 대신에 등반 스킬이 있어서 그럭저럭 오르고 있다.

"끄으응……."

문제는 나다. 민첩이 낮으니 별 수 없지.

사쿠라가 채찍으로 구명줄처럼 내 몸을 칭칭 옭아맨 상태에서 먼저 올라간 오르트와 쿠마마의 힘을 빌려서 올라간다. 그리고 마지막에는 오르트와 사쿠라, 쿠마마가 끌어올린다. 이런 식으로 간신히 거대한 바위를 오를 수가 있었다.

릭? 릭은 응원 담당이다. 오르트의 머리 위에 있는 릭의 울음에 맞춰서 나머지 종마들이 나를 끌어올렸다.

"큣큐, 큣큐!"

"뭇무, 뭇무!"

"큇쿠마, 큇쿠마!"

"—! —!"

영차영차, 하는 환청이 들리는 듯하네.

몬스터들이 애를 써준 덕분에 바위 지대를 어떻게든 나아갈 수가 있었다.

조금씩 상류로 나아가니 출현하는 몬스터의 종류가 변하기 시작했다.

래빗뿐만 아니라 리틀 베어와 어택 보어가 출몰하게 되었고, 검은 아지랑이를 휘감은 강력한 개체도 습격해오곤 했다.

출현하는 몬스터와 싸우면서, 때로는 도망치면서 우리는 계속해서 나아갔다.

그렇게 하천을 따라 나아간 지 수십 분.

바위 지대가 어느덧 사라지더니 자갈과 흙이 깔린 산길로 바뀌기 시작했다. 주위가 삼림으로 변하고 있다.

"여긴 조금 트여 있는데?"

광장처럼 트인 곳이 나왔다.

이곳만은 바위가 아닌 자갈이 깔려 있는 듯했다. 아무리 생각해도 무언가 의미가 있겠지.

"애들아, 여길 지나갈 때 조금 주의해서……?"

수색을 할 것도 없었다. 광장에는 도저히 간과할 수가 없는 어떤 것이 존재하고 있었다.

광장 한편에 조금 커다란 바위가 있다. 그 아랫부분에는 틀림없는 동굴 입구가 뚫려 있었다.

"오오~! 본격적인 동굴은 처음 봐!"

이끼와 바위 질감이 무척이나 사실적이다. 이것이야말로 판타지라는 느낌이 확 들어! 모험의 냄새가 술술 풍깁니다!

그런데 들어가도 괜찮나?

강력한 몬스터나 함정, 위험이 도사리고 있지 않을까? 그렇게 생각하니 느닷없이 들어가도 될는지…….

"쿠마~."

"오? 이게 뭔데?"

생각에 잠긴 내 곁으로 쿠마마가 다가왔다. 그러고는 무언가를 건네줬다.

"대나무로 엮은 바구니?"

아니, 곰곰이 보니 그건 낚시할 때 쓰는 어롱이었다. 록케가 허리에 차고 다녔던 것과 꼭 닮았다.

"어디에 있었어?"

"쿠마!"

내가 묻자 쿠마마가 동굴 입구 앞에 있는 바위틈을 가리켰다. 뭐, 곰 인형이라서 손가락으로 가리키지는 못 했지만, 위치는 대강 알았다.

"저기에 끼워져 있었다는 거지?"

"쿠마!"

"동굴 입구 옆인데……. 록케는 이 동굴에 왔던 건가?"

동굴을 조심스럽게 들여다보니 그 입구에서 몇 미터쯤 떨어진 지점에 하얀 물체가 떨어져 있었다.

"어라, 이게 뭐야?"

주워보니 하얀 손수건이다. 꽃무늬가 수놓아져 있는데 아무리 봐도 여성용이다.

"—!"

"오, 사쿠라 왜 그래?"

"—!"

손수건을 쳐다보고 있으니 이번에는 사쿠라가 나를 부르러 왔다. 내 손을 잡아당기며 무언가를 호소하고 있다. 아마 사쿠라도 무언가를 발견한 모양이다.

뒤를 따라가 보니 사쿠라가 광장 구석에 있는 어느 나무 위를 가리켰다. 나무 위에 갈색 물체가 걸려 있다. 아마도 밀짚모자겠지.

"릭, 저걸 가져와 줄래?"

"큐!"

내 말에 릭이 경례를 척 하고는 나무를 올랐다.

밀짚모자까지 한달음에 올라갔다가 다시 돌아왔다.

"록케 건가? 아니, 록케의 밀짚모자는 챙이 조금 더 넓었던 것 같은데?"

이건 챙이 좁은 모자다. 그러고 보니 록케랑 함께 아이 둘이 없어졌다고 했는데? 혹시 그 아이들의 소지품인가?

그런데 록케와 아이들의 소지품이 이토록 노골적으로 떨어져 있다는 건…….

"이 동굴에 들어간 건 확실하겠지."

"별 수 없지. 들어가 볼까? 애들아……."

"그르오오오오오오오!"

"으앗! 어? 이건 소문으로 듣던 그 곰인가?"

다 함께 동굴로 들어가려고 했더니 멀리서 낮고 묵직한 포효가 들려왔다. 그쪽으로 고개를 돌리니 거대한 곰의 실루엣이 이쪽으로 오는 것이 보였다.

곰이다. 그것도 쿠마마나 리틀 베어처럼 귀여운 모습이 아니다. 분노에 일그러진 눈동자에 훤히 드러낸 어금니. 입에서 흘러

나온 대량의 침이 사방에 튀고 있다. 멀리서 봐도 광폭 상태인 걸 알 수 있었다.

그렇게 무시무시하게 생긴 거대한 곰이 전력으로 달려오고 있다.

진짜 무섭다.

"다, 달아나!"

"가아아오오!"

"동굴 쪽은 위험해! 왔던 길을 되돌아가는 거야! 하류 쪽으로 달려!"

우리는 광장에서 전속력으로 달아나기 시작했다.

"가오오오오오오오!"

"끄악~! 쫓아온다~!"

"무~!"

"큐!"

"쿠마~!"

"—!"

"가아아오오아오아오아오오오오오!"

"달려, 달려, 달려어어!"

"뭇무~!"

"키큐~!"

"쿠마쿠마~!"

"—!"

전속력으로 달리는 우리 뒤를 곰이 맹렬하게 쫓아오고 있다.

"크아아아아!"

"히익!"

뒤에서 거대 곰(감정하니 이름은 가디언 베어였다)의 포효와 이빨을 콱콱 맞부딪치는 딱딱한 소리가 들렸다.

게임 속이라는 걸 알지만, 그 소리를 듣기만 했을 뿐인데도 엄청난 공포심이 솟았다. 실제였다면 온몸에 소름이 돋았겠지. 아니, 이와 똑같은 일이 실제 세계에서 벌어졌다면 몸에서 온갖 것들이 질질 새어 나왔더라도 이상하지 않다. 광란하는 거대 곰에게는 그만한 박력이 있었다.

이 장면이 꿈에서도 나올 게 분명해!

"가오오오오!"

콱콱!

순간 이빨끼리 맞부딪치는 큰소리가 들렸다. 곰이 이제 바로 뒤라고 해도 될 만한 거리까지 닥쳐왔다.

"야단났네. 이러다가 잡히겠어!"

"무~!"

"뭔가, 뭔가 수가 없을까?"

오르트의 흙마술은 전투 때 쓸 수 없다. 릭의 공격으로 이 상황을 모면할 수 있을 리가 없다. 쿠마마는 순살당하겠지. 그렇다면…….

"사쿠라! 어떻게 안 되겠어?"

"—?"

"가르오오!"

"맞다. 예를 들어 나무마술로……, 끄아!"

꽈지직!

슈우웅, 하는 바람을 묵직하게 가르는 소리가 들린 직후에 한 아름은 되던 나무의 파편들이 내 옆을 스쳐 지나갔다. 맞았더라면 치명상을 입었겠지.

곰이 발톱으로 박살 낸 나무들의 파편이었다.

"으아아, 죽는다, 죽어!"

"—!"

"가아앗?"

우당탕탕!

오오? 커다란 소리에 놀라 뒤를 힐끔 돌아보니 거대 곰이 크게 자빠졌다. 나무와 충돌하여 정지한 상태였다.

"—!"

사쿠라가 주먹을 가볍게 불끈 쥐고서 웃고 있었다.

"나무마술로 뭔가 한 거야?"

"—!"

가디언 베어가 자빠진 부근을 자세히 보니 나무와 나무 사이에 밧줄 같은 것이 쳐져 있었다. 사쿠라가 나무마술로 덩굴을 조작하여 만든 즉석 덫인 듯하다. 곰은 전속력으로 달려왔기에 대응하지 못한 채 앞발이 걸려 균형을 잃고 넘어졌겠지.

대미지는 거의 없는 듯하지만, 일어나기까지 시간을 몇 초쯤 벌 수 있었다.

"잘했어, 사쿠라!"

"—♪"

그 몇 초 동안에 바위 지대로 겨우 달아났다.

녀석은 몸집이 거대하므로 지금껏 달려왔던 삼림지대와 달리 바위가 걸리적거려서 전속력으로 달리지 못할 것이다. 실제로도 쫓아오는 속도가 눈에 띄게 떨어졌다.

"헉헉헉. 으랏! 끄응."

바위를 느긋하게 내려갈 여유 따윈 없다.

갈 때는 필사적으로 올랐던 바위를 이번에는 결사의 각오로 뛰어내렸다.

다리가 찌릿찌릿 저리다! 그러나 통증은 거의 없다. 게임 속이라 다행이다.

대미지는 다소 입었지만, 상처약이나 포션으로 회복했다. 이렇게 하면 바위에서 떨어져 입은 부상 때문에 달리지 못하게 되는 최악의 사태는 피할 수 있겠지.

"가르오오오오오!"

거리를 다소 벌렸다고 생각했는데 가까운 거리에서 가디언 베어의 포효가 또 들려왔다.

"포기할 줄 모르네! 애들아, 아직은 쉴 수가 없을 것 같아!"

"무~!"

"쿠마~!"

"―!"

"큐!"

릭만은 약삭빠르게 오르트의 머리 위에 붙어 있었다. 떨어지지 않도록 머리에 찰싹 달라붙어 있는데, 마치 범인이 탄 자동차 지

붕에 필사적으로 매달린 형사 같았다.

“사쿠라! 덩굴로 다시 한번 넘어뜨릴 수 있겠어?”

“—…….”

사쿠라가 미안하다는 얼굴로 고개를 가로젓고는 두 팔을 교차시켰다. 아무래도 무리인 듯하다. 그렇구나, 여긴 바위 지대다. 조작할 만한 덩굴 자체가 없지.

“가아아아아!”

쿠웅!

거대 곰이 바위 위에서 뛰어내렸다. 우리가 있는 곳까지 진동이 전해질 만큼 큰 충격이 있었을 텐데 대미지는 입지 않은 듯하다. 그대로 곧장 뛰기 시작했다.

“젠장. 시간을 조금은 번 줄 알았는데!”

내가 뛰어내릴 수 있을 만한 높이 따윈 녀석에게는 구름판 정도밖에 되지 않을지도 모르겠다.

가디언 베어의 영역이 얼마나 넓은지는 모르겠지만, 낚시터까지 가면 어떻게든 될 것이다. 마루카 파티가 도망쳐 왔을 때도 그곳까지는 쫓아오지 않았다.

그때는 그저 마루카 파티를 놓쳐서 포기했을 뿐 원래는 낚시터도 영역 안에 포함된다면 낭패겠지만! 지금 우리에게 남은 희망은 그것뿐이다.

“가르오오!”

으르렁거리는 소리가 점점 가까워졌다.

낚시터까지 버티지 못할지도 모른다.

사쿠라의 나무마술은 이곳에서 쓸 수가 없다. 가디언 베어의 발을 묶어둘 만한 뭔가 아이템이 없을까?

나는 계속 달리면서 인벤토리 안에 어떤 아이템이 있는지 필사적으로 떠올렸다.

그러나 발을 묶는 데 쓸 수 있을 만한 아이템은 소지하고 있지 않다.

포션류와 조합 소재, 음식뿐이다.

"아니, 먹을 걸로 녀석의 관심을 돌릴 수 없을까?"

시도해 볼 가치가 있다.

"이얍!"

나는 인벤토리에서 토끼 고기를 꺼내 곰을 향해 던져봤다. 어때? 생고기가 맛있어 보이지?

"가오오오오!"

"안 먹히냐! 그럼 이건 어떠냐!"

다음에 던진 것은 꿀이다. 곰이라고 하면 뭐니 뭐니 해도 꿀이지. 얼굴이 저토록 사납게 생겼더라도 분명 꿀은 좋아할 거다! 내가 들고 있는 벌꿀 병을 나란히 달리고 있는 쿠마마가 응시하고 있을 정도니까. 이렇게 위급한 때는 자중하도록 해! 그러나 거대 곰은 땅바닥에 던진 꿀을 본 척도 하지 않았다. 제자리에 멈춰 서서 꿀을 핥을 줄 알았건만! 젠장! 정말로 곰 맞냐!

"그럼 이 녀석으로……, 글렀나? 그럼 이쪽은……, 안 먹히는 거냐!"

곰이라고 하면 연어, 연어라고 하면 물고기. 그래서 나는 말린 잔고기를 던져봤는데, 곰은 흥미가 없는 듯하다. 우리가 더 먹음직스럽게 보이는 건가? 그다음에 꺼낸 나무 열매 쿠키도 전혀 효과가 없었다.

역시 먹을거리로 관심을 돌리는 작전 자체가 안 먹히는 건가?

그러나 이대로 포기하고서 달아나는 데 전념해본들 1분 안에 따라잡힐 것이다.

나는 인벤토리에 들어 있는 음식과 소재를 닥치는 대로 던져보기로 했다. 확인도 하지 않고 식료품 카테고리에 있는 아이템을 뒤로 홱홱 던졌다.

다급한 도라○몽이 어떤 심정이었는지 자~알 알 것 같네!

그렇게 아이템을 마구 던지고 있으니…….

“어? 진짜?”

이게 웬걸. 거대 곰 녀석이 옆으로 방향을 틀었다. 곰이 땅바닥에 굴러다니는 과일을 쳐다보고 있었다. 보라 감이나 녹색 복숭아 같은 과일을 좋아하는 모양이다.

이거 좋은 정보다. 어쩌면 전투 때 도움이 될지도 모른다.

좋았어. 이 틈에 달아나자! 낚시터까지 이제 얼마 남지 않았다!

나는 언제든지 던질 수 있도록 보라 감을 들면서 몬스터들과 함께 전속력으로 계속 달렸다.

스태미너가 다 떨어져서 숨쉬기가 버거울 지경이다.

“헥헥헥……!”

“뭇무!”

“—!”

체력이 한계에 달한 내 두 손을 오르트와 사쿠라가 쥐고서 잡아당겼다. 이 착한 녀석들 같으니! 그런데 릭은 내 머리에서 좀 내려와! 꼬리가 이따금씩 목덜미를 스쳐서 무지 간지럽단 말이야!

"여기까지…… 왔, 으면……."

낚시터까지 간신히 달아나고서 우리는 일단 발걸음을 멈췄다. 아니, 그보다도 더는 달릴 수가 없다.

"아아아아……, 물……."

인벤토리에서 물을 꺼내 벌컥벌컥 들이키며 뒤를 돌아봤다.

곰의 모습은 보이지 않는데 따돌린 건가?

기척 감지도 써봤지만 곰이 쫓아오는 듯한 기척은 느껴지지 않았다. 아마도 추격을 완전히 뿌리친 모양이다.

"사, 살았다……."

"무~."

"쿠마~."

오르트와 쿠마마가 제자리에 털썩 주저앉았다.

"큐~."

"―♪"

릭과 사쿠라도 안도하는 표정이다. 우리 애들도 한계 상태였나 보다.

아니, 릭은 내 머리에 타고 있었으니 아직 여력이 남아 있는 것 같지만.

"……일단 마을로 돌아갈까."

"무……."

이제 쫓아오지 않는다는 걸 알면서도 자연스레 종종걸음으로 마을까지 돌아간 우리는 그 길로 광장으로 향했다. 보고해야만 할 것이 여러모로 많다.

"백은 씨, 지금 돌아온 겁니까?"

"아, 코쿠텐이었구나."

광장 입구에서 코쿠텐이 말을 걸었다.

"행방불명된 아이를 찾고 있다는 소리를 듣긴 했는데……. 표정을 보니 발견하지 못했습니까?"

"맞아. 어디 있는지 짐작 가는 데는 있긴 한데."

"무슨 소립니까?"

"그 곰이었어."

나는 아이들의 흔적을 쫓다가 동굴을 발견했다는 사실, 안으로 들어갈지 고민하다가 가디언 베어가 돌아온 바람에 도망칠 수밖에 없었다는 사실을 들려줬다.

동굴 위치 등 알아낸 정보를 전부 정확하게 알려줬다. 숨겨봤자 나 혼자서는 뾰족한 수가 없으니까. 협력을 구하는 편이 낫겠지.

"그거 재난이었겠군요."

"진짜 죽는 줄 알았어. 그치?"

"무~."

"큐."

"쿠마!"

"—♪"

우리 애들이 제각기 고개를 크게 끄덕이며 동감을 표했다. 쿠마마는 도끼눈으로 두 팔을 홱 들어 올리더니 릭을 쫓기 시작했다. 릭은 쿠마마의 과장된 행동에 놀라 퓨웅, 하고 줄행랑치기 시작했다.

"쿠마쿠마쿠마~!"

"기규~읏!"

가디언 베어에게 쫓겼을 당시를 재현하고 있는 거겠지.

코쿠텐에게는 전혀 전해지지 않은 것 같지만.

"그 동굴이 곰의 둥지인 겁니까?"

"으~음. 글쎄?"

"어차피 곰이 있으니 쉽사리 들어가지 못하겠습니다만……"

"맞아. 그래서 의논하려고 마을로 돌아왔어. 가디언 베어를 어떻게든 처리할 수 있겠어?"

"아직 무리지요."

곰을 쓰러뜨릴 방안이 떠오른다면 동굴에 들어갈 수 있을 테지만, 아직 시간이 더 걸릴 듯하다.

"한 가지 묻겠는데 곰한테 몇 시쯤에 습격당했는지 압니까?"

"어? 시간?"

"예."

"으음. 로그를 확인해 볼 테니 잠깐만."

플레이 로그를 보니 동굴을 발견한 시각이 10시 5분. 그 뒤에 주변을 계속 탐색하다가 20분 뒤에 나무에 걸려 있던 밀짚모자를 발견했고, 그로부터 5분 뒤에 곰이 습격하여 도망쳤네.

그렇게 알려줬더니 코쿠텐이 무언가를 생각하기 시작했다.

"왜 그래?"

"아뇨, 만약에 그 동굴이 곰의 둥지라면 어째서 애초부터 그곳에 없었는지 의아해서."

"하지만 곰도 먹이를 찾거나, 영역을 순찰하러 돌아다닐 거 아냐? 뭐, 실제 곰과 행동이 비슷하다면 말이지만."

"그럴 가능성도 있겠지만, 다른 가능성도 있겠지요?"

"예를 들어?"

"어떤 이유 때문에 둥지 밖으로 나갈 수밖에 없었다면? 예를 들어 플레이어와 전투 중이었다거나."

"아아, 그렇구나."

그럴 듯한 가설일지도. 녀석이 영역에 침입한 플레이어를 습격하려고 동굴 밖으로 나갔는데, 때마침 그 틈에 내가 동굴에 도착했을 수도 있다는 건가.

"실제로 그 시간에 지크프리트 씨가 다른 뜻있는 플레이어와 함께 가디언 베어와 전투하고 있었지요. 그리고 백은 씨가 녀석한테 습격받은 시간 역시 지크프리트 일행이 전멸당한 직후고요."

역시 내가 동굴에 도착할 수 있었던 건 운이 좋았기 때문인지도 모른다. 시간이 조금이라도 어긋났다면 그전에 곰에게 습격받아 전멸했겠지.

"그래도 그 동굴은 이벤트와 관계가 있을 것 같군요. 꼭 탐색하고 싶습니다."

"록케도 찾아내고 싶고 말이지."

"그렇군요. 다른 분들의 의견도 들어보고 싶고, 곰에 관한 정보

도 필요하지요."

곰에 관한 정보라……. 록케가 무언가를 알고 있는 건 확실하지만, 지금 그 록케를 찾고 있는 중이다.

그 밖에 가능성이 있을 만한 사람이라면 록케의 가족일 테지만, 그들도 지금은 마을에 없다는 설정이다.

일단 다른 마을 사람의 이야기를 들어볼까? 록케가 아는 정보라면 카이엔 할아버지나 잡화점 할머니가 알고 있을지도 모른다.

아니, 잠깐만. 정보를 확실히 가지고 있을 만한 사람이 하나 있다.

"분명 길드 접수처 누나도 뭔가 아는 듯한 눈치였지."

"흐음. 그럼 그쪽은 제가 물어보지요. 백은 씨는 마을 사람들과 어느 정도 교류가 있으니 그쪽을 맡아주시면 안 되겠는지요?"

"알겠어."

우선은 카이엔 할아버지의 이야기를 들어볼까.

그렇게 마음먹고서 집으로 돌아갔지만 지금은 부재중인 듯하다. 그러고 보니 점심은 밖에서 먹는다고 했던가?

"맞다."

그럼 다른 마을 사람에게 물어보자. 우선 가장 가까이에 있는, 낙농업을 하는 아발 씨네 집으로 가봤다. 치즈를 입수한 곳이다.

호감도는 아직 전혀 오르지 않았을 테지만, 록케의 이름을 언급한다면 도움이 될 만한 이야기쯤은 해주겠지.

"실례합니다."

"예, 예. 어라, 넌……, 유토 군이었던가?"

오오, 내 이름을 기억하고 있었다. 작은 마을이라서 이방인이 인상에 남았는지도 모른다.

“예. 잠시 물어보고 싶은 게 있어서. 지금 시간 괜찮습니까?”

“응. 좋아~. 자, 어서 어서 들어와. 너희들도 들어오렴.”

“그럼 실례합니다.”

“무무~.”

“큐.”

“—♪”

“쿠~마~.”

선선히 안으로 들어가게 해주었다. 모르는 사이에 호감도 같은 게 올라갔나? 그대로 아발 씨네 집으로 들어가니 그곳에 낯익은 얼굴이 있었다.

“어라, 카이엔 할아버지.”

“오오, 유토로구나?”

카이엔 할아버지뿐만이 아니다. 그 밖에도 여러 노인들이 탁자에 둘러앉아 무언가 대화를 나누고 있었다. 노인들은 체력 때문에 록케를 찾으러 나갈 수 없었나 보다. 그러나 마음이 초조해서 이렇듯 모여 있는 듯하다.

“무슨 일이냐? 이런 델 다 오고.”

“뭔가 물어보고 싶은 게 있는 것 같던데요?”

“그래요. 하천 상류에서 출몰하는 거대 곰 말입니다만……. 혹시 알고 계십니까?”

“수호수(守護獸)와 만난 건가?”

수호수? 과연. 그래서 이름이 가디언 베어였던 건가? 나는 록케와 아이들을 찾다가 그 곰과 맞닥뜨렸고 습격까지 당했다는 사실을 마을 사람들에게 말했다.

그러자 노인들이 웅성거리기 시작했다.

"말도 안 돼! 수호수가 사람을 습격했다는 건가?"

"예? 예, 꽤 많은 플레이어들이 죽었습니다."

"……믿기질 않는구먼."

카이엔 할아버지가 불쑥 중얼거렸다.

"무슨 뜻인가요?"

내가 묻자 노인들이 서로를 쳐다봤다. 그러고는 고개들을 끄덕였다.

"흐음……. 여행자들이 마을에 공헌하고 있기도 하고……. 특히 그대는 열심히 일해주고 있으니 알려줘도 무방하겠지."

카이엔 할아버지가 해준 이야기는 아주 흥미로웠다. 아마도 이벤트와 깊이 연관되어 있는 정보겠지. 이런 데서 들게 될 줄이야!

먼 옛날, 이 마을은 어느 대악마 때문에 멸망할 뻔했다고 한다. 그러나 여행하던 모험가가 그 악마를 쓰러뜨려 어느 장소에 봉인시켰다. 그 봉인을 지탱하고 있는 것이 신성수(神聖樹)라 불리는 두 그루의 신성한 나무라고 한다. 그리고 그 신성수를 두 마리의 신수가 지키고 있단다.

"가디언 베어와 가디언 보어라는 신수들인데, 결코 사람을 습격할 만한 광폭한 몬스터가 아닐세. 오히려 숲속을 헤매는 마을 사람들을 돕기도 하는, 말 그대로 마을을 지키는 신이지."

그렇다면 이런 뜻인가? 마을 사람이 아니라면 습격한다? 아니,

그 검은 아지랑이가 신수를 이상하게 만든 건가?

"……신성수에 이변이 벌어졌는지도 모르겠군요."

"무슨 소리냐? 아발."

"카카루한테 들었는데 최근에 광폭해진 몬스터가 덫에 걸린 적이 있대요. 수호수도 어쩌면."

"악마의 봉인이 풀리고 있다는 뜻인가?"

"맞아요."

"으으음."

전승에 따르면 봉인되어 있는 악마는 몬스터를 광폭화시켜 조종하는 능력을 지니고 있다고 한다. 이거 빙고일지도? 이벤트의 최종 보스가 그 악마인가?

"록케를 데려오는 데 수호수가 방해가 됩니다. 그런데 쓰러뜨리면 큰일이 나는 겁니까?"

"이 마을 사람들한테는 오랫동안 함께 해온 친구 같은 존재일세. 부디 그것만은 자제해 줄 수 없겠나? 게다가 수호수를 쓰러뜨리면 신성수에 어떤 영향을 끼칠지도 알 수가 없네."

큰일 날 뻔했네~! 오히려 가디언 베어가 강력해서 다행이다! 녀석이 약했다면 플레이어들이 진즉에 토벌했을지도 모른다.

그렇다면 곰을 쓰러뜨리지 않고서 록케와 아이들을 구해야만 한다는 건가?

다른 플레이어들이 가디언 베어를 붙들어 두는 동안에 동굴로 가는 수밖에 없으려나? 그 부분도 코쿠텐과 의논해 보자.

"방금 들은 얘기를 다른 사람들한테도 해도 될까요? 수호수와의 불필요한 전투도 피할 수 있을 테니까요."

"상관없네."

"감사합니다."

나는 인사를 하고서 아발 씨의 집을 나왔다.

"광장으로 돌아가기 전에 할 수 있는 일은……. 과일이나 구해야 하나?"

곰의 관심을 돌릴 수 있는 과일이 여러모로 도움이 될지도 모른다.

그런데 청과상에 가보니 벌써 다 팔렸다. 나 아닌 다른 플레이어들에게도 희귀한 과일이 인기가 있는 듯하다.

"으~음. 또 팔 만한 곳이……. 맞다, 할머니의 잡화점."

갈 때마다 품목이 미묘하게 바뀌니 어쩌면 과일이 있을지도 모른다. 없더라도 무언가 대용품이 있을지도 모른다. 할머니에게도 물어볼 수 있다. 어차피 그 외에는 짐작 가는 데도 없으니까.

그런데 결과가 신통치 않았다. 할머니도 수호수가 좋아하는 것을 알지 못했다. 과일도 팔지 않았고.

유일한 성과는 고급 비료를 샀다는 거겠지. 갓 들여온 상품이라고 한다. 이건 귀중품이다. 아자! 이벤트 기간 중에는 별 소용이 없을 테지만, 밭으로 돌아가면 당장 써봐야겠다.

"과일을 구하지 못한 건 아쉽지만, 슬슬 광장으로 돌아가볼까."

한시라도 빨리 이 정보를 다른 플레이어에게 알리지 않으면 쓸데없이 가디언 베어에게 도전하는 플레이어가 늘어날 테니까.

광장으로 돌아가니 코쿠텐 말고도 지크프리트와 마루카 등 이

서버의 중심인물들이 모여 있었다. 코쿠텐이 소집한 모양이다. 일처리가 빠르네.

“코쿠텐! 많이 기다렸지?”

“아뇨, 정보를 수집하는 건 중요한 일이니까요. 그래서 뭔가 알아낸 게 있습니까?”

“어, 알아냈고말고!”

나는 다른 플레이어들에게 카이엔 할아버지가 해줬던 마을의 전승을 들려줬다.

나는 이야기를 맛깔나게 하는 편은 아니지만, 그래도 모두들 눈빛을 반짝이며 들어줬다.

악마나 신수라는 단어에 가슴이 뛰었겠지. 역시 게이머들이다.

“그런 전승이 있었을 줄이야.”

“무척 흥미롭네요.”

“꽤 중요할 것 같은 이야기입니다.”

더욱이 수호수를 쓰러뜨려서는 안 된다는 이야기에도 놀랐다.

거대 곰을 쓰러뜨리고자 기를 쓰고 노력해온 것이 허사였다는 소리니까. 특히 여기 있는 플레이어들은 다들 이미 도전하여 한 번은 죽고서 되돌아온 상태다.

“그렇다면 그 곰을 쓰러뜨려서는 안 되는 거군요.”

“뭐, 아직 쓰러뜨릴 기미가 없긴 하지만. 지크프리트 씨 일행이 죽고서 되돌아온 뒤에는 작전 회의를 하고자 아무도 싸우러 가지 않았고.”

일단 가디언 베어의 전투 패턴을 정리하는 작업을 벌이고 있었다고 한다. 공격 패턴 등은 제법 밝혀진 듯했다.

"그보다도 그 아이들을 어떻게 구출하느냐가 중요해. 록케 군이라고 했던가? 동굴에 있을 가능성이 높다는 거지?"

"확실하지는 않지만."

"어쨌든 그 수상한 동굴은 탐색해 보고 싶었어요."

코쿠텐을 비롯한 플레이어들이 논의를 벌이기 시작했다.

그들도 나와 마찬가지로 동굴 밖에서 가디언 베어와 싸워서 묶어두는 조와 동굴을 탐색하는 조로 나눌 수밖에 없다는 결론에 도달한 듯했다.

개인적으로는 코쿠텐이나 마루카처럼 강한 파티에게 동굴에 들어가 달라고 부탁할 작정이었다.

어떤 적이 나올지 모르는 동굴을 확실하게 탐색하려면 최강 전력을 투입해야겠지.

그러나 코쿠텐과 다른 플레이어들이 발견자인 내가 가야한다고 했다. 록케와 만난 적이 있는 건 나뿐이니 이벤트가 진행되려면 내가 빠져서는 안 될지도 모른다는 것이 이유였다.

듣고 보니 일리가 있다.

"그런데 우리끼리만 가면 동굴에서 전멸할지도 모르는데?"

"그건 다른 파티를 호위로서 딸려 보낼 수밖에 없겠지."

"예, 예! 그 임무는 꼭 우리 파티한테!"

지크프리트의 말을 듣고서 잡아먹을 듯한 기세로 마루카가 힘차게 손을 들었다. 코쿠텐과 지크프리트에게 필사적으로 호소하고 있다.

"백은 씨는 내가 지킬 테니 안심해요!"

마루카가 자못 순수하게 선의로 자청한 것이라는 얼굴로 이쪽을 쳐다봤다. 오히려 그런 태도 때문에 무언가 꿍꿍이가 있는 것처럼 비쳐진다는 걸 모르는 걸까?

"그 진의는?"

"진의고 뭐고, 나도 백은 씨의 도움이 되고 싶어요! 단지 그뿐인데요?"

든든한 말이긴 하지만, 마루카의 속셈은 알고 있다.

아니, 그녀의 시선 끝을 따라가 보면 누구나 알 수 있다.

"……동굴에 가는 동안에 쿠마마랑 줄곧 함께."

"헉."

"동굴 내부 루트나 덫을 기록한다는 핑계로 쿠마마의 스크린샷도 찍을지도?"

"아하."

"운이 좋으면 보호하는 척이라도 하면서 쿠마마를 끌어안기도 하려나?"

"에헤헤."

"……마루카?"

"하지만~."

"음흉한 속내가 빤히 보인다고."

"그래도 호위는 확실히 할 테니까요!"

마루카가 그렇게 말하며 매달렸다.

해러스먼트 블록 덕분에 접촉할 수는 없지만, 성가신 건 매한

가지다.

"에~잇, 떨어지래도!"

"백은 씨! 부탁해애애!"

떠, 떨어지질 않는다. 네가 무슨 좀비냐!

"뭐, 마루카 군의 파티라면 실력도 있으니 괜찮지 않을까?"

지크프리트가 보다 못해 끼어들었다. 아니, 나도 마루카가 안 된다는 말은 하지 않았는데요? 그저 딴죽을 걸지 않고는 배길 수가 없었을 뿐이다.

"코쿠텐도 그렇게 하기로 한 거지?"

이제 와 이런 말을 하기에는 조금 그렇긴 한데, 동굴을 탐색하다 보면 틀림없이 무슨 일이 벌어질 것이고, 이벤트 포인트를 벌 수 있는 기회가 생길지도 모른다. 개인 랭킹을 올리고 싶다면 무조건 참가하고 싶겠지.

더욱이 동굴 탐색조에 끼지 않는다는 건 필연적으로 가디언 베어의 발을 묶어두는 조에 낀다는 뜻이다.

코쿠텐도, 지크프리트도 이미 가디언 베어에게 한 번 도전했다가 죽었다. 또 죽는다면 이벤트 포인트가 더욱 떨어지게 될 것이다.

그러나 코쿠텐이 선선히 말했다.

"상관없어요. 마루카 씨 파티라면 맡길 수 있으니 말이지요. 곰의 발을 묶어두는 조에 우리도 가세합니다. 몇 개 파티만 더 모집한다면 교대하면서 싸울 수 있을 테지요."

"나도 발을 묶는 조에 가세하지. 나와 내 애마라면 미끼로써 관

심을 끄는 역할로는 최적일 테니까."

"둘 다 괜찮겠어? 죽을 위험이 높은 역할일 텐데."

"마을 사람들이 곤경에 처해 있어. 문제없어!"

"우리도 그 거대 곰과 한 번 더 싸워보자고 얘기를 하던 참이었습니다. 지난번에는 참패했지만, 이번에는 더 끈질기게 버텨보지요."

코쿠텐이 의욕이 넘치는 표정을 짓고 있다. 더욱이 가디언 베어와의 전투가 꼭 나쁜 것만은 아니라고 한다. 격이 월등히 높은 몬스터이기에 스킬 숙련도를 많이 올릴 수 있다고 한다.

"본인들의 의지가 그렇다면야 말릴 수 없겠지만……."

그때 나는 떠올랐다.

"맞다. 이걸 가지고 가."

약간 남아 있는 과일이다. 도주할 때는 유효했지만, 전투 때는 쓸 수 있을지 모르겠다. 그래도 시도해 볼 가치는 있겠지.

"이건 과일입니까?"

"뭔가 특별한 버프라도 붙는 건가?"

"아니, 그건 아냐."

나는 가디언 베어에게서 도주하면서 과일을 써먹은 경험담을 들려줬다.

코쿠텐이 과일을 받으면서 고개를 끄덕였다. 가디언 베어가 플레이어의 레벨을 웃도는 보스라서 그런 구제용 아이템이 있지 않을까 예상했다고 한다.

코쿠텐이 돈을 지불하겠다고 했지만 거절했다. 애당초 내가 부탁해서 록케를 찾으러 가는 것이다. 그들은 나를 도와주고 있는 셈이다. 오히려 과일만으로는 부족하겠지.

그래서 인벤토리 안에 있는 아이템을 떠올렸다.

"그리고 이건 도움이 될 것 같긴 한데."

"생김새는 굉장합니다만……. 돈지루입니까? 아니, 효과도 굉장하군요!"

"나도 이렇게나 버프가 많이 붙은 요리는 처음 봤어."

코쿠텐과 지크프리트가 봐도 돈지루의 효과가 뛰어난 듯하다. 일반 레시피에 비해 재료도 많이 들어갔고, 정성도 들였으니까. 그런데 지크프리트가 한 번도 본 적이 없을 정도라니…….

틀림없이 이벤트 중에 입수한 소재를 사용한 덕분이겠지. 어떤 의미에서 공략조도 알아내지 못한 최신 소재라고 할 수 있으니까.

"일단 5인분은 있는데."

"그럼 모두가 먹기에는 부족한가……."

"그래도 가디언 베어와 싸워야하니 꼭 필요하겠군요. 아니, 효과 때문이 아니더라도 꼭 먹어보고 싶습니다."

"왜?"

"독신에다가 자취를 하는지라……. 된장국 같은 건 규동집에서 서비스로 줄 때나 먹거든요. 그래서 제대로 끓인 된장국에 굶주려 있지요."

코쿠텐과 대화를 나누고 있으니 어느새 여러 모험가들이 멀리서 우리를 에워싼 채 지켜보고 있었다. 아무래도 돈지루 냄새에 이끌린 듯하다.

가까이 다가오지 않는 이유는 코쿠텐이나 지크프리트 같은 유명 플레이어 때문이겠지.

그러나 끝내 한계가 찾아온 모양이다.

구경꾼 중 한 사람이 우리 쪽으로 슬쩍슬쩍 다가오더니 돈지루가 어디서 났는지 물었다.

"저기~. 그거 어디서 살 수 있습니까?"

"어디서 파는 게 아니라 내가 만든 건데……. 재료도 없고."

아니, 재료는 있긴 하지만, 내가 먹을 양밖에 없다.

내 대답을 듣고서 남성 플레이어가 아쉬운 얼굴로 고개를 푹 숙였다.

그 모습을 본 다른 구경꾼들도 어깨를 축 늘어뜨리며 한숨을 내쉬었다.

"아~, 그렇습니까."

"아쉬워라! 맛있을 것 같은데."

그런데 포기하지 못한 자가 있었다. 그 정도로 된장국에 굶주려 있는 건가?

"재료를 갖고 오면 만들어 주실 겁니까? 물론 돈은 지불할 거고요!"

"어? 뭐, 재료가 있다면."

"정말입니까?"

순간 재료를 알려주면 레시피도 자연스레 알게 되는 게 아닐까, 하고 생각했다. 그러나 딱히 감출 생각은 없으니까. 애당초 실제 세계에서 만드는 방식대로 똑같이 따라했을 뿐이니 누구든 레시피를 착안해낼 수 있다.

문제없다. 나는 플레이어들에게 야채, 어택 보어 고기, 된장, 잔고기가 재료로 필요하다고 알려줬다.

오히려 재료를 알려줬으니 내가 수고할 필요 없이 자기들이 알아서 만들어 먹을지도 모른다.

재료를 들은 플레이어들이 각자 가지고 있는 재료를 꺼내기 시작했다.

"고기는 있는데요~."

"물고기는 어디서 입수하지?"

"야채라면 몇 개 있어."

야채와 고기는 비교적 갖고 있는 자가 많다. 물고기는 낚시 스킬을 가지고 있는 플레이어들이 소지하고 있었다. 시작의 도시에 있는 호수에서 그냥 낚을 수 있단다. 된장은 기적적으로 갖고 있는 플레이어가 있었다. 제3에어리어에 있는 양조장의 NPC와 친해지면 살 수 있다나 뭐라나. 이거 좋은 정보를 들었다.

그런데 역시나 방금 말했던 재료를 모두 가지고 있는 플레이어는 없는 듯했다.

요리 스킬을 갖고 있지 않다면 식재료를 그냥 팔아버릴 테고, 스킬이 있더라도 식재료를 그냥 사용했을 테지.

그럼에도 포기하지 못한 한 플레이어가 모두를 이끌기 시작했다.

"모두가 갖고 있는 재료를 합치면 되잖아?"

"오오! 맞아!"

"백은 씨! 이거면 됩니까?"

"아, 아~. 재료는 분명 전부 다 갖춰지긴 했는데."

만들어 주겠다고 한 지 얼마 되지도 않았는데 거절하는 건 내키지 않는다.

설마 이렇게까지 대량의 식재료를 넘겨줄 거라고는 생각도 못 했다고…….

"나 혼자서는 힘드니 요리 스킬을 갖고 있는 사람이 있다면 도와줄 수 있을까?"

그렇게 말하자 몇몇 플레이어가 손을 들어줬다.

그러나 조금 의아해하는 눈치였다.

"저기, 도와줘도 됩니까?"

"어? 왜? 오히려 내가 부탁하고 싶을 지경인데."

"아뇨, 도와주면 레시피가 밝혀지잖아요?"

"뭐야, 그런 거였어? 딱히 상관없어. 그렇게 어려운 레시피도 아니고. 정 마음이 불편하다면 도와준 대가로서 레시피를 알려주는 건 어때?"

애당초 나 혼자서 이런 대량의 식재료를 다듬으려면 시간이 너무 걸린다.

"여, 역시 백은 씨."

"유명인은 배포가 크네. 멋있어."

"감사한 마음으로 요청을 받아들이도록 하자고."

잘 들리지는 않지만, 무언가 논의를 하는 듯했다.

혹시 레시피를 대가로 주면 안 되나? 사실은 돈 같은 걸로 지불하는 게 상식인 걸지도?

그런데 이내 그들이 이쪽을 보고는 돕겠다고 승낙해 주었다.

다행이다. 이제 어떻게든 될 것 같다.

그 뒤에는 조리를 시작했다. 요리 스킬을 갖고 있는 플레이어가 꺼낸 조리대와 기구를 이용하여 보조를 받으면서 돈지루를 만들어 나갔다.

대량으로 만든 덕분인지 요리 스킬 레벨이 꽤 올라갔다. 그리고 요리 레벨이 나보다 높은 플레이어가 도와준 덕분에 품질과 효과가 보다 좋아졌다.

명칭 : 돈지루

레어도 : 2

품질 ★8

효과 : 만복도를 25% 회복한다. 2시간 동안 HP 자동회복속도 상승. 2시간 동안 체력과 정신력이 3 상승.

재료를 제공한 사람들과 의논하여 일단 돈은 신경 쓰지 않기로 했다. 계산하기가 여러모로 성가시고, 또한 서로 이득을 봤다고 여기고 있기 때문이다. 그냥 팔아도 꽤 비싸게 팔릴 것 같긴 하지만.

"좀 남긴 했는데……. 이거, 코쿠텐 일행한테도 줘도 되려나?"

가디언 베어의 발을 붙잡아 둘 예정인 코쿠텐 일행에게도 꼭 먹이고 싶다. 다른 플레이어들이 흔쾌히 수락한 덕에 나는 그들에게 돈지루를 먹여뒀다.

다만 돈지루는 완전히 다 떨어졌다. 아무리 큰솥으로 만들었다고 해도 40인분 정도가 한계였다. 부러운 듯 쳐다보는 다른 플레이어들에게는 미안하지만 어쩔 수 없다.

아니, 오르트와 종마들까지도 먹고 싶어 하는 눈치다.

플레이어들이 식사하는 광경을 부러운 듯 쳐다보고 있다.

"그러고 보니 종마들한테 식사를 아직 안 챙겨줬던가."

"무~……."

"자, 이거라도 먹어 둬. 릭과 쿠마마도 이쪽으로 와."

"키큐~!"

"쿠마~!"

쿠마마와 릭은 각자 내 손에서 먹을거리를 받아든 뒤에 오르트와 함께 식사를 하고 있는 플레이어들 곁으로 터벅터벅 걸어갔다.

즐겁게 식사를 하는 플레이어들 속에 끼고 싶었던 모양이다.

다들 우리 애들의 귀여움을 당해내지는 못하겠지. 금세 자리를 만들어 종마들을 맞이했다. 오히려 서로 자기들 쪽에 앉히려고 가볍게 말다툼이 벌어졌을 정도다.

종마들은 그런 소란 따윈 아랑곳하지 않고 음식을 플레이어들에게 자랑하듯 내보인 뒤에 덥석 베어 물었다.

그 모습을 보고는 소란을 피우던 플레이어들이 입을 다물고서 흐뭇해했다. 다 함께 광장에서 돈지루를 먹는 광경은 정말이지 배급소를 보는 듯하네.

이렇게 왁자지껄한 식사가 즐거운 거겠지. 우리 애들의 기분이 좋아보였다. 식사를 할 필요가 없는 사쿠라마저도 웃고 있다. 요리를 만드는 건 꽤 중노동이었지만, 우리 애들이 즐거워한다니 다행이다.

"무~!"

"큐~!"

"쿠마~!"

"—♪"

이따가 동굴을 탐색하려면 한바탕 고생해야만 하니 원기를 보충해 줘요.

"맛있었어~!"

"맛있었습니다. 감사합니다!"

"즐거웠습니다!"

돈지루를 다 먹은 플레이어들이 입을 모아 감사 인사를 했다. 다들 만족해하는 눈치였다.

게임 속이라고는 해도 역시 일본인. 된장국을 먹으면 웃음이 나는 법이지.

여기저기에서 레시피를 재현할 수 있을지 이야기를 나누고 있다.

"나, 내일부터 된장국 만들래!"

"어, 진짜? 내게도 만들어줘. 이런 효과라면 돈을 넉넉히 낼 테니까."

"게임 이야기가 아니라 실제 세계에서 말이야!"

"그것도…… 괜찮은데?"

"어? 그거……."

"날 위해서 매일 아침마다……."*

---

*'매일 아침마다 된장국을 만들어 달라'는 말은 일본의 전형적인 고백멘트

"으, 응. 나라도 괜찮다면……."

무슨 촌극이 벌어지기 시작했네? 내 돈지루를 계기로 사귀지 말았으면 좋겠는데? 큭, 행복해 보여서 부럽단 말이야! 폭발해라! 어차피 게임 속에서 맺어지는 커플 따윈 오래 가지 못한다고!

"……."

"……."

그렇게 생각한 사람은 나뿐만이 아니었나 보다. 나 말고도 주위를 에워싼 11인의 동지들이 갑자기 꽁냥대기 시작한 두 사람을 도끼눈으로 노려보고 있다. 개중에는 코쿠텐도 있다. 응응, 독신 사회인 동지로서 네 마음은 잘 안다구! 나를 비롯해 24개의 도끼눈이 노려보고 있다. 그러나 전혀 아랑곳하지 않고 두 사람은 꽁냥대는 것을 멈추지 않았다.

"……하아. 이 뒤에 어떻게 할지 논의를 해둘까요?"

"그래야겠네……."

"여, 유토 군. 돈지루, 맛있던데?"

지크프리트는 도끼눈 브라더스에 끼지 않았다. 오히려 시원하게 웃고 있다. 타인의 행복을 솔직하게 축복하지 못하는 스스로가 왠지 비참하게 느껴졌다.

"왜 그래? 코쿠텐 군도."

"아무것도 아냐."

"저도 그렇습니다. 개의치 말아주십시오."

코쿠텐과 자연스레 눈을 마주쳤다. 분명 나와 같은 심정이겠지. 깊은 슬픔과 어둠이 깃들어 있는 눈이다. 우리는 서로를 보며 고개를 살짝 끄덕이고는 더는 이 화제를 언급하지 않기로 했다.

어쩐지 출발하기 전부터 피곤하네. 정신적으로. 다만 코쿠텐과의 인연이 깊어진 듯하다. 허무한 인연이긴 하지만.

코쿠텐 일행과 의논을 한 결과, 먼저 가디언 베어와 전투할 조가 먼저 출발하기로 했다. 그로부터 10분 뒤에 우리와 마루카의 파티가 출발하여 동굴에 돌입하기로 작전을 짰다.

그 뒤에는 전투조가 가디언 베어를 붙들어 두는 동안에 동굴조가 수색을 끝마칠 수 있느냐 없느냐가 이번 작전의 관건이다.

제11서버에 속한 어느 플레이어들

"저기, 있잖아, 오빠. 정말로 안쪽으로 들어갈 거야?"

"마을 주변에서 싸워봤자 큰 포인트도 못 벌잖냐? 너도 상위권에 입상하고 싶다고 했잖아?"

"그, 그야 그렇긴 하지만……. 무리하다가 죽기라도 하면 포인트가 내려간다고. 마을 안에서 할 수 있는 퀘스트를 하면 되잖아?"

"이 바보야! 포인트를 찔끔찔끔 보아봤자 상위권에는 못 들어간다고! 여러 녀석들이 이쪽으로 가고 있어. 분명 좋은 사냥터가 있는 거야!"

"너무 애매모호한데……. 정보를 더 모으는 편이 나을 것 같은데……."

"누구한테 물어보라는 거냐! 마을 NPC 녀석들은 별다른 정보를 알려주질 않고, 다른 플레이어들도 정보를 은닉하고서 아무것

도 말하질 않는데!"

"NPC의 태도가 차가운 이유는 오빠가 가는 곳마다 화를 버럭 냈기 때문이잖아?"

"하아? NPC한테 아양이라도 떨라는 거냐? 게임 속에서까지 남한테 굽실거리는 건 싫다고."

"정보를 캐내기 위해서는 필요하지 않을까~."

"바보냐! 왜 NPC 따위한테 고개를 숙여야 하냐고! 플레이어님한테 정보를 알려주는 게 녀석들의 일이잖아?"

"그건 아니라고 생각하는데~. 그보다도 정말로 이쪽 방향이 맞아?"

"틀림없어. 무슨 곰 이야기를 하면서 이쪽으로 은밀히 가는 녀석들을 봤어."

"곰?"

"어. 분명 높은 포인트를 얻을 수 있는 곰이 출몰할 거야. 그 녀석을 사냥하는 거야!"

"……힉."

"야? 왜 그래?"

"가르우르르르……."

"왜 으르렁……! 거, 거대 곰! 우와아아!"

"도, 도망쳐……. 꺄아아아!"

"가오오오오오오오!"

"이야~, 오르트 짱, 굉장하네요~."

"정말로. 흙마술이 이렇게나 편리하구나."

"우리 파티원 중에서도 아무나 테임했으면 좋겠는데."

"그렇지. 역시 다람쥐를 종마로 삼을 수는 없지만, 흙마술만으로도 충분히 요긴해."

가디언 베어의 둥지로 추정되는 동굴로 향하던 도중.

마루카의 파티원들이 우리 애들을 칭찬하고 있었다.

큰 바위를 올라갈 때 오르트가 흙마술로 발판을 만드는 광경과 릭이 나무에 밧줄을 거는 모습을 보며 크게 감탄한 모양이다.

특히 사쿠라의 채찍과 나무마술을 보고서 놀란 듯했다.

전투가 아닌 상황에서도 쓸 수 있는 편리한 마술임을 새삼스레 깨달았겠지.

"나무마술은 특수계통이니까. 마술사를 키우다 보면 획득할 수 있으려나?"

"엘프와 하플링은 초기 보너스에 들어 있다던데?"

"아~, 종족을 엘프로 할 걸 그랬어!"

칭찬받고 있다는 걸 알고 있겠지. 우리 애들이 분발하며 바위를 올라갔다.

"무무~!"

"—♪"

"킷큐~!"

오르트는 쓸데없이 발판을 마구 만들어 대고 있고, 사쿠라는 낮은 바위인데도 채찍을 아래로 늘어뜨렸다. 릭도 평소보다 더욱 분발하여 도와주고 있다.

"쿠마……."

다만 쿠마마만은 뚱한 표정이었다.

주눅 든 모습으로 돌멩이를 툭툭 차고 있다. 쿠마마만 이번 여정에서 전혀 활약하지 못해서겠지. 따돌림을 당한 듯한 기분일 것이다.

"으~음, 완전히 토라졌네."

조금 가엾기도 한데?

보다 못한 마루카가 나에게 살며시 말을 걸었다.

"있잖아, 백은 씨."

"뭐야?"

"뭐야? 라고 할 때가 아니야! 쿠마마 짱 말이야! 어떻게 좀 해줘요!"

"어떻게 좀 하라고 한들 방법이 있나."

할 일이 없다. 일부러 바위를 못 오르는 척하면서 도와달라고 할까? 들통이 난다면 더더욱 토라질 텐데.

"저 뒷모습……! 저 포동포동한 엉덩이 좀 봐요! 너무 귀여워! 코피가 날 것만 같아! 날 귀여운 매력에 퐁당 빠뜨려서 익사시킬 셈이야?"

그런 의미에서 어떻게 좀 하라는 거였어?

내가 고민하고 있으니 릭과 사쿠라가 쿠마마 곁으로 다가갔다.

위로하려는 건가? 그런데 아무래도 아닌 듯하다.

"—♪"

"큐!"

"쿠마?"

"—♪"

"큐큐~!"

"쿳쿠마!"

자기들끼리 무슨 논의? 를 벌이다가 사쿠라가 갑자기 채찍을 꺼냈다. 릭이 그 채찍을 물었고, 그 릭을 쿠마마가 안았다.

"뭘 하려는 거야?"

의문을 품으며 지켜보고 있으니 쿠마마가 야구 투수처럼 오른팔을 크게 휘둘렀다. 그 손에는 당연히 릭이 타고 있다.

"쿳쿠마~!"

"킷큐~!"

그러고는 릭을 힘껏 던지는 것이 아닌가.

"에엥?"

무심코 감탄사가 나와 버렸네. 슈퍼맨 포즈로 하늘을 날아다니던 릭이 커다란 바위 위에 무사히 착지하는 모습이 내 눈에 비쳤다.

과연. 릭조차도 올라가기 힘든 바위를 저런 수단으로 간단히 오를 수가 있구나.

"키큐!"

"쿠마~!"

릭이 바위 위에서 손을 흔들자 쿠마마도 만족스러워하며 손을

흔들고 있다.

이번에는 쿠마마의 마음을 풀어 주려고 억지로 한 느낌이 들었지만, 다음에 높은 지대나 멀리 떨어진 곳으로 밧줄을 넘겨야 할 때 써먹을 수 있을 듯하다. 예를 들어 절벽 맞은편이나 강 건너편 등 활약할 수 있는 곳이 많겠지.

그런 느낌으로 다소 시간을 낭비하면서도 별문제 없이 동굴에 도착했다.

도중에 전투를 치르긴 했지만 편했다. 마루카의 파티가 맞닥뜨리는 족족 몬스터들을 순살해 버렸으니까. 우리는 전투에 한 번도 참가하지 않았다.

그녀의 파티가 우리를 호위하려고 따라온 게 아니었다면 완전히 기생충 신세나 마찬가지네.

"저게 동굴?"

"어. 이곳에서 가디언 베어한테 습격당하지 않았다는 건 코쿠텐과 지크프리트가 잘 붙들고 있다는 뜻이겠지."

"그럼 곰이 돌아오기 전에 동굴을 후다닥 수색하자고."

"그래야지."

밖에서 아무리 동굴을 쳐다본들 아무것도 해결되지 않는다.

조금 무섭긴 하지만 안으로 들어가야만 한다.

"릭, 부탁해."

"키큐!"

릭과 마루카의 동료인 씨프에게 선두를 맡기고서 동굴로 돌입했다.

"부, 분위기가 그럴싸하네."

입구에는 그나마 빛이 희미하게 들어오긴 했지만, 10미터쯤 들어가니 상상 이상으로 캄캄했다. 더욱이 공기가 차갑다. 아마도 습도도 높은가 보다.

예전에 여행지에서 들어갈 적이 있는 종유석 동굴과 비슷한 분위기다.

생각해보니 지금껏 던전이나 동굴에는 들어가 본 적이 없었다.

유일하게 들어가 본 적이 있는 던전 같은 곳을 꼽자면 정령님의 제단이 있었던 지하도겠지. 거기에는 불이 제대로 설치되어 있었지만.

설마 게임 속의 동굴을 이렇게나 사실적으로 재현해 놓았을 줄이야…….

동굴에 들어가기 전에 마루카의 조언을 듣고서 횃불을 준비하길 잘했다. 전투력이 없는 오르트에게 들렸는데, 조금 걷다가 횃불을 나에게 떠밀었다.

"무무!"

"어? 나더러 들라고?"

"무."

오르트가 재촉하자 나는 횃불을 받아들었다. 그러자 오르트가 동굴의 한쪽 벽을 향해 달려갔다.

뭐지? 의문을 품으면서 오르트를 관찰하고 있으니 괭이로 벽을 때리기 시작했다. 아무래도 채굴 포인트가 있는 모양이다.

채굴은 중요하니 횃불은 내가 들고 있자. 이 상태로도 마술은

쏠 수 있다.

"하지만 몬스터가 전혀 나타나질 않네."

"그러네요~."

벌써 5분쯤 걸었는데도 적이 전혀 없다.

"적이 전혀 안 나오네?"

"함정도 없고."

"길도 외길이고."

마루카의 파티도 맥이 빠진 듯했다. 긴장감이 점점 사라지더니 지금은 잡담까지 나누고 있다. 마루카는 나란히 걷고 있는 쿠마마를 뚫어져라 쳐다보고 있다.

오히려 오늘은 릭이 진지했다. 선두에서 나아가면서 종종 코를 킁킁거리며 주변을 경계하고 있다. 평소처럼 다른 종마들과 술래잡기를 시작하거나, 누군가의 머리에 올라가지도 않았다. 씨프 청년과 협력하면서 파티를 이끌어 나갔다.

"큐!"

"이건, 버섯인가?"

"큐큐~."

"역시 몬스터의 감각은 얕볼 수가 없네. 이렇게 찾아내기 어려운 채취 포인트를 발견해 낼 줄이야."

"키큐!"

"몬스터나 덫은 내게 맡겨. 하지만 채취 포인트는 네게 맡긴다."

"큐."

굉장하네. 릭과 의사소통을 제대로 하고 있다. 릭도 씨프의 행동에 자극을 받았겠지.

그런 두 사람을 따라서 우리는 10분쯤 동굴을 계속 나아갔다.

결국 적과 한 번도 맞닥뜨리지 않았네. 함정도, 갈림길도 없었다. 채취, 채굴 포인트가 몇 개 있었을 뿐이다.

"저기, 빛이 보이는데요?"

"이제 출구인가?"

아무 일도 없이 동굴을 빠져나갔다.

출구에서 무슨 이벤트가 발생할까 싶어서 대비했는데 그것도 없었다.

"결국 동굴은 안전한 외길이었나."

동굴을 빠져나오니 초록색 나무들이 우거진 숲이 나왔다. 나는 지나왔던 동굴을 돌아봤다.

정말로 단순한 통로였나 보다.

그러나 반대로 말하자면 이 숲에서 진짜 무슨 일이 벌어질 거라는 뜻이기도 하다.

"여기서부터는 단단히 긴장하고 있어야 할지도 모르겠네."

"백은 씨는 우리 뒤로. 어떤 몬스터가 나올지 몰라요."

"아, 어."

동굴 안에서는 다소 풀어져 있던 마루카 파티도 긴장감을 되찾은 듯했다.

제각기 진지한 얼굴로 주변을 주시하고 있다.

우리는 다시금 대열을 정비하고서 숲속을 나아갔다. 그러자 이내 우리 앞을 가로막는 존재가 나타났다.

"나왔다!"

"래빗 4마리. 리틀 베어 3마리. 올리브 트렌트 1마리야."

"숫자가 많아!"

"백은 씨, 래빗을 맡겨도 될까요?"

"알겠어!"

"리틀 베어를 맨 먼저 섬멸해!"

"내가 트렌트를 잡아둘게!"

마루카 파티가 리틀 베어에게 접근했다. 씨프가 혼자서 올리브 트렌트를 맡기로 했다. 자극해서 붙잡아 놓는 역할인 듯하다.

그동안 우리는 래빗과 격전을 펼쳤다. 절반이 검은 래빗이었기에 다소 버겁긴 했지만, 결국에는 쿠마마의 발톱과 사쿠라의 채찍이 래빗들을 격파했다.

마루카 파티는 리틀 베어와 아직도 싸우고 있다. 검은 아지랑이를 휘감고 있는 리틀 베어는 일반 개체보다 HP가 더 높겠지.

"좋아, 우린 올리브 트렌트한테 가자!"

"무무!"

"쿠마!"

"큐!"

"—♪"

올리브 트렌트는 얼핏 보니 얼굴이 달린 나무였다. 그러나 그 얼굴은 숲의 장로(長老) 같은 애교스러운 형태가 아니라 몸통에 뚫린 구멍이 눈과 입을 구성하는 으스스한 형태였다.

"오오오오오!"

징그럽게 생긴 인면수(人面樹)가 신음하는 모습이 호러틱하다.

다행인 건 공격 범위가 의외로 좁은 듯하다.

땅에 뿌리를 박고 있어서 제자리에서 꿈쩍도 못하겠지. 긴 덩굴 같은 것을 뻗어서 공격하고 있는데 내가 있는 곳까지는 미치지 못하는 듯하다.

씨프는 움직일 수 없는 트렌트의 특성을 이용하여 원거리에서 도발하여 시선을 붙들고 있었다.

그 광경을 보고 문득 의문이 솟았다.

"올리브 트렌트를 테임하면 어떻게 되지?"

올리브 트렌트는 테임 스킬의 대상으로 지정할 수 있다. 테임 스킬로 지정할 수 있다는 소리는 테임이 가능한 몬스터라는 뜻이다.

그러나 꼼짝도 못하는 몬스터를 동료로 삼아본들 모험에 데려갈 수나 있나?

"백은 씨, 무슨 생각을 그렇게 골똘히 하고 있어요?"

마루카와 파티원들이 가세하러 왔다. 리틀 베어를 쓰러뜨린 모양이다.

"저기, 올리브 트렌트를 테임하면 어떻게 되는지 알고 있어?"

"어? 저 녀석?"

"그래. 테임할 수 있는 것 같긴 한데."

"으~음. 잘 모르겠는데요."

본 직업이 테이머가 아니니 모르는 것도 당연한가.

엄청 궁금해졌다. 그러나 지금은 다른 파티와 팀을 맺고 있는 상황이다.

테임해 버리면 당연히 저 녀석의 소재를 입수할 수가 없게 되니 역시 지금은 시도할 수 없겠지. 아니, 나중에 채취물을 조금 나눠주면 허락해주지 않을까?

"있잖아, 마루카. 부탁이 좀 있는데."

"응? 뭔데요?"

나는 나중에 소재나 채취물을 많이 양보하는 대신에 올리브 트렌트를 테임할 수 있도록 해달라고 제안해 봤다. 그러자 선선히 수락해 줬다.

그들에게 트렌트 소재는 별 가치가 없다고 한다. 오히려 리틀 베어의 소재 등을 많이 얻을 수 있으니 마음대로 해보라는 느낌이었다.

"그런데 저 트렌트는 전혀 귀엽지 않은 것 같은데요?"

"어? 뭐, 그럴지도."

"괜찮겠어요?"

"아니, 딱히 귀여운 외모가 몬스터를 택하는 유일한 기준이 아니니까."

"엥! 그래요?"

그야 당연하지. 왜 놀라지?

애당초 오르트와 사쿠라와 쿠마마는 어떻게 생겼는지 모르는 상태에서 동료가 되었다. 나도 우리 애들이 귀엽다고 생각하긴 하지만, 어디까지나 우연이다.

"그래도~. 왠지 싫어~!"

"싫다고 한들……."

"백은 씨의 몬스터는 귀여운 게 좋은데!"
"아니, 그래도~."
"이봐, 제멋대로 굴지 마."
"백은 씨 마음이잖아?"
"자자, 진정하래도~."
"좀, 이거 놔!"
동료들이 마루카를 끌고 갔다.
으~음. 이 트렌트, 테임해도 되겠지?
"저기~, 개의치 말아주세요. 저 녀석, 귀여운 것만 보면 사족을 못 쓰는지라 종종 저래요."
"하아."
"자자, 이 틈에 어서 테임 해버려요."
그래서 나머지 전사들의 도움을 받아 테임을 시도해 보기로 했다.
"오오오오오오오!"
"으랏! 백은 씨, 이 정도면 됩니까?"
"어, 고마워! 봐주기! 아쿠아볼!"
HP를 어느 정도 깎은 뒤에 봐주기 스킬을 써서 빈사 상태로 만들었다. 이제는 테임할 일만 남았다.
"테임, 테임, 테임~. 좋았어, 성공이야!"
"오오오오……."
3번 만에 성공했다. 역시 유니크 몬스터가 아니라면 꽤 간단히 테임할 수가 있구나.
"자, 어떤 느낌이려나……."

아무리 그래도 테임한 뒤에도 여전히 제자리에 박혀 있지는 않겠지. 노움처럼 테임하면 성질이 바뀌는 유형의 몬스터일 거라고 생각했다.

내 예상대로 테임된 올리브 트렌트가 빛에 휩싸이더니 크기가 변해갔다.

점점 작아진다. 그리고 빛이 잦아들자 내 예상을 뛰어넘은 모습으로 변한 트렌트가 있었다.

"……묘목?"

"이거 몬스터?"

어느새 돌아온 마루카가 고개를 갸웃거리고 있다.

그러나 내 능력치 란을 보니 테임 몬스터 항목에 올리브 트렌트가 표시되어 있었다.

"아니, 그런데 이름 결정 화면이 안 나오네."

더욱이 묘목을 감정해 보니 능력치는 표시되지 않고 올리브 트렌트의 묘목이라고만 적혀 있었다. 또한 인벤토리로 들어가 버렸다.

아니, 묘목과 몬스터의 중간? 그런 느낌이다.

즉 이 묘목을 어딘가에 심어서 키우면 올리브 트렌트가 된다는 건가?

"예상 밖의 결과네."

"이런 몬스터도 있구나."

"나도 처음 봤어."

"전투는 무리일 것 같은데요?"

"그렇겠지. 뭐, 이벤트가 끝나면 밭에 심어볼까."

아쉽지만 그때까지는 보류해야겠다.

그 뒤에 우리는 더욱 앞으로 나아갔다. 전투를 여러 번 치른 끝에 확 트인 곳으로 나왔다.

눈앞에 펼쳐진 광경을 보고서 우리의 입에서 무심코 탄식이 새어 나왔다.

"오호, 아름다운 곳이네."

"무무~."

"큐~."

"쿠마~."

"—♪"

눈앞에 꽃밭이 펼쳐져 있었다. 국화와 비슷하게 생긴 순백의 꽃이 흐드러지게 피어있고, 달콤한 향기가 코를 간지럽혔다.

그리고 꽃밭 가운데에는 위풍당당한 거목이 한 그루 자리하고 있었다. 실제 세계에서도 저런 거목은 좀처럼 보기 힘들겠지.

동네 신사에 있는, 관광명소로 여겨지는 큰 느티나무조차도 저 거목의 절반밖에 안 될 것이다. 텔레비전에서만 본 적이 있는 야쿠스기(일본 야쿠시마 지역에서 자라는 삼나무. 그 중에서도 특히 수령이 천 년이 넘은 나무를 가리킨다)도 저렇게까지는 크지 않았을 거다.

시작의 도시에 있는 수림대수를 보지 않았다면 기겁을 했을지도 모른다. 게임 속에서 봤던 나무들 중에서 두 번째로 굵고 크다.

이게 신성수인가?

그러나 감탄만 하고 있을 때가 아니었다.

얼핏 보니 거목에서 이변이 벌어지고 있었다.

"저 나무, 시들어 가고 있는 건가?"
"표면이 갈라져 있네."
"게다가 뿌리 부분도 퍼석퍼석 메말라 있어."
마루카와 파티원들이 말한 대로 거목의 표면은 말라있고, 군데군데 갈라져 있었다. 나뭇잎도 많이 떨어졌고, 남아 있는 잎들 중에도 갈색으로 변색되는 것들이 많았다.
주변에 나무들과 화초들이 마치 한여름처럼 파릇파릇하게 우거져 있는 것에 반해, 이 거목만은 홀로 초겨울을 맞이한 것처럼 헐벗은 채 말라가고 있다.
한번 감정해 보니 '신성수 · 약체화'라고 표시되어 있었다.
"약체화라……. 그래서 수호수가 이상해진 건가?"
"이 근방을 잠시 수색해 보죠."
"어."
거목을 관찰하면서 주변을 둘러봤다.
그러자 뒤쪽에서 꽤 큰 구멍을 발견했다. 거목 줄기에 뚫린 구멍을 보고 있기만 해도 왠지 가슴이 두근거리니 신기하다.
"정령이나 토ㅇ로가 살고 있을 것 같네!"
입구 크기는 직경 1미터쯤 된다.
"아이라면 들어갈 수 있으려나?"
그렇게 생각하며 안을 들여다 봤더니……. 이럴 수가 정말로 아이가 있는 게 아닌가.
"어?"
"어?"

서로 얼빠진 표정으로 쳐다보고 말았다.
상대방도 설마 다른 사람이 왔을 줄은 예상하지 못했겠지.
몇 초쯤 아무 말 없이 서로를 쳐다봤다.
그리고 거의 동시에 입을 열었다.
"록케!"
"혀, 형!"
그곳에는 무슨 영문인지 낚싯대를 창처럼 쥐고 있는 록케가 있었다.
"록케, 무사해서 다행이야!"
역시 동굴에 갔었던 모양이다.
더욱이 구멍 안을 자세히 보니 록케 말고도 다른 아이가 있었다. 금발에다가 피부가 하얀 소녀와 파란 머리에 눈매가 처져 있고 어른스럽게 생긴 소년이다.
록케와 함께 행방불명이 되었다는 두 아이들이겠지.
"다친 데는 없어?"
"응. 형들은 어떻게 여기에 온 거야?"
"어떻게, 라니? 그저 동굴을 지났을 뿐인데?"
내가 질문에 대답하자 록케가 놀란 표정을 지었다.
"어? 수호수님한테 습격당하지 않았어?"
"너희들은 습격받았던 거야?"
"응."
진짜? 그 거대 곰에게 습격을 받았는데도 용케 무사했네.
록케가 스스럼없이 대화를 나누는 모습을 보고서 내가 적이 아님을 깨달았는지 함께 있던 소녀와 소년도 말을 섞었다.

"처음에는 어디론가 나갔는지 수호수님이 없었어."

"근데 신성수 앞까지 갔더니 어느새 돌아온 수호수님이 무지 무서운 얼굴로 뛰어왔어."

"그래서 황급히 나무 구멍 속으로 달아난 거야."

"그랬구나."

여기까지는 운 좋게도(아니, 운이 나쁜 건가?) 때마침 가디언 베어가 자리를 비워서 도착할 수 있었지만, 결국에는 돌아온 곰과 맞닥뜨렸던 모양이다.

이유는 모르겠지만, 가디언 베어는 광폭하게 변했더라도 신성수를 공격하지는 않는 모양이다. 그래서 겨우 목숨을 건질 수가 있었던 건가?

"그보다도 왜 이런 곳에 온 거야? 모험가 길드나 마을 사람들한테도 비밀로 하고서."

"그건……."

자신들이 사람들에게 걱정을 끼칠 만한 나쁜 짓을 저질렀음을 알고 있는 듯했다. 록케가 고개를 푹 숙인 채로 떠듬떠듬 말했다.

"수호수님이 이상해졌다고 들어서."

"정말인지 아닌지 확인하러 왔어."

"수호수님은 아주 상냥해서 늘 우리랑 놀아 주거든요."

"그런데 사람을 습격하게 되었으니 언젠가 퇴치될지도 모른다고 생각해서."

그래서 가디언 베어의 모습을 확인하러 왔다고 한다. 평소에는 상냥한 수호수가 사람을 습격했다는 이야기가 믿기지 않았고, 설마 자기들까지 습격할 줄은 상상조차 못한 듯하다.

위기감이 없어도 너무 없다는 생각이 들었지만, 평소에 가디언 베어가 얼마나 온화했는지, 그리고 얼마나 사랑을 받고 있었는지 알 수 있었다.

"백은 씨, 왜 그래?"

내가 돌아오지 않아서 걱정되었는지 마루카가 다가왔다.

"아이들을 찾았어."

"어머? 귀여워라! 이름이 뭐니?"

마루카가 활짝 웃으며 아이들에게 물었다. 자세를 낮춰 눈높이를 맞추는 모습을 보니 아이를 대하는 게 익숙한 듯했다. 마루카의 태도가 마음에 들었는지 아이들이 솔직하게 이름을 밝혔다.

"난 록케."

"난 룩카."

"전 락쿠예요."

운영진이 대충 지었다고 해야 할까, 아니면 음율을 잘 맞췄다고 해야 할까.

활기찬 록케는 어부의 아들. 홍일점인 룩카는 포목점 딸. 말투가 정중한 락쿠는 농사꾼의 아들이라고 한다.

"가디언 베어가 이상해진 이유가 뭔지 알겠어?"

"우리도 자세히는 모르지만, 역시 신성수가 시들고 있는 게 이유인 것 같아. 이렇게 심각한 모습은 우리도 처음 봤어."

"그럼 평소에는 이렇지 않았다는 거지?"

"응! 이파리도 훨씬 무성했고, 훨씬 건강했어!"

"게다가 이 숲에 몬스터가 나오는 것도 이상해!"

"평소에는 수호수님 덕분에 동굴과 신성수 주변에는 몬스터가 없어요."

역시 신성수가 약해진 것이 방아쇠인 듯하다.

그러나 신성수가 시들어가는 이유를 알 수가 없다.

"있잖아. 어쨌든 이 신성수를 어떻게든 하는 편이 좋다는 거지? 어떻게 살릴 수 없을까?"

"뭐, 그래야 할 테지만……. 하지만 원인을 모르니 어쩔 도리가 없지 않나?"

"그렇긴 하죠……."

나무가 시들어가는 이벤트는 판타지 게임 등에서 흔히 등장하는 이벤트다. 다만 그 원인이 다양해서 예상도 할 수가 없다.

질병, 저주, 독, 기생충이나 기생식물. 안에 깃들어 있는 정령에게 이변이 벌어졌거나, 수원(水源)이나 토양에 이상이 생긴 경우도 있다.

정보가 조금 더 필요하다.

"너희들은 신성수가 왜 약해졌는지 원인을 모르겠니?"

"으~음, 모르겠어~."

"나도."

"저도요."

그렇다면 나무를 잠시 살펴보는 수밖에 없나? 그리고 효과가 있을지는 모르겠지만, 상식 내에서 시험해 볼까.

"오르트, 사쿠라, 이 나무에 비료를 뿌려줘. 그리고 물도."
"무!"
"—♪"
조금 아깝긴 하지만 나는 할머니네 가게에서 산 고급 비료를 써 보기로 했다. 사실 내 밭에다가 쓰고 싶긴 하지만, 지금은 마음 크게 쓰도록 하자.
물은 도중에 익힌 물마술인 아쿠아 크리에이트로 생성했다. 참고로 이 마술로 생성한 물의 수질은 우물물과 동일하다. 레벨이 올라가면 정화수 같은 것도 생성할 수 있을지도 모른다.
그렇게 된다면 엄청 편리하겠네. 뭐, 앞으로 아쿠아 크리에이트를 마구 이용해서 물마술 레벨을 팍팍 올리도록 하자.
비료와 물을 뿌려서 변화가 생기면 좋으련만 과연 어떻게 되려나?
"우린 신성수를 조사해야겠네. 릭과 쿠마마도 도와줄래?"
"큐!"
"쿠마!"
릭은 신성수 줄기를 쌩 올라갔다. 우리는 위쪽을 살펴볼 수가 없어서 릭에게 맡겨뒀다. 쿠마마는 코를 킁킁거리면서 나무 주변을 돌기 시작했다.
"그럼 우리 파티는 꽃밭을 조사할게요."
"알겠어. 이쪽은 우리한테 맡겨줘."
가디언 베어가 돌아오기 전에 원인을 밝혀내야만 한다.
"바깥은 맡겨두기로 하고, 난 록케랑 아이들이 숨어 있던 구멍부터 확인할까."
일단 입구에서 안을 들여다봤다.
"역시 어둡네."
시야가 어두워서 횃불을 안쪽으로 밀어놓고서 살펴봤다. 그러나 잘 보이지 않는다.
입구 크기에 비해 내부는 꽤 넓다. 어른 몇 명이 들어갈 수 있을 만한 넓이였다.
"역시 안으로 들어가 봐야 하나……."
나는 애당초 작은 하플링이다. 아무 문제없이 구멍 안으로 들어갈 수가 있었다.
횃불로 비추면서 구멍 안을 살펴봤다. 그러나 이렇다 할 수상한 점은 찾을 수 없었다. 록케와 아이들도 숨어 있으면서 아무 이변도 알아차리지 못했으니 역시 아무것도 없는 건가?
발밑과 벽을 순서대로 만지면서 이상이 없는지 살펴봤으나 그저 나무로 된 벽이 있을 뿐이었다. 그런데 문득 위를 올려다보니 무언가 검은 물체가 눈에 들어왔다.
"저건…… 뭐야? 가시? 뿔?"
그것은 온통 새카맣고 부엌칼만한 커다란 가시였다. 검은색인지라 어둠에 동화되었기에 불빛이 없었다면 눈치채지 못했겠지. 저렇게 굵은 가시가 구멍 안쪽……, 즉 신성수 줄기에 꽂혀 있었다.
"저 색깔을 보니 무조건 수상한 녀석이네."
오히려 저걸 이상하게 느끼지 못하는 사람은 게임을 할 자격이 없겠지.

횃불을 가까이 가져가서 관찰하니 그 가시에서 검은 아지랑이가 피어오르고 있었다. 가디언 베어나 검은 래빗 등 광폭화된 몬스터들의 것과 동일하다.

감정해 보니 불명이라고만 표시되었다. 그 사실이 공연히 불안감을 부채질했다.

"으~음. 만져도 될까……?"

상태이상에 걸리는 정도라면 상관없지만, 내 몸이 검은 아지랑이에게 빼앗기거나 하는 불상사는 벌어지지 않겠지?

뭐, 이걸 방치한다는 선택지도 없긴 하다.

그렇다면 각오하고서 뽑아보자.

"좋았어!"

나는 기합을 불어넣고서…… 손가락 끝으로 가시를 가볍게 건드려 봤다.

툭툭 건드려 봤지만 딱히 이상한 현상은 벌어지지 않았다.

"조, 좋아~. 일단 만져도 문제없어."

몇 초 기다리면서 특별한 이변이 벌어지지 않음을 확인하고서 다시금 가시에 손을 댔다.

"끄으응……. 이야아아아얍!"

힘을 힘껏 주었지만 꿈쩍도 하지 않는다.

"에잇! 으랏! 영차아아!"

으음. 전혀 안 움직이네.

여러 번 시도해 봤지만 1mm도 움직이지 않았다.

"완력이 부족해서 그런가? 아니면 뭔가 이벤트를 거쳐야만 뽑

을 수 있는 건가……."

다른 사람에게도 한번 시켜보자.

"누가 좀 와주면 안 될까?"

밖에 있는 모두에게 말을 걸었다.

"백은 씨~? 어디~?"

"이쪽이야, 이쪽."

"이런 데에 구멍이! 뭔가 있어요?"

"그래. 잠깐 봐주겠어?"

내 말을 듣고서 우리 애들과 마루카가 다가왔다. 마루카의 동료들은 조금 먼 곳에 있어서 듣지 못한 듯했다.

마루카에게 구멍 천장에 가시가 꽂혀 있음을 알려주고서 확인해 보라고 했다.

"무지무지 수상쩍네요!"

"맞아. 분명 뭔가가 있겠지?"

"하지만 안 뽑히는 거죠?"

"그렇지."

꿈쩍도 하지 않는다고 하자 마루카가 잠시 생각에 잠겼다. 그러고는 질문했다.

"백은 씨의 완력은 얼마?"

"4야."

"어? 14?"

"4라고!"

"엥? 농담?"

마루카가 진심으로 농담하느냐는 얼굴로 되물었다. 그러나 농담이 아니다.

"정말이야!"

"그, 그랬어요~? 뭐, 능력치를 그쪽으로 할당하지 않았으면 어쩔 수 없겠죠?"

"위로 안 해줘도 돼. 내가 얼마나 빈약한지는 내가 가장 잘 아니까."

"아하하하……."

거북한 티 내면서 웃지 마!

완력을 올리기 어려운 직업과 종족을 택했고, 보너스 포인트마저도 능력치에 할당하지 않았으니 어쩔 수 없나? 그래, 어쩔 수 없는 거야!

그러니까 나는 전혀 상처받지 않았어!

"그럼 내가 시도해 볼게요."

"참고로 마루카의 완력은?"

"15요."

마, 마술사인 마루카조차도 그렇게 높다니. 뭐, 레벨이 30에 가깝고, 이미 2차 전직도 했으니까. 그 정도는 올라가는 게 당연하겠지? 나도 레벨이 올라가면 틀림없이 완력이 그 정도쯤은 될 테지.

아마도…….

"그럼 갈게요. 영차~!"

구멍으로 들어온 마루카가 가시를 쥐고서 힘껏 당겼다. 미형 아바타가 인상을 팍팍 쓰고 있다.

이를 악문 모습을 보니 온 힘을 주고 있음을 알 수 있다. 다리에 힘을 주고 있는 자세하며 인상을 쓴 얼굴이 미인과는 조금 거리가 있다는 사실을 굳이 알려줄 필요는 없겠지.

"흐으으응……!"

그러나 마루카가 체면을 차리지 않고 애를 써준 덕분에 변화가 생겼다.

"오오? 조금 움직이지 않았어?"

"어? 진짜? 그럼 더 힘을 줄게요!"

역시 완력 수치와 관련이 있는 모양이다.

"힘내라! 자, 쿠마마도 응원해줘!"

"쿠마! 쿳마마쿳마마!"

"무~무~무무~!"

"큇큐~!"

"—♪"

우리 애들이 마루카의 뒤에서 응원을 보내기 시작했다. 그 광경을 본 마루카의 얼굴에 웃음꽃이 활짝 피어났다.

"꺄아~! 응원을 받았으니 원기 100배예요! 으랴아아아~! 흐으응~! 이얍~!"

마루카가 새빨개진 얼굴로 가시를 계속 잡아당겼다. 때로는 가시를 위아래로 흔들거나 빙글빙글 돌리기도 했고, 때로는 벽에 발을 대고서 힘을 주기도 했다.

그렇게 계속 분투했지만…….

"역시 안 돼~!"

마루카가 가시를 뽑아내지 못했다.
"마루카도 안 되나? 그럼 다음에 시도해 볼 만한 건 쿠마마? 아니, 그래도 손이 안 닿으려나."
쿠마마는 여기로 오는 동안에 레벨이 올라가서 현재 기초Lv13이다. 완력은 방어구에 달린 보너스 3을 합치면 딱 20이다. 가시가 조금 더 낮은 곳에 있었다면 맡길 수 있었을 텐데.
천장이 조금 높다.
"쿠맛!"
그러나 쿠마마는 자기에게 맡겨달라는 듯이 가슴을 두드리며 호소했다.
"쿠마마, 손이 저기까지 안 닿잖아?"
"쿳쿠마!"
"안아달라는 거야? 뭐, 상관없지만."
나는 두 손을 앞으로 뻗은 쿠마마의 겨드랑이 밑으로 손을 넣고서 들어올렸다. 그리고 그대로 가시 앞으로 옮겨줬다.
"자, 이러면 되는 거지?"
"쿠마~."
쿠마마가 두 손으로 가시를 쥔 것을 확인하고서 나는 손을 뗐다.
아니나 다를까 쿠마마는 가시에 매달린 채 축 늘어지고 말았다. 어쩐지 어디 매달아 놓은 곰 인형을 보는 듯해서 귀엽다기보다는 으스스하네.
"꺄아~! 귀여워!"
마루카는 코피라도 흘릴 기세로 기뻐하고 있지만.

"쿠~마~!"

쿠마마가 팔의 힘으로 몸통을 들어 올리더니 천장에 발을 대는 듯한 자세를 취했다. 그대로 천장을 지지점으로 삼아 힘을 주었다. 굉장한 자세네.

이대로 가시가 뽑힌다면 쿠마마는 확실히 땅바닥으로 추락하고 말겠지.

그러나 쿠마마는 과감하게 도전을 계속했다. 쿠마마가 힘을 줄 때마다 가시가 조금씩 뽑혀 나왔다.

그리고 마루카의 동료들도 이변을 눈치채고서 구멍 주변으로 모여들었을 때 쑥, 하는 소리가 구멍 속에 울렸다. 이건 게임적인 연출이겠지.

쿵, 하고 떨어진 쿠마마의 손에는 그 검은 가시가 꼭 쥐어져 있었다.

"쿠, 쿠마마……."

"괘, 괜찮아?"

"쿠마."

"오오, 뽑혔네. 쿠마마, 장하다."

"쿠마!"

나는 쿠마마가 내민 가시를 넘겨받으면서 머리를 쓰다듬었다.

"자……, 역시 감정 스킬은 안 먹히나."

뽑는 데는 성공했지만, 감정 무효 효과는 지속되고 있는 듯하다.

모두의 의견도 들어보자.

나는 구멍 밖으로 나가 마루카의 동료들에게 가시를 보여주려

고 했다.

그런데 그들은 나를 보더니 얼굴이 굳어버렸다. 아니, 정확하게는 내 손에 쥐어져 있는 가시를 보고 있었다.

"이, 이봐, 백은 씨. 그거 이상하지 않나?"

"어?"

"검은 아지랑이가 피어오르고 있다고!"

그 말을 듣고서 가시를 쳐다보니 분명 가시를 휘감고 있는 검은 아지랑이가 모락모락 피어오르고 있었다.

"으앗!"

나는 황급히 가시를 내던졌다. 그러나 꽃밭 가운데에 떨어졌어도 가시는 검은 아지랑이의 분출을 멈추지 않았다. 오히려 더더욱 심해지고 있었다.

"저, 저게 뭐야!"

뒤따라서 구멍 밖으로 나온 마루카도 경악했지만, 우리는 들려줄 답을 갖고 있지 않았다.

그대로 가만히 지켜보고 있으니 아지랑이가 점점 응축되어 갔다. 그리고 뭉치기 시작한 아지랑이가 급속도로 어떤 형태를 이뤄나갔다. 이건 혹시 위험한 사태가 아닐까?

몇 초 뒤에 가시가 있었던 자리에 온몸이 새카맣고 사람처럼 생긴 무언가가 서 있었다.

"인간이여. 용케도 우릴 방해했구나!"

"어~음, 누구신지?"

"난 대악마 글라샬라볼라스 님을 모시는 사도다! 방해를 한 네

놈들을 글라샬라볼라스 님께 진상해 주마!"

우와~, 이벤트 전투냐! 제발 이러지 말자!

더욱이 대악마의 사도는 아무리 봐도 강하게 생겼다.

양뿔이 돋아난, 근육질 체격의 거한이다. 온몸의 살갗이 마치 콜타르라도 바른 것처럼 새카맣다. 날개는 달려 있지 않지만, 이른바 전형적인 악마처럼 생겼다.

"록케! 친구들을 데리고서 달아나!"

"으, 응! 알겠어."

NPC는 죽으면 소멸할 가능성이 높기 때문이지. 도망가는 편이 더 안심이다.

악마를 감정하니 이름은 글라샬라볼라스의 사도라고 되어 있다.

"두려워하라! 인간이여!"

악마의 머리 위로 붉은 마커와 HP 바가 나타났다. 다짜고짜 전투가 개시되고 말았다. 이제 교섭도, 도주도 할 수 없게 되었다.

"백은 씨와 종마들은 뒤로! 서포트를 부탁해도 될까요?"

"알겠어! 우린 그다지 전력이 될 것 같지 않으니까."

"우선은 늘 하던 대로 간다!"

"라저!"

나는 종마들과 함께 마루카와 파티원들의 뒤로 물러났다.

상대의 힘을 모르기에 자칫 우리가 일격에 죽을 가능성이 있다. 그래서 직접 전투는 피하고서 뒤에서 철저히 서포트만 할 작정이다.

마루카 파티도 그럴 작정이겠지. 우리를 보호하는 듯한 구도로

진형을 짜고 있다.

"크하하하! 죽어라!"

마루카 파티는 밸런스가 나쁘지 않다. 바람마술사 마루카가 회복을 맡고 있다. 색적 담당은 남성 씨프밖에 없긴 하지만, 대신에 전위 역할인 방패술사, 검사, 창술사가 잘 갖춰져 있다. 단순 전투력이 높은 파티다.

더욱이 제각기 스킬 레벨이 꽤 높다.

"으오오오오오!"

"패링!"

고속으로 돌진해온 글라샬라볼라스의 사도의 공격을 방패술사가 완벽하게 흘려냈다.

패링이라는 기술은 꽤 어렵다고 들은 적이 있다. 상대방의 공격을 방패로 받아넘기는 기술인데 타이밍이 대단히 어렵다. 더욱이 실패하면 공격을 흘려내기는커녕 본인의 밸런스가 무너지고 만다.

처음 보는 날렵한 보스를 상대로 패링을 성공시키다니 상당한 배짱과 기술이다.

방패술사의 패링으로 자세가 무너진 글라샬라볼라스의 사도에게 다른 동료들이 공격을 가했다. 물 흐르는 듯한 연계 공격에 눈길을 빼앗겼다.

상급자의 전투를 가까이서 보니 이토록 박력이 느껴질 줄이야.

"으하하하! 이거나 먹어라! 더티 미스트!"

"순순히 당하지는 않아요! 윈드 큐어!"

글라샤라볼라스의 사도는 주로 주먹을 이용한 물리공격을 쓰는 것 같다. 종종 상태이상을 일으키는 마술을 쓰기도 했지만, 마루카가 마술로 금세 치유했다.

공격력은 꽤 높지만 마루카 파티는 잘 대응하고 있다. 우리였다면 일격사를 당했을 텐데.

나는 시선을 끌지 않도록 조심하면서 마술로 지원해 나갔다. 쿠마마와 릭, 오르트는 상대의 시선을 끌기 위해서 도발을 반복했다. 사쿠라는 나와 함께 마술로 지원했다.

전투는 예상보다 순조롭게 진행되었다.

악마의 공격 패턴은 단순했다. 물리공격과 상태이상을 반복할 뿐이었다.

보스답게 HP는 많지만, 이대로 간다면 별일 없이 이길 수 있을지도 모른다……. 그렇게 생각했건만…….

"크크……크하하하하하하!"

HP가 절반으로 줄어든 악마가 느닷없이 웃기 시작했다.

궁지에 몰린 보스가 크게 웃었다.

심상치 않은 패턴임이 틀림없다.

아니나 다를까 글라샤라볼라스의 사도가 온몸에서 검은 아우라 같은 것을 뿜어내면서 흘려들을 수 없는 말을 내뱉었다.

"하등한 인간 주제에 제법이구나! 본 실력을 조금 더 보여줘야겠군!"

그거다! 궁지에 몰린 보스가 변신하는 이벤트!

"느호호호오오오오오오!"

음침한 교성과 함께 악마의 근육이 불끈불끈 부풀기 시작했다. 마루카 파티가 변신 중인 악마에게 가차 없이 공격을 가했지만 튕겨졌다.

변신 중에는 무적인 듯하다.

"크하하하! 풍류도 모르는 놈들 같으니!"

악마가 할 소리냐!

그 동안에도 글라샬라볼라스의 사도가 계속해서 징그럽게 변화해 나갔다. 근육이 더욱 부풀었고, 짧은 털이 온몸을 뒤덮기 시작했다.

약 10초 뒤 아까 전과는 전혀 다른 모습으로 바뀌었다.

"아오~옹! 네놈들을 모조리 죽여주마!"

"우와~……."

무심코 소리가 새어 나왔다.

변신이 끝난 글라샬라볼라스의 사도는 그 정도로 역겹게 생겼다.

온몸에 털이 덥수룩한, 구부정한 자세로 두 발로 서 있는 거대한 개였다. 그렇게만 듣는다면 귀엽게 여길 수도 있겠지. 그러나 실제로는 흐뭇해하면서 볼 만한 모습이 아니다.

개는 개이지만 체모가 굵고 곱슬곱슬한 들개다. 그것도 털이 미묘하게 길다.

눈은 만화에 나올 법한 요괴처럼 크게 부릅뜨고 있다. 축 늘어져 있는 검붉은 혀가 불쾌함을 더욱 부추겼다.

얼핏 보기에는 아까 전이 더 강해 보였다. 그러나 그건 기분 탓이었다.

"가르르르르릉!"

"큭! 공격력이 올라갔어!"

"젠장! 보이지 않는 무언가에 맞았어!"

약속된 패턴인 2연격이구나. 통상 공격에 이어서 보이지 않는 팔 같은 것이 시간차로 엄습하는 듯했다.

더욱이 공격력도 올라갔다. 발톱 공격 한 번에 방패술사의 HP가 크게 닳았다. 방패로 방어했는데도 말이다.

상태이상 공격의 빈도도 잦아졌다. 회복 담당인 마루카의 MP가 엄청난 속도로 닳기 시작했다.

공방전이 너무나도 격렬해서 쿠마마와 릭은 공격에 가담조차 할 수가 없었다.

그리고 그 끝은 성가신 범위 공격이었다.

"아오오오오!"

악마가 한 번 크게 포효를 내지르자 녀석을 중심으로 검은 빛이 돔 형태로 퍼져나갔다.

"야단났네~! 도망칠 수가 없어!"

"무무!"

"—!"

후방에 있는 우리까지 휘말릴 정도로 넓은 범위 공격이었다.

오르트와 사쿠라가 우리를 지키고자 앞으로 나섰다. 그러나 범위 공격을 막아내지 못했다.

"끄으으!"

"키큐~!"

"쿠~마~!"

엄청난 충격이 우리를 덮쳤다.

나와 릭의 HP가 나름 남은 것으로 보아 이 레벨대의 보스치고는 위력이 별 대단하지는 않은 듯하다. 그러나 모두가 대미지를 입는 상황이 나름 성가시다.

모두가 회복하는 데 여념이 없어서 공격이 느슨해지고 만다.

"마루카! 회복은 우리가 할게! 저 보스한테만 집중해줘!"

"괜찮겠어요?"

"괜찮아!"

솔직히 말해서 우리는 죽더라도 대세에 영향을 주지 못한다. 그러나 마루카 파티 중 누군가가 빠진다면 위기에 몰리게 되겠지. 최악의 경우에는 그들의 방패가 되고자 보스의 시선을 끌어미끼가 되는 것도 각오하고 있다.

"일단 우린 더 물러나자."

그곳에서 아이템으로 HP를 회복한 뒤에 어떻게 움직일지 생각하자. 만약에 마루카 파티가 위태로워진다면 방패막이가 될 수밖에.

나는 종마들을 데리고서 꽃밭에서 신성수 근처로 후퇴했다.

범위공격은 연발하지 못하는 듯하다. 그건 다행이다.

만약에 한 방 더 맞았다면 우리 파티는 전멸이다.

"휴우. 애들아 상처약이야.

"무무!"

"큐!"

"쿠마!"

"—!"

"자, 마루카 파티를 어떻게 서포트하지……."

그렇게 생각했을 때였다. 나는 HP 바가 이상하다는 걸 깨달았다. 아니, MP 바도 이상하다.

"이건…… HP와 MP가 자동으로 회복되고 있나?"

1초에 1포인트씩 회복되고 있는 듯하다. 굉장한 속도다. 상처약 따윌 쓰지 않더라도 금세 완전히 회복될 기세였다.

주변을 둘러보니 신성수가 우리에게 빛을 흘려보내고 있는 광경이 보였다.

"저 빛 덕분인가?"

나는 신성수에서 거리를 벌려봤다. 10미터쯤 떨어지자 빛이 사라지더니 자동회복도 끊어졌다.

그리고 다시 접근하자 빛이 다시 내 몸을 감싸더니 자동회복이 시작되었다.

"틀림없네."

이 회복 효과가 있다면 보스하고도 편하게 싸울 수 있겠어!

"이봐~! 마루카! 이쪽으로 와! 신성수 근처에 있으면 오토 힐 효과를 받을 수가 있다고!"

내 목소리가 들렸나 보다. 마루카 일행이 악마와 교전하면서 신성수 쪽으로 다가왔다. 그리고 그 회복 효과에 놀라기 시작했다.

"대단해! 이 회복 효과는 대체 뭐야!"

"살았어!"

"백은 씨, 굿 잡!"

전혀 공헌한 게 없었던지라 칭찬을 받으니 더더욱 기쁘네.

더욱이 그대로 전투를 계속하다가 추가 효과가 있음을 알아차렸다. 이게 웬걸. 악마의 상태이상 공격이 전혀 효과를 발휘하지 못했다.

결과만 말하자면 악마가 입힌 대미지는 금세 회복되었고, MP도 허덕이지 않게 되었다. 악마가 상태이상 마술을 쓸 때마다 빈틈이 생겨서 모두 전력으로 공격을 가할 수 있었다.

뭐, 우리만 있었다면 신성수의 오토 힐이 있더라도 순살당했을 테지만.

위기 상황이 반전되어 낙승하겠다는 분위기가 흐르기 시작했다.

"이대로 가면 무찌를 수 있겠네."

아니, 아까도 그런 생각을 하다가 녀석이 변신하는 바람에 수포로 돌아갔다. 아직 2번 정도 더 변신할 수 있고, 몸집이 작아진 뒤부터 진면목을 보여줄 가능성도 있다. 방심하지 말자.

그렇게 생각했는데…….

"먹어라!"

"그갸오오오오오오!"

예, 쉽게 승리하고 말았습니다.

뭐, 중간 보스 같은 느낌이었으니 이 정도 선에서 끝난 거겠지? 신성수의 회복 효과가 없었다면 패배했을 것 같긴 하지만……. 오히려 신성수 근처에서 싸우는 것이 전제인 전투였는지도 모른다.

첫 번째 위기를 초래한 이유는 내가 꽃밭에 가시를 던져 버렸기 때문일까?

아니, 아니, 설마.

"백은 씨, 왜 그래?"

"응? 아, 아니, 아무것도 아냐. 무, 뭘 드랍하려나 생각하고 있었어."

"그게 말이야~. 드랍물이 없는 것 같아요! 숨통을 끊은 나도 아무것도 얻지 못했고. 이벤트 포인트는 잔뜩 받았지만."

"역시 쁘띠 데빌과 똑같은 취급인가."

"그런 것 같아요……. 아!"

그렇게 드랍물이나 포인트를 확인하다가 마루카가 무언가를 알아차린 듯했다. 놀라워하며 목소리를 높였다.

"왜 그래?"

"코쿠텐 씨한테서 연락이 왔었어요!"

한창 전투 중이었기에 알아차리지 못했던 듯하다. 메일을 3분쯤 전에 받았었다.

메일을 보니 몸을 휘감던 검은 아지랑이가 사라지더니 가디언 베어가 어디론가 달아나 버렸다고 한다. 어쩌면 동굴로 돌아갔을지도 모르니 조심하라는 내용이었다.

3분 전이라고 하면 때마침 우리가 글라샬라볼라스의 사도를 쓰러뜨린 시각이다.

"저기, 어쩔 거예요?"

"으~음, 일단 록케와 아이들을 데리고 도망칠까?"

"그게 좋으려나~."

나는 마루카와 의논하여 일단 도망치기로 했다. 가디언 베어가

아직 어떻게 되었는지 모른다. 기껏 보스와 싸워서 이겼건만 가디언 베어와 조우하여 전멸당한다면 이보다 웃긴 일도 없다.

"록케! 일단 여기서 도망치자!"

"아, 알겠어. 형!"

아이들과 합류한 우리는 왔던 길을 되짚어 급히 동굴로 갔다.

그러나 조금 늦은 모양이다. 나뿐만 아니라 마루카와 파티원들도 절망적인 표정을 짓고 있었다.

"저길 봐. 그 괴물 곰이야!"

"켁, 진짜냐!"

"결국은 맞닥뜨렸나~."

"야단났네!"

동굴 출구에서 가디언 베어가 어슬렁어슬렁 걸어오는 모습이 보였다.

"……."

"……."

우리와 가디언 베어가 조용히 서로를 쳐다봤다.

꿀꺽.

침을 삼키는 소리가 묘하게 크게 들렸다.

목이 바짝바짝 말라 간다.

곰의 눈은 예전에 봤을 때처럼 핏발이 서 있지는 않았다. 오히려 이성적인 빛이 어려 있는 것처럼 느껴졌다.

뭐, 내가 그렇게 받아들이고 싶은 것뿐인지도 모르지만.

그러나 검은 아지랑이가 사라져 있다. 글라샬라볼라스의 사도를 쓰러뜨렸기에 무언가 변화가 벌어진 게 아닐까?

거대 곰과 마주한 지 십수 초쯤 지났을 때.

"……가우."

팽팽한 긴장감이 흐르는 와중에 가디언 베어가 갑자기 제자리에 엎드려 몸을 동그랗게 말았다.

"어? 으음, 뭐지?"

적대할 생각이 없다는 의사표시인가?

우리가 당혹스러워하는 사이에 록케와 아이들이 곰에게로 달려갔다.

갑작스러워서 말릴 새도 없었다.

"수호수님!"

"가우!"

"원래대로 돌아왔어!"

"가우가우."

"다행이야~!"

자신의 몸에 잇달아 달려드는 아이들을 가디언 베어가 상냥한 눈으로 쳐다봤다. 아무래도 아이들이 말했던 온화한 성격을 되찾은 모양이다.

등에 기어오르고 있는데도 몸을 만 상태로 얌전히 있다.

"쿠마쿠마?"

같은 곰으로서 흥미가 솟은 걸까? 쿠마마가 가디언 베어 곁으로 뒤뚱뒤뚱 다가갔다.

괜찮겠지?

걱정하는 나를 아랑곳하지 않고 쿠마마와 가디언 베어가 조용히 서로를 쳐다보고 있다. 기우였나 보다.

그리고 '가우가우', '쿠마쿠마' 하고 무언가 대화를 나누기 시작했다.

말이 통하는 건가? 통하고 있는 거겠지. 이내 쿠마마가 가디언 베어의 등을 오르기 시작했다.

아마도 놀기 시작한 듯하다.

그 광경을 본 오르트와 릭도 거구의 곰에게 달려가 달라붙었다.

가디언 베어가 오르트에게 손을 뻗어서 순간 가슴이 철렁했다. 그러나 오르트가 자신의 등에 편히 오를 수 있도록 도와주려는 듯하다.

지난번에 습격했을 때 그 광폭했던 모습이 너무 인상적이었기에 무심코 겁을 먹고 말았다. 그래도 확실히 상냥한 곰 아저씨로 되돌아간 모양이다.

"무무~!"

"큐큐~!"

"쿠마쿠마~."

우리 애들이 가디언 베어의 등을 미끄럼틀 삼아 놀기 시작했다. 아무리 그래도 너무 버릇없는 짓 아냐? 그러나 곰 아저씨는 여전히 온화한 표정. 착한 곰이라서 다행이다.

우리 애들과 아이들이 가디언 베어 주변에서 놀고 있는 모습은 평화 그 자체였다. 이것이 본디 존재했어야할 광경이겠지.

"전투가 벌어질 것 같지는 않은데……."

"살았다~."

마루카와 파티원들도 안도의 한숨을 내쉬었다. 전투가 벌어졌다면 절망적이었을 테니까.

이윽고 아이들에게서 드디어 해방된 가디언 베어가 느릿느릿 걸어가기 시작했다. 신성수 쪽으로 가는 줄 알고 지켜보고 있으니 조금 걷다가 멈추고서 뒤를 돌아봤다.

"가우."

뭐지? 곰은 제자리에서 이쪽을 물끄러미 보고 있었다. 그러자 아이들과 종마들이 가디언 베어 뒤를 따르듯 달리기 시작했다. 더욱이 가디언 베어가 마치 따라오라는 듯이 손짓까지 했다.

"저기, 저거, 따라오라는 거지?"

"그런 것 같은데……."

뭐, 우리 아이들이 잘 따르고 있으니 한번 가볼까? 나는 마루카 파티와 함께 가디언 베어의 뒤를 쫓았다.

"목적지는 신성수인가?"

곰이 도착한 곳은 역시나 신성수다.

방해가 되지 않도록 가만히 지켜보고 있으니 곰이 그대로 신성수에 다가갔다. 우리를 왜 데리고 온 건지 모르겠지만, 무슨 일이 벌어지려는 건가?

그리고 곰이 이마를 신성수 줄기에 살짝 댔다.

그 순간 신성수가 빛나기 시작했다.

"오오~."

"예뻐."

"그러네~."

푸르께한 빛이 거목을 휘감고 있는 몽상적인 광경이었다. 우리는 넋을 잃고 지켜보고 말았다. 게임이 아니면 볼 수 없는 광경이니까.

감동하며 지켜보고 있으니 이윽고 그 빛이 마치 반딧불 같은 작은 빛의 구슬로 바뀌어 주위에 쏟아졌다. 뭐, 위험해 보이지는 않지만 조금 놀랐다.

저것은 돌발 퀘스트가 종료되었음을 알리는 신호겠지.

안내음이 들렸다.

〈플레이어가 이벤 하나를 해결했습니다.〉

〈유토 씨에게 칭호 '신성수의 가호(이벤트 한정)'을 수여합니다.〉

칭호 : 신성수의 가호(이벤트 한정)

효과 : 상금 4000G 획득. 보너스 포인트 6점 획득. 대악마 글라샬라볼라스 및 그 권속에게 가하는 대미지 상승. 받는 대미지 감소.

오호, 칭호를 얻었네. 이벤트 한정이라면 이벤트가 끝나면 없어진다는 건가? 그렇다면 그다지 좋은 보수는 아니네. 효과도 전투에 직접 참가할 가능성이 낮은 나에게는 별로 도움이 되지 않는다. 뭐, 보너스 포인트를 많이 받은 건 기쁘긴 하지만.

그러나 미묘한 표정을 짓고 있는 건 나뿐이었다.

"꺄아아아! 칭호야!"

"오오오오오! 진짜!"

"괴괴, 굉장해!"

어라? 그렇게나 기쁜 일인가? 내가 고개를 갸웃거리고 있으니 마루카와 파티원들이 활짝 웃으며 달려왔다. 정말로 기쁜가 보다.

"백은 씨! 왜 그렇게 냉정해요?"

"칭호잖아?"

"아니, 백은 씨는 칭호를 많이 갖고 있다는 소문을 듣긴 했어."

"과연, 벌써 익숙해진 건가!"

"역시 백은 씨다."

자기들끼리 멋대로 감탄하고 있다. 칭호를 처음 받아보는 사람에게는 기쁜 일인지도. 나는 첫 칭호부터가 미묘했기에 솔직히 기뻐하지 않았지만.

"가우가."

가디언 베어가 마치 절을 하듯 고개를 숙였다.

글라샬라볼라스의 사도를 쓰러뜨려 줘서 고맙다고 인사하는 건가? 아니면 광폭해졌을 때 플레이어들을 습격해서 미안하다고 사죄하는 건가?

어쨌든 가디언 베어가 이성을 되찾아 온화한 성격으로 되돌아간 건 확실했다.

"가우~."

"오, 뭐야?"

고개를 숙이고 있던 가디언 베어가 하늘을 향해 고개를 쳐들더니 포효하듯 가늘게 울었다. 그러자 멋대로 능력치 창이 열리더니 문자가 표시되었다.

〈보이는 것 중에서 보수를 선택해주십시오. 수호수의 검, 수호수의 창, 수호수의…….〉

아무래도 특별한 보수를 받을 수 있는 모양이다.

수호수 시리즈라는 무구가 쭉 나열되어 있다.

성능은 레벨이 낮은 내 입장에서는 꽤 좋다.

예를 들어 수호수의 지팡이는 내가 들고 있는 수수의 지팡이+에 비해 고성능이다.

명칭 : 수수의 지팡이+

레어도 : 3

품질 : ★6

내구도 : 130

효과 : 공격력+3, 마법력+21, 물계열 마술 소비 경감 · 소, 물계열 마술 위력 상승 · 소, 불계열 마술 소비 상승 · 중

중량 : 1

명칭 : 수호수의 지팡이

레어도 : 4

품질 : ★10

내구도 : 200

효과 : 공격력+10, 마법력+30, 대악마 글라샤라볼라스 및 그 권

속에서 가하는 대미지 +100%

중량 : 3

다만 무게 때문에 장비할 수가 없고, 애당초 효과가 미묘하네. 전투를 주로 하는 사람에게는 좋은 효과겠지만, 나 같은 플레이어의 마술 대미지를 100% 상승시켜본들 큰 효과는 없겠지.

마루카와 파티원들에게 물어보니 성능은 미묘하지만 효과 덕분에 악마와 전투할 때는 도움이 된단다.

으~음, 어쩌지? 나도 쓸 수 있는 건 없으려나…….

목록에 방어구 이름도 있긴 하지만, 중량 때문에 역시나 장비할 수가 없다. 적당한 무기를 얻어 쓸 수 있는 사람에게 넘겨주는 편이 나은가?

그렇게 생각하면서 화면을 스크롤 해보니 가장 아래에 있는 수호수의 잉곳×2라는 항목이 눈에 들어왔다.

잉곳이라……. 이걸로 무구를 제작하면 수호수 시리즈와 동일한 효과를 지닌 무기를 만들 수 있나? 이벤트 기간에 제작하지 않으면 의미가 없겠지만, 이걸 무기나 방어구로 가공한다면 보스전 때 도움이 될 테지.

어차피 이벤트가 진행되면 대악마 글라샬라볼라스와 싸워야만 할 테니 그때 확실히 도움이 될 것이다. 코쿠텐을 비롯해 다른 플레이어에게 무기를 넘기면 전력이 꽤 향상되지 않을까?

"있잖아, 마루카. 마을에 대장간이 있던가?"

"왜요?"

"아니, 가장 아래에 있는 잉곳을 무기로 만들 수 있다면 그냥 무기를 하나 받는 것보다 숫자를 더 늘릴 수가 있잖아?"

"잉곳? 으~음……. 있다, 이거 말이죠? 오호, 괜찮네요! 다 함께 이 잉곳을 선택하면 우리 말고도 다른 사람들한테 수호수 장비를 착용시킬 수 있을지도."

"그치? 다만 대장장이가 없으면 불가능한 작전이라서."

"아~, 그래서 물어본 거였네요. 그래도 괜찮아요. 이 서버에는 유명한 대장장이가 있으니까."

"오호, 그래?"

"응. 에로 대장장이 스케가와 씨."

"무슨 대장장이라고?"

에로라고 했나? 아니, 내가 잘못 들은 거지? 대장장이와 에로는 전혀 연관이 없는데.

"에로 대장장이요."

에로가 맞다. 잘못 들은 게 아니었어!

"무, 무슨 짓을 하면 그런 한심한 별명이 붙는 거야?"

에로 대장장이? 나였다면 무조건 게임을 포기했을 텐데. 나보다도 더 불쌍한 사람이 있다!

"여성은 제작할 때 할인해 줘요. 더욱이 섹시 계열 장비는 추가 할인까지."

"아~, 그런 거였어."

의심할 여지없는 변태였다.

"그래도 남성이라고 값을 올리는 건 아니에요. 그저 여성한테만 할인해 줄 뿐."

"그 녀석은 그 별명을 싫어하지 않아?"

"자기 입으로 말하고 다닌다던데요?"

"어? 왜?"

"글쎄요?"

만나는 게 조금 무서워지는데. 뭐, 실력은 확실하다고 하니 그 사람에게 부탁하면 어떻게든 되려나?

"우린 잉곳을 택하기로 했어요."

"괜찮겠어? 딱히 내게 맞출 필요는 없는데?"

잉곳으로 무기를 제작하더라도 이 목록과 동일한 수준의 장비가 나올지는 알 수가 없다. 마루카와 파티원들은 그동안의 활약을 고려해 봤을 때 무기를 받는 편이 확실히 나을 것이다.

나는 다룰 수 있는 무구가 하나도 없어서 어쩔 수 없이 잉곳을 택했을 뿐이다.

"괜찮아요. 앞으로 있을 보스전을 생각하면 이 선택이 나을 테니까."

마루카와 파티원들도 개인 순위보다는 서버 순위를 우선하는 모양이다.

"일단 마을로 돌아갈까요?"

"그래야지. 아, 그전에 코쿠텐 일행과 합류해야지."

"월드 아나운스가 나왔으니 질문 세례를 받을 것 같네요."

마루카의 말대로 지크프리트와 코쿠텐 일행에게 질문 공격을 받고 말았다.

우리도 여러모로 궁금한 게 많지만, 우선은 보스전 이야기부터 해주기로 했다.

걸어가면서 동굴에 들어간 뒤부터 겪었던 일들을 자세히 설명했다.

다들 몹시 부러워했다. 칭호를 받은 것도 그렇고, 강적과 싸운 것도 말이다.

그러고 보니 코쿠텐 일행은 강한 몬스터와의 전투를 주목적으로 삼고 있었지. 그들의 입장에서는 낯선 보스와 벌인 격렬한 전투가 칭호나 보수 이상으로 매력적이었나 보다.

거대 곰을 묶어두는 역할을 맡았던 그들의 이야기도 들려달라고 했다. 지크프리트가 대활약했다고 한다. 방어를 중시하여 도전했지만, 역시나 가디언 베어는 강력해서 죽기 일보 직전까지 내몰렸다고 한다.

바로 그때 지크프리트와 그 애마가 활약했다.

가디언 베어의 관심을 끈 뒤에 미끼가 되어 아슬아슬한 거리를 유지한 채 계속 도망쳤다고 한다. 그 동안에 코쿠텐의 파티는 회복했고, 말이 지치기 시작했을 즈음에 다시 전투를 벌였다. 그 과정을 반복하며 거대 곰의 발을 어떻게든 붙들어 두었다고 한다.

"나보다도 실버가 애를 써줬지."

"실버?"

"내 애마의 이름이야! 어때? 멋있지 않나?"

"그렇구나. 그러고 보니 기사 계열 직업은 탑승용 몬스터를 갖고 있다고 했지?"

"맞아! 기사라고 하면 바로 백마니까! 캐릭터를 작성할 때 보너스 포인트를 쏟아부어서 실버를 손에 넣었어!"

지크프리트가 자신만만하게 자신의 말을 소개해줬다.

그런데 말? 아니, 백마는 백마지만, 기사 플레이를 하는 지크프리트의 애마로서 저 말이 어울리나?

말의 겉모습은 내가 상상했던 기사의 애마와는 조금 차이가 있었다. 이른바 서러브레드가 아니다. 콧구멍이 크고 코도 짧다. 몸통은 땅딸막하고 통통해서 빈말이라도 세련되었다고 할 수가 없었다. 굳이 말하자면 당나귀에 가깝다고 할 수 있겠지. 당나귀를 조금 못생기게 빚어내면 저 말이 된다.

그래, 상당히 못생겼다.

본인이 만족하고 있는 것 같으니 할 말은 없지만…….

"쿠마."

"부르르."

"무~."

"부릉."

우리 애들이 실버와 대화를 나누고 있다. 이윽고 실버가 제자리에서 다리를 구부려 자세를 낮췄다. 오르트와 쿠마마가 신이 나서 그 등에 오르고 있네. 또한 릭은 말의 머리 위로 쌩 올라갔다. 실버의 두 귀를 쥐고서 마치 기수가 된 듯한 기분을 즐기고 있다.

애들아, 애들아. 그러다가 화를 내면 어쩌려고?

그러나 실버는 화를 내지 않고 터벅터벅 걸어 나갔다. 우리 애

들은 등 위에서 활짝 웃고 있다. 남의 비위를 잘 맞춰주는 참 착한 말이네! 못생겼다고 생각해서 미안해!

주인의 만족도는 좋은 종마인지 아닌지를 결정하는 중요한 부분이다. 우리 오르트도 처음에는 바보 취급을 받긴 했지만 나에게는 최고의 종마니까! 그런 의미에서 지크프리트에게 실버는 최고의 말이겠지.

마을로 돌아간 뒤에 향후에 대해 의논을 했다. 신성수는 한 그루가 더 있다. 다만 아직 발견되지 않은 듯하다.

"그래도 뭔가 이벤트가 무조건 벌어질 것 같은데."

화기애애한 지크프리트 일행을 아랑곳하지 않고 나는 코쿠텐과 대화를 나눴다.

"수호수가 두 마리가 있다는 얘기였지요?"

"맞아. 가디언 베어와 가디언 보어가 있다고 해."

"그렇다면 다른 신성수도 시들어 가고 있고, 거대 멧돼지가 폭주하고 있겠군요?"

"나도 그렇게 생각해."

그러나 나는 다음 신성수와는 얽힐 생각이 없었다.

이번에는 용케 죽지 않았지만, 가는 도중에도, 보스전 때도 그저 운이 좋아서 살아남았다. 나는 실력이 완전히 부족하다. 함께하는 파티에게 민폐만 끼칠 뿐이다.

그리고 가뜩이나 칭호가 많다며 부러움을 사고 있는데, 여기서 또 칭호를 얻는다면 질투심이 폭발할지도 모른다. 그 역시 이유 중 하나였다. 오히려 그게 더 무섭다.

그런 연유로 이번에는 다른 탑 플레이어들에게 맡길 작정이었다.

그러나 그렇게 되지는 않을 듯하다.

"신성수와 관련된 문제이니 나무 기르기 스킬을 갖고 있는 백은 씨의 힘이 필요할지도 모르는데요?"

"이번에 나무가 부활한 건 백은 씨와 아이들이 뭔가 했기 때문이잖아요?"

코쿠텐과 마루카가 내 퇴로를 막아버렸다.

그야 비료나 물을 주기는 했지만, 신성수가 부활한 건 역시 보스를 쓰러뜨렸기 때문이잖아? 그러나 그들의 말에도 일리가 있어서 부정할 수가 없다.

"보스전 때는 모르겠지만, 그 뒤에는 유토 군이 신성수까지 와 줄 필요가 있을지도 모르겠군요."

"진심이야……?"

그렇다면 되도록 마을 근처에 다른 신성수가 있으면 좋을 텐데. 출현하는 적이 너무 강하면 그곳으로 가지도 못할 것 같으니까.

"두 번째 신성수에 관한 정보는 전혀 없는 건가?"

"그렇죠. 적어도 발견했다는 얘기는 듣지 못했으니까. 수호수를 목격했다는 정보도 없고."

그래서 우리는 흩어져서 정보를 모으기로 했다.

코쿠텐과 지크프리트는 다른 플레이어를 상대로 탐문을 벌이기로 했다. 나와 마루카의 파티는 잉곳을 무기로 만들 수 있는지 알아보기로 했다.

우선 마루카가 말했던 스케가와라는 대장장이를 만나러 가기

로 했다.

나는 전혀 흥미가 없어서 알아차리지 못했는데, 광장 구석에 노점을 차렸다고 한다.

그곳으로 가보니 확실히 간이노점에서 무구를 팔고 있는 사람이 있었다.

"스케가와 씨! 장사는 어때?"

"별로야~. 그래도 마루카 짱이 뭔가 사준다면 힘을 낼 수 있을 것도 같은데?"

"아쉽게 됐네. 오늘은 물건을 사러 온 게 아냐. 실은 소개하고 싶은 사람이 있어서."

"남친? 이 아저씨는 단연코 반대야~. 어디서 굴러먹던 말 뼈다귀인지도 모르는 놈한테 마루카를 줄 순 없다!"

"아냐! 이 사람이 바로 백은 씨! 알고 있지?"

"어? 진짜? 본인?"

"맞아요."

마루카의 소개로 소문이 자자한 에로 대장장이와 대면했다.

"이야, 에로 대장장이 스케가와입니다. 백은 씨의 소문은 진즉에 들었지."

"아아, 감사하네요. 테이머 유토입니다. 요즘에 백은 씨라고 자주 불립니다."

에로 대장장이 스케가와는 예상보다 더 친근했다. 남자는 죽어라! 여자만 와라! 하고 말하는 녀석인 줄 알았는데.

"응? 왜 그러지?"

"아니, 에로 대장장이라니 참 굉장한 별명이구나 싶어서."
"아아, 혹시 내가 남자를 싫어할 거라고 생각했나?"
"뭐."
"아하하, 그야 아니지. 난 에로. 혼자 망상에 젖어 여성을 성적인 눈으로 쳐다보는 건 색골이다!"
"뭐가 다른데?"
"에로라는 건 조금 더 개방적이고 친근해서 다른 사람과 나눌 수 있는 거지!"
응, 의미를 모르겠네. 다만 주변에 있는 플레이어들의 반응은 알 수 있었다. 특히 여성 플레이어들의 눈빛이 굉장히 날카롭다는 것만은 알 수 있었다.
이 게임은 그런 부분이 꽤 엄격할 텐데 용케도 계정 삭제도 당하지 않고 연명하고 있네.
"알겠어. 알고 싶지는 않지만, 어쩐지 알겠어. 그러니 일단 그 얘기는 그쯤 하면 충분해."
"그래? 뭐, 날을 잡아서 진득하게 얘기하도록 할까."
아니, 이미 배가 부르거든요.
"실은 이걸 보여주고 싶었어."
마루카가 아까 입수한 수호수의 잉곳을 꺼냈다.
"오오! 이 잉곳은 뭐야!"
"보스전을 마친 뒤에 입수한 거야."
"혹시 아까 그 이변이 해결되었다는 알림이랑 관련된 건가?"
"맞아, 맞아."

마루카가 스케가와에게 잉곳을 어떻게 얻게 되었는지 알려줬다. 그리고 이 잉곳으로 무기를 대량으로 제작하여 앞으로 출현할 대보스, 대악마 글라샬라볼라스와의 전투에서 우위를 점하고 싶다는 계획을 말했다.

"그럼 내가 할 일은 이 잉곳으로 무기를 만드는 거지?"

"해줄래?"

"특별히 싸게 해주지."

"어? 괜찮겠어?"

"솔직히 나처럼 전투력이 낮은 대장장이가 공헌할 수 있는 절호의 기회이니까. 이벤트 진행과 관련이 있을 테니 이 잉곳으로 무기를 제작하는 것만으로도 포인트를 얻을 수 있을 테고."

"그렇겠지."

논의한 결과 마루카 파티는 잉곳을 모조리 스케가와에게 넘기기로 정한 듯하다. 그 대신에 본인들의 장비는 공짜로 제작받고, 남은 잉곳은 그대로 스케가와에게 제공하기로 했다. 그리고 스케가와는 그 잉곳으로 무기를 제작하여 희망자에게 판매한다.

나는 입수한 잉곳을 스케가와에게 무상으로 제공하기로 했다.

당연히 공짜로 받을 수는 없다며 스케가와가 난색을 표했다. 그러나 이것을 받는 게 나를 위한 것이라고 부탁하며 억지로 넘겼다.

새로운 칭호를 하나 더 얻었을 뿐인데 남들이 질투할까 봐 우려가 된다고 해야 할까? 자초지종을 들은 다른 플레이어들이 '또?'라는 얼굴로 쳐다볼까 무섭다.

이런 상황에서 잉곳으로 한몫을 챙기거나, 무기 사용자를 내가 결정하기라도 한다면 공연히 귀찮은 일을 겪게 될 것 같았다.

뭐, 스케가와에게 떠넘겼다고 할 수도 있겠지만.

“후우…… . 뭐, 사정은 알겠지만……. 그럼 빌리는 걸로 해둔다? 만약에 대장장이가 필요할 때는 사양하지 말고 말해줘.”

“그런 때가 오면 부탁할게.”

“응응. 그때 에로의 진짜 맛을 알려줄 테니까!”

두 번 다시 못 볼지도 모르겠네.

“이 잉곳으로 제작한 무기 값은 무기를 하나 만들어 본 뒤에 결정할 거다? 기대했던 경험치나 포인트를 얻지 못할 수도 있을 테니까. 다만 기대한 바대로 되더라도 30000G 이상은 받지 않겠다고 약속할게.”

“어? 그렇게 저렴해도 괜찮겠어?”

스케가와의 말을 듣고서 마루카가 놀라워했다. 30000G가 저렴하다고 하다니 역시 공략 최전선 플레이어는 굉장하다. 뭐, 스케가와가 정말로 탑 대장장이라면 평소에는 더 비싼 값을 부르겠지.

“나도 이 서버에 공헌을 조금은 해야 하니까.”

“오히려 희망자가 쇄도할 것 같아.”

“그건 전부 무기 성능에 달렸겠지~.”

“그럼 바로 시험 제작하지 않을래?”

“오케이. 알겠어.”

자, 잉곳과 관련하여 내가 할 일은 끝났다. 뒷일은 마루카와 다른 플레이어들에게 맡겨두면 되겠지.

“그럼 나도 정보를 수집하러 가볼까.”

“무무!”

“쿠마~!”

오르트와 종마들에게는 마을을 산책한다는 의미나 마찬가지다. 기뻐하고 있다.

그 길로 우리가 카이엔 할아버지네 집으로 향하고 있을 때였다.

귀에 익은 알림이 들렸다.

[이벤트 나흘 차 12:00가 되었습니다. 중간 결과를 발표합니다.]

오오, 벌써 시간이 그렇게 됐나? 나는 바로 메일을 열어봤다. 지난번 발표 때는 개인 랭킹이 298명 중에 274위였었지.

“어? 진짜? 올라갔잖아! 아니, 너무 올라갔는데! 역시 보스전 때 얻은 300포인트가 컸구나~.”

무려 577포인트를 획득하여 제29서버 안에서 46위를 차지했다. 확 올라갔다. 뭐, 앞으로 사흘이나 더 남았으니 아마 떨어질 테지만.

그러나 더 놀란 부분은 서버 공헌도 쪽이었다. 이게 웬걸. 4위에서 1위로 올라갔다. 보스를 쓰러뜨려서? 그러나 함께 싸워서 보스를 쓰러뜨렸던 마루카 파티는 상위 10위 안에도 들지 못했다.

중요 이벤트 때 공헌한 것만으로는 부족하다는 소리인데. 내가 달리 특별한 행동을…….

“록케나 마을 사람들과 사이가 좋아서? 그래도 그것만으로 서버 공헌도가 올라가나?”

역시나 기준을 잘 모르겠다.

뭐, 어차피 모르는데 이런저런 생각을 해본들 소용없다. 다음 항목이나 보자.

“오호! 이쪽은 2위야!”

이럴 수가. 서버 랭킹이 2위로 올라갔다. 전체 33개 서버 중에서 우리 서버가 2위를 차지했다. 이벤트가 순조롭게 진행되고 있어서일까? 중간 보스도 격파했으니 우리의 예상이나 행동이 틀리지 않았겠지.

공헌도를 올리는 법은 모르겠지만, 서버 순위는 이벤트를 진행시키면 틀림없이 올라가겠지.

“좋았어! 서버 랭킹 1위를 달성하기 위해서라도 신성수의 정보를 입수해야 해.”

30분 뒤.

“그럼 여기가 두 번째 신성수가 있는 곳이라는 건가요?”

“어. 이 근방 바위 지대에 동굴 입구가 있다고 해.”

NPC에게서 정보를 수집한 나는 광장으로 돌아가 모두와 정보를 공유하고 있었다.

맵을 오픈 모드로 전환한 뒤 카이엔 할아버지와 주민들에게서 들은 신성수 정보를 코쿠텐 및 다른 플레이어들에게 알렸다.

신성수의 위치는 사냥꾼 카카루가 알고 있었다. 마을에서 꽤 떨어진 삼림지대 안에 있다. 그가 말하기를 꽤 강한 몬스터가 출몰하는 수해(樹海)라고 한다. 처음에는 플레이어가 죽도록 내버려 둘 수가 없다며 존재를 전혀 알려주지 않았을 정도다. 사납게 생긴 카카루 씨가 어렵고 성가신 곳이라고 말했을 정도라니까? 얼마나 강할까? 엄청 무서운데.

처음에 카카루 씨는 완고하게 입을 다물었지만, 록케와 아이들이 '수호수님을 구해준 형이니 분명 괜찮을 거야!' 하고 함께 설득해 준 덕분에 마지못해 알려주었다.

혹시 가디언 베어와 아이들을 구하지 않았다면 알려주지 않았으려나?

그렇다면 자력으로 찾아야 했겠지. 일이 아주 성가시게 될 뻔했네. 록케와 아이들을 구하길 잘했다.

코쿠텐과 다른 플레이어들이 지도를 보면서 신음하고 있다.

"이 부근에 출현하는 적의 수준은 제3, 4에어리어 수준이라서 수색이 별로 진행되지 않았어요."

"유토 군이 위치를 알아 온 덕분에 큰 수고를 덜었군!"

"정말 그래요. 만약 자력으로 수색했다면 시간이 엄청 걸렸을 거예요."

뭐, 아무리 생각해도 신성수를 수색하는 일에는 함께할 수 없겠지. 이렇게라도 도움이 돼서 다행이다. 이제 내 일은 끝났겠지.

"이제는 밭과 낚시터를 왕복하며 시간을 보내자!"

그렇게 될 줄 알았건만…….

제18서버에 속한 어느 플레이어들

"야, 뇌왕. 정말로 수호수를 사냥할 거냐? 마을 영감들이 그만두라고 주의를 줬잖아!"

"1위가 되기 위해서 어쩔 수 없잖냐!"

"근데, 근데 말이야……. 죽이지 말라는 걸 죽여도 정말로 괜찮을까?"

"그럼 뭐 어쩌라는 거야? 하이우드가 개인 랭킹 1위인 이유는 그 수호수인 검은 곰을 쓰러뜨렸기 때문이잖아!"

"그 탓에 신성수라는 게 이상해졌잖냐? 그래서 남은 하나라도 가만히 놔두라고……."

"녀석을 앞지르려면 우리도 수호수를 쓰러뜨릴 수밖에 없다니까 그러네~!"

"그럴지도 모르겠지만. 네 랭크는 170위잖아? 수호수를 쓰러뜨려봤자 1위는 무리잖아?"

"도대체 말이야. 하이우드가 수호수를 쓰러뜨렸는데 왜 우린 안 되는 거냐고! 불공평하지 않냐!"

"하이우드는 어쩔 수 없었잖아? 몰랐으니까."

"그럼 나도 모릅니다~."

"그런 변명이 통하겠냐! 게다가 수호수를 죽였다가 이벤트가 실패해 버리면 어쩔 셈이야?"

"그거야말로 내가 알까보냐! 딴 녀석들이 어찌 되든 관계없잖아! 이미 정했어. 거대 멧돼지를 쓰러뜨려서 무조건 1위를 먹어주마!"

"무리래도!"

"게다가 다른 녀석들도 멧돼지를 노리고서 움직이기 시작했어!

이제 와 따져봤자 늦었다니까! 가만히 놔둬도 어차피 딴 녀석들이 쓰러뜨릴 테니 내가 죽여도 되잖아!"

"그래도. 괜찮을까? 다음에 또 문제를 일으킨다면 계정 정지라고 운영진이 경고문을 보냈잖아?"

"그딴 건 무시해, 무시!"

"그건 위험해! 그러다가 운영진한테 찍힌다?"

"빌어먹을! 대체 왜 내가 엄중 경고를 들어야 하는 거냐고! 게시판에서 다른 바보 놈들을 살짝 부추겼을 뿐인데!"

"그게 안 되는 거잖아!"

"그 뒤에 벌어진 소동은 나랑 전혀 관계없어!"

"네 말을 진실로 받아들이고서 백은 씨를 쫓아다니는 녀석들이 나왔다고 판단한 거잖아?"

"설마 진짜 실력행사에 나선 한심한 놈들이 있을 줄이야……. 이놈이고 저놈이고 하나같이 바보들뿐이야!"

"그 녀석들은 계정이 삭제되었거나 정지되었다고 들었어. 엄중 경고 정도로 끝나서 그나마 다행이잖아?"

"시끄러, 시끄럽다고!"

"자, 잠깐만!"

"자, 빨랑빨랑……. 엑? 뭐, 뭐야 저 녀석들! 지, 징그러워. 나, 이 녀석들은……. 우게엑……."

"으앗! 포위당했는데! 모브 데빌? 악마 계열 적이냐!"

"당하겠다~! 숫자가……! 히이익!"

"지, 징그러! 오지 마! 오지 말라고! 사, 살려줘! 살려 달라고,

뇌왕!"

"아, 아아……, 우아아아아아!"

"버, 버리지 말아줘! 버리지 말아줘어!"

"히이이이익!"

"젠장! 배신자! 네가 저질렀던 짓을 게시판에 전부 올려주겠어! 이 이기주의자 놈! 앞으로 이 게임을 영영 못 하게 될 줄 알라고! 으, 으아아아아아아아!"

글라샬라볼라스의 사도를 쓰러뜨린 뒤 이튿날 오후.
나는 코쿠텐과 마루카 파티와 함께 수해 안을 나아가고 있었다.
"으엑~……. 아까 맞닥뜨린 것 같은 몬스터들이 우글거리는 거지?"
"예. 하지만 백은 씨는 기필코 지켜낼 테니 안심해 주십시오."
"그걸 의심하지 않지만……."
왜 이렇게 된 거냐…….

오늘 점심 전.
코쿠텐과 플레이어들이 나를 불러냈다.
"아까 알림을 들었어. 두 번째 보스를 끝장낸 것 같던데?"
"예. 백은 씨의 정보 덕분입니다. 감사했습니다."
실은 오전 중에 이벤트가 크게 진행되었다. 이게 웬걸. 제2신성수에 들러붙어 있던 글라샬라볼라스의 사도를 코쿠텐 파티가 벌써 처치해 버렸다.
실제로 〈플레이어가 이변 하나를 해결했습니다〉라는 월드 아나운스가 흘러 나왔다. 그래서 이제 모든 게 끝난 줄 알았는데…….
"신성수를 해방시켰을 텐데 내게 무슨 용건이?"
"그게, 들었던 얘기와 조금 달라서요. 백은 씨의 힘을 꼭 빌리고 싶습니다."
코쿠텐의 말에 따르면 가디언 보어는 이성을 되찾긴 했지만,

신성수 부활 이벤트는 일어나지 않았다. 그래서 이벤트 한정 칭호도 입수하지 못했다고 한다.

수호수 무기 입수 이벤트는 일어났는데도 말이다.

또한 글라샬라볼라스의 사도와의 전투 중에 신성수의 오토 힐 효과가 명백히 낮았다고 한다. 우리 때는 1초에 HP와 MP가 1포인트씩 회복되었는데 반해 이번에는 3초에 1포인트씩 회복되었단다.

그래도 압승을 거뒀다고 하니 코쿠텐 파티가 이상하리만치 강한 거겠지.

그리고 마루카 파티와 의논을 해본 결과, 우리가 신성수에서 사용했던 비료나 나무마술이 어떤 효과를 준 게 아니냐는 추측이 나왔다고 한다. 그러나 문제가 있다.

"아니, 그래도 말이야. 내 레벨로는 신성수까지 가는 것 자체가 무리인데?"

제2에어리어에서도 히익, 히익, 하고 비명을 지른다니까? 제3에어리어도 아니고 제4에어리어급 적이 출몰하는 수해에서는 확실히 죽고 말겠지. 반드시 죽는다고 해서 필살이라고 하는 거다.

"저희나 마루카의 파티가 호위를 맡을 테니 어떻게 안 될까요?"

"나 말고 다른 파머 계열 플레이어는……."

"없는 것 같네요."

"그렇겠지~."

모험가 길드 게시판에서 농경 계열 스킬이 필요한 퀘스트가 전혀 줄어들지 않아서 어렴풋하게 짐작하고 있었다.

“백은 씨! 쿠마마 짱은 내가 지킬 테니까! 안심해!”
“쿠마마 말고 다른 애들도 지켜줘!”
정말로 괜찮을까?
그러나 신성수는 이벤트를 진행시키는 데 필요한 요소로 추정된다. 그래서 이 부탁을 거절할 수가 없네.
“별수 없지……. 갈게.”
“감사합니다.”
“하아, 너희들도 힘내자.”
“무무!”
“큐큐!”
“쿳쿠마!”
“—!”
오랜만에 경례가 나왔습니다! 우리 애들은 의욕이 있는 듯합니다.
위험한 곳에 가는 건데? 정말로 알고는 있는 거야?

그런 이유로 나는 호위를 받으면서 제2신성수를 향해 나아가고 있었다.
카카루 씨가 말한 대로 수해의 마수는 대단히 흉악하다.
커다랗고 호전적이며 강하다. 출현할 때마다 격전이 펼쳐졌다.
뭐, 우리는 코쿠텐 뒤에 숨어서 호위를 받고 있지만. 그래도 이따금 코쿠텐 파티를 따돌리고서 습격해 오는 몬스터나 원거리 공격을 발사하는 몬스터에게 당한 적도 있었다.
바로 지금도 코쿠텐 파티의 공격을 교묘히 피한 오크 한 마리가 나에게로 달려들고 있었다.

"흐고흐오오오~!"

오크의 겉모습은 꽤나 징그러웠다. 눈매가 사나운 돼지 얼굴에다가 키는 2미터 가까이 된다. 그리고 살이 뒤룩뒤룩 쪄서 축 늘어져 있는 체형이다. 꾀죄죄한 분홍색 피부가 게임이라고는 믿기지 않을 정도로 사실적이다.

반라의 오크가 덮치는 모습은 성희롱으로 취급될 만하지 않을까? 달릴 때마다 출렁이는 살이 역겹다.

테임이 가능한 몬스터가 아닌지 스킬로 지정할 수가 없었다. 가능하더라도 내가 먼저 사양하고 싶지만.

"꺄아~. 왔다, 왔어!"

"무무~……, 무무~!"

"아, 오르트~!"

멋지게 내 앞으로 나선 것까지는 좋았지만, 적의 공격을 받아내지 못한 채 오르트가 퐁, 하고 튕겨졌다. 그 광경을 보면서 나는 한심하게도 비명을 내질렀다.

"후고고."

"제, 젠장~! 아쿠아볼!"

"후고오오오!"

"전혀 안 통하네~!"

오르트를 날려버린 오크가 나에게로 돌진해 온다. 나는 다급하게 물마술을 날렸지만 HP가 10퍼센트밖에 깎이지 않았다. 더욱이 공격을 맞아 몸을 젖히는 효과나 넉백도 발생하지 않았다. 내 레벨대의 물마술은 오크에게 거의 효과가 없다는 뜻이겠지.

"후고오!"

"끄아~!"

오크가 휘두른 곤봉이 눈앞으로 날아들었다.

곤봉이라고 하니 별 대단한 무기가 아니라고 생각했겠지. 대부분의 RPG에서 초기 피라미가 장비하는 무기 중 하나니까.

그러나 사실적인 이 세계에서는 이야기가 다르다.

2미터짜리 거한이 힘껏 휘두른 거대한 몽둥이가 눈앞으로 날아드는 장면을 상상해 봐라. 엄청 무섭고, 어마어마한 압박감이 든다.

회피? 불가능한 게 당연하다. 공격이 꽤 빠르기도 하고, 또 다리도 굳었다. 솔직히 눈을 감지 않은 스스로를 칭찬하고 싶을 정도다.

"컥……!"

오크의 곤봉에 맞고서 냅다 날아가 버렸다. 야단났네~. 한 대 맞았을 뿐인데 HP가 90퍼센트나 깎였다! 더욱이 타격 무기 특유의 경직 효과가 발생해서 몸을 가눌 수가 없다!

"후고고."

"끄응……."

도망치려고 발버둥 치는 나를 보고서 감히 웃었겠다! 그러나 도망칠 수가 없다. 오르트를 제외한 우리 애들도 모두 멀리 떨어져 있다.

"—!"

사쿠라가 이쪽으로 달려오기 시작했지만, 오크가 곤봉으로 내리치는 쪽이 더 빠르겠지.

절체절명이다. 그러나 나는 신음밖에 할 수가 없다.

"젠장……."

"백은 씨! 아쿠아볼!"

"홋고고!"

"오오~."

사, 살았다!

코쿠텐 파티의 마술사가 발사한 아쿠아볼이 오크를 날려버렸다. 더욱이 내 아쿠아볼과는 위력이 다르다. 오크의 HP를 60퍼센트 이상 깎았으니까.

뭐, 지력도, 스킬 레벨도 격이 다르잖아~. 위력이 다를 만도 하겠지.

"괜찮습니까?"

"사, 살았어."

"이거, 포션입니다."

"아뇨, 내 건 있으니 괜찮아."

"그런가요? 그래도 여기서 백은 씨가 죽으면 의미가 없어져 버리니 사양하지 말지 그래요?"

"고마워."

나는 우리 애들을 몬스터 힐로 회복시키면서 자신이 먹을 부상약을 꺼냈다.

"괜찮아?"

"무~."

"쿠마~."

"—……."

"큐……."

오르트와 쿠마마, 사쿠라는 방어벽이 되어 나를 지켜주었기에 너덜너덜해졌다. 릭은 양동 역할을 맡았기에 대미지는 입지 않았지만, 수준이 높은 몬스터에게 줄곧 쫓겼기 때문에 정신적으로 꽤 지친 듯했다.

아니, 몬스터가 정신적으로 지치는지는 잘 모르겠지만, 얼핏 보니 움직임이 둔해진 것 같아서 지레짐작했을 뿐이다.

"릭도 수고했어. 조금만 더 애써줘."

"큐!"

머리를 쓰다듬어 주자 릭이 작은 손으로 주먹을 불끈 쥐었다. 아직 더 힘낼 수 있다는 뜻이겠지. 든든하고 귀여운 녀석이야!

그렇게 우리 레벨대에는 수준이 높은 몬스터에게 습격당하면서 수해를 나아가기를 30분.

"다, 다 왔다~!"

우리는 격렬한 전투에 만신창이가 되면서도 가까스로 신성수로 이어지는 동굴에 도착했다.

아직 신성수에 도착한 게 아닌데도 무심코 제자리에 주저앉아 버렸다.

"고생했습니다."

"그쪽이야말로 고생했어. 발목만 잡고 도움도 못 주는 날 호위하게 해서 미안."

"아뇨, 아뇨, 원래 우리가 먼저 부탁한 일이니까요."

"전투에 거의 참가하지 않았는데 레벨도 올랐으니 그건 개의치 말아줘. 나는 득만 봤으니까."

종마들은 각각 2씩, 그리고 나는 3이나 레벨이 올라갔다.

"여기서부터는 몬스터가 나오지 않으니 안심하십시오."

"오오, 그래? 그거 다행이다."

글라샬라볼라스의 사도를 쓰러뜨린 덕분에 여기서부터는 몬스터가 전혀 출현하지 않는다고 한다. 일단 코쿠텐의 동료가 앞뒤에 서서 경계해 주고 있기는 하지만, 우리는 산책하는 기분으로 동굴을 나아갔다. 가끔 오르트가 채굴을 하기도 했고.

동굴을 빠져나가자 첫 번째 신성수 때와 마찬가지로 숲이 나왔다. 그리고 숲 가운데에 꽃밭이 있고, 그 중앙에 시들시들한 거목이 서 있다.

"저게 이곳의 수호수?"

수호수 뿌리 부근에는 거대한 짐승이 엎드려 있었다. 현실에서는 도저히 존재할 수 없는 초거대한 멧돼지다.

이 신성수를 지키는 수호수인 가디언 보어다.

코쿠텐이 다가가자 가디언 보어가 서서히 일어서 자리를 양보했다. 우리가 나무에 볼일이 있음을 알고 있는 걸까? 그 눈빛이 대단히 온화해서 거대한 몸집에도 전혀 두렵지 않았다.

가디언 베어와 분위기가 꼭 닮았다.

"시들어가고 있다는 부분도 저쪽 신성수랑 똑같나."

잎이 시들어 떨어지고 있고, 뿌리에도 활기가 느껴지지 않는다. 또한 줄기 일부가 갈려져 있다. 확실히 위험한 상태다.

코쿠텐 파티가 악마를 쓰러뜨렸는데도 상태가 여전하다는 건 역시나 나무를 부활시키는 데 다른 무언가가 필요하다는 뜻이겠지.

"일단 첫 번째 신성수 때와 똑같이 해볼게. 다들, 부탁해."

"무무!"

오르트는 내가 넘겨준 고급 비료를 뿌리 부분에 뿌렸다. 어쩌면 꼭 고급 비료가 아니어도 상관없을지도 모르지만, 첫 번째 때와 동일하게 조치를 하는 편이 낫겠지.

아깝긴 하지만 어쩔 수 없다.

"—♪"

사쿠라는 나무마술을 걸고 있다. 성장을 촉진시키는 술법과 식물을 회복시키는 술법을 모두 사용하고 있다.

"큐큐!"

"쿳쿠마!"

얼마나 효과가 있을는지는 모르겠지만, 릭에게는 가지 쳐내기 스킬을, 쿠마마에게는 재배 스킬을 쓰도록 시켰다. 효과가 없더라도 악영향은 없겠지.

릭이 신성수에 기어올라 시든 잎을 떨어뜨렸고, 쿠마마는 신성수 뿌리 부근에서 기도를 하듯 두 손을 모았다.

그렇게 한동안 아이들에게 일을 맡겼더니 이윽고 수호수가 서서히 일어섰다. 그러고는 코끝을 신성수 줄기에 댔다.

어디선가 본 적이 있는 행동이었다.

"혹시 저건……."

나는 가디언 베어가 신성수를 부활시킬 때를 떠올렸다.

이내 그때와 똑같은 광경이 눈에 들어왔다.

"으아. 이게 신성수의 부활 이벤트군요! 굉장해!"

"너무 아름다워~."

"굉장하네!"

이 광경을 처음 보는 코쿠텐 파티는 감동한 나머지 제자리에 우두커니 서 있다.

두 번째로 보는 우리도 마찬가지이긴 하지만.

우리가 지켜보는 앞에서 거목이 푸르께한 빛을 방출했다. 반딧불 같은 빛의 입자가 우리를 감쌌다.

두 번째 경험이긴 해도 감동스럽다.

바로 그때 귀에 익은 안내음이 들려왔다.

〈유토 씨는 이미 칭호 〈신성수의 가호(이벤트 한정)〉를 소지하고 있습니다. 유토 씨가 나무마술 스킬을 획득했습니다.〉

어라? 칭호는 받지 못했다. 아니, 그건 상관없지만, 무슨 영문인지 나무마술을 획득했다.

아마도 같은 칭호를 반복하여 얻게 되는 경우에는 대신에 스킬을 주는 모양이다.

나무마술은 엘프나 하플링이라면 습득할 수 있지만, 나는 아직 조건을 충족시키지 못해서 취득 가능한 스킬 목록에는 오르지 않았다.

그런 스킬을 습득할 수 있게 되었으니 꽤 기쁘다.

"오오오! 칭호다!"
"아자!"
코쿠텐 파티도 무사히 칭호를 획득한 모양이다. 잘 됐다. 여기까지 코쿠텐 파티가 업고 온 것이나 마찬가지인데 칭호를 획득하지 못했다면 역시나 불만이 쏟아졌겠지.
"조금은 공헌했나……."
"조금은커녕 대활약이었어요!"
"역시 백은 씨는 굉장해~. 이건 진짜 백은 현상이야."
"역시 새하얘~."
일단 칭찬하는 거 맞지?

오후에 무사히 신성수를 부활시키고서 마을로 돌아온 우리는 조금 휴식한 뒤에 지크프리트와 스케가와와 함께 앞으로 어떻게 할지 의논했다.
뭐, 나는 덤이라고 해야 하나? 이야기를 듣다가 적당히 말장구만 쳐줬을 뿐이지만.
어차피 신성수를 치유하는 일밖에 할 줄 모른다. 두 군데에 있는 신성수를 모두 부활시켰으니 이제는 내가 할 일이 없겠지.
지금은 스케가와가 제작한 무기를 다 함께 점검하고 있는 중이다.
"이게 그 잉곳을 섞어서 만든 지팡이야."
잉곳 하나만으로 무기를 만드는 것은 어려운지 동 잉곳을 섞어서 만들었다고 한다.

명칭 : 수호수의 지팡이 레플리카

레어도 : 4

품질 : ★5

내구도 : 150

효과 : 공격력+8, 마법력+27, 대악마 글라샤라볼라스 및 그 권속에게 가하는 대미지+66%

중량 : 2

"조형은 건드리지 않고 기본형으로 놔뒀어."

듣고 보니 보너스를 선택할 때 봤던 수호수의 지팡이와 똑같이 생겼다. 다만 형태는 매우 흡사해도 능력은 미묘하게 내려간 듯하다. 보너스 화면 스크린샷을 확인해봤다.

명칭 : 수호수의 지팡이

레어도 : 4

품질 : ★10

내구도 : 200

효과 : 공격력+10, 마법력+30, 대악마 글라샤라볼라스 및 그 권속에서 가하는 대미지 +100%.

중량 : 3

특히 중요한, 글라샤라볼라스 및 그 권속에게 가하는 대미지가 100%에서 66%로 떨어지고 말았다. 이 차이는 크지 않나?

그냥 수호수 장비를 받는 편이 나았을지도 모르겠네. 그러나 코쿠텐과 다른 플레이어들은 전혀 다른 생각인가 보다. 시험제작한 검을 확인하면서 신음하고 있다.

“기대 이상의 성능이로군!”

“숫자가 모인다면 수호수 장비를 받는 것보다 낫지 않을까?”

“한번 제작해 봤으니 앞으로는 품질이 하나둘 정도는 더 올라갈 거야.”

스케가와는 대장장이로서 품질만은 타협을 보지 않기에 동 잉곳이 아닌 다른 잉곳을 섞었다고 한다. 그래서 다음에 제작에 들어가기 전까지 플레이어에게서 재료를 모을 작정이라고 한다.

“내가 가지고 있는 소재로 충당해도 되겠지만, 아이언은 모두한테 무기를 만들어 줄 만한 양이 없어. 가급적 주석 광석이나 다른 광석을 갖고 있는 플레이어한테서 사들이고 싶은데 말이지.”

“주석? 주석 광석이 필요해?”

주석 광석이라면 조금 갖고 있다. 아니, 두 번째 신성수로 이어지는 동굴의 채굴 포인트에서 그냥 입수할 수 있다. 그 정보를 알려줬더니 스케가와가 생각에 잠겼다.

“그런가……. 역시 그 수해는 제4에어리어와 동급 지역일지도 모르겠어.”

주석 광석은 제4에어리어에 채굴할 수 있는 포인트가 있는 듯하다. 단독으로 쓴다면 동보다도 무른 금속이지만, 동과 섞으면 청동으로 변화하여 강도가 상승한다고 한다.

“동은 있으니 동료 대장장이를 데리고서 채굴해 오지.”

"호위도 붙일게."

"부탁해! 훗훗훗, 팔이 근질근질하구만!"

주석을 그렇게 활용할 수 있을 줄이야. 동 광석은 하천에서 채굴할 수 있으니 이벤트가 끝나면 청동 장비라도 제작해 볼까? 아니, 금속 장비는 무거워서 어차피 장비하지 못하려나?

"그럼 다녀올게!"

몸이 근질근질한지 스케가와가 광석을 채굴하러 뛰쳐나갔다. 그러나 논의할 거리는 아직 남아 있다.

다음은 필드 수색 건이다. 지도를 보면서 보스로 추정되는 글라샬라볼라스의 소재지가 어디일지 논의했다.

"그럼 신성수 주변에서 그 검은 아지랑이를 휘감은 몬스터가 더는 출현하지 않게 됐다는 거지?"

"제가 확인해 본 바에 따르면 더는 출현하지 않더군요."

"첫 번째 신성수 주변에서는 완전히 사라졌어요."

신성수와 수호수가 부활하여 검은 아지랑이는 완전히 사라진 듯하다.

"두 번째 신성수가 있는 수해 부근에서도 검은 몬스터가 사라졌다는 보고를 받았어. 개중에는 눈앞에서 아지랑이가 사라져 일반 몬스터로 돌아가는 순간을 목격한 파티도 있었나 봐."

"역시 그 검은 아지랑이는 중간 보스들이 퍼뜨린 걸까? 백은 씨는 어떻게 생각해요?"

"어? 뭐, 그런 게 아니겠어?"

"그렇겠죠."

왜 나에게 묻는 거야? 애당초 서버 탑 플레이어들과 내가 함께 회의를 하고 있는 것 자체가 이상하다. 중요한 정보를 입수한 건 순전히 운이 좋았기 때문이다. 이제는 관광도 하고, NPC와 교류도 하는 느긋한 생활로 복귀하고 싶다.

왜냐면 탑 플레이어들이 말하는 내용이 무시무시한걸.

"다만 이 부근에는 아직 검은 아지랑이를 휘감은 몬스터가 출현하는 것 같은데?"

"아~, 마을에서 가장 멀리 떨어진 에어리어 말이구나."

"거긴 제4에어리어와 필적하는 적밖에 나오질 않아서 수색이 거의 되지 않는 지역이지."

"근데 뭔가 있는 게 아닐까요?"

"그렇지. 그 글라샬라볼라스가 거기에 있을 가능성이 있어."

"그럼 죽을 각오로라도 정찰을 감행하는 편이 나으려나~."

제4에어리어급 적이 우글거리는 지역으로 돌입하면 나 같은 걸 진짜 순살이다. 그보다 난도가 낮은 수해에서도 죽을 뻔했으니까.

"백은 씨는 어쩔 겁니까?"

"아니, 어쩔 거냐니……. 그렇게 위험한 데는 못 가. 뒷일을 맡길게."

"엥~! 함께 가자구요!"

"두 신성수가 부활할 수 있었던 건 백은 씨의 활약이 컸습니다. 이번에도 협력해 주신다면 마음이 든든할 텐데……."

마루카는 틀림없이 쿠마마와 함께 가고 싶어서 그런 거지! 코쿠텐도 제발 참아줘.

"아니, 아니, 발목만 잡을 뿐이래도!"

"난 개의치 않아요! 게다가 백은 씨도 보스전을 치뤄서 레벨이 올라가면 기쁠 거 아니에요! 이번에는 적이 훨씬 강하니까 레벨도 분명 올라갈걸요?"

분명 격전을 연속으로 치렀더니 돌아오는 것이 많았다. 그러나 나는 원래 하이 리스크를 감수하여 하이 리턴을 노리는 갬블 플레이어가 아니라 로우 리스크 로우 리턴을 추구하는 플레이어다.

"마을 안에서 여러모로 하고 싶은 것이 많아. 그러니 우리 종마들의 힘이 필요해지면 또 불러줘."

"아쉽지만 하는 수 없군요."

"아~앙, 쿠마마 짱~!"

"미안, 마루카! 또 보자!"

"뭇무~!"

"쿠마마~!"

나는 신성수를 부활시키는 일처럼 농업 계열 기술이 필요해지면 또 불러 달라고 말하고서 후다닥 달아나기로 했다.

그대로 마루카와 대화를 더 했다면 쿠마마를 향한 욕구 때문에 우리를 동행시키려고 설득하는 그녀의 기세에 꺾여 함께 가겠다고 승낙했을지도 모른다.

동료들이 마루카를 뜯어말리는 광경을 애써 모른 체하고서 우리는 광장을 탈출했다.

드디어 느긋하게 낚시를 할 수 있는 시간이 생길 것 같네.

그렇다. 새로운 식재료도 구하고 싶고, 낚시도 하고 싶고, 마을 사람들과 교류도 하고 싶다. 하고 싶은 것이 많단 말이다.

"애들아 가자! 오늘부로 이벤트가 닷새째니까 앞으로 사흘밖에 남지 않았어! 우선 낚시부터!"

"무~!"

오르트와 종마들이 내 앞을 달려 나가기 시작했다. 그런데 쿠마마만은 앞발을 휘두르며 무언가 과시하고 있다.

"혹시 맨손으로 물고기를 노릴 생각이야?"

"쿠마!"

그 하천이 제법 깊던데? 뭐, 의욕이 있다면야 말리지는 않겠지만. 곰이니 의외로 해낼지도 모른다.

"응, 열심히 해봐."

"쿠마쿠마~!"

그렇게 대화를 나누고 있으니 주변이 묘하게 소란스러워진 것 같은 기분이 들었다.

플레이어들과 NPC들이 같은 방향을 가리키며 큰소리로 놀라워하고 있다.

"뭐가……, 헉! 저게 뭐냐아!"

이게 웬걸. 숲 저 너머, 머나먼 곳에서 검은 기둥 같은 것이 솟아올랐다.

높이는 나무들보다 10배 가까이 크지 않나? 그 검은 기둥의 표면이 한들한들 흔들리고 있었다. 무언가 형체가 없는 것으로 이루어져 있다.

"저 기둥, 그 검은 아지랑이랑 비슷한 것 같은데……. 무조건

이벤트와 관계가 있겠지. 으~음, 얌전히 낚시나 하고 있을 때가 아닌 것 같네~.”

생각해 보니 아까 검은 아지랑이를 휘감은 몬스터가 아직도 출현하고 있다는 에어리어가 저쪽 아니었나? 불길한 예감밖에 안 들어!

플레이어들이 그 기둥을 바라보며 불안해하고 있을 때, 불안감을 더욱 부추기는 사태가 일어났다.

“가오오오오오!”

“우와!”

“무무~!”

“큐~!”

“쿠마~!”

짐승의 울부짖음 같은 중저음이 마을 안에 울려 퍼졌다. 그 무시무시한 외침을 듣고서 우리 애들도 겁을 먹었다. 그만큼 박력이 있었다.

냉정한 사쿠라마저 불안해했다.

“저 기둥, 왠지 움직이고 있는 것 같은데……?”

한동안 보고 있으니 기둥이 꿈틀대기 시작했다. 그러고는 점차 안에서부터 크게 부풀어 올랐다. 기둥이 멈추지 않고 계속해서 움직이고 있다.

분명 불길한 징조다.

“백은 씨! 저거 큰일 난 거 아니에요?”

“마루카? 무슨 이벤트겠지.”

"코쿠텐 파티와 의논하여 다 함께 동태를 잠깐 살펴보고 오기로 했어요. 백은 씨는 어떻게 할 거죠?"

"아니, 아니, 아까도 말했다시피 난 무리래도. 맡길게."

"유토 군은 역시 안 갈 건가?"

"지크프리트. 내가 가봤자 발목만 잡을 거라니까."

"그런가? 유토 군은 전투가 아닌 다른 부분에서 뭔가 해줄 것 같은 기대감이 있어서 꼭 동행해 줬으면 고맙겠는데?"

전투 이외의 부분이라니……. 뭐, 내가…… 아니, 쿠마마가 있으면 마루카가 기합을 단단히 넣을 테고, 다른 아이들의 팬이 있다면 역시나 의욕이 샘솟을 테지.

"안 돼, 안 돼. 무리라니까."

애당초 마루카나 팬 앞에서 우리 애 중 하나가 죽는다면 역효과일걸? 그리고 그럴 가능성이 높다.

"하하, 알겠어. 포기할게."

"에엥~."

"자, 마루카 군도 그만 포기해."

"칫."

그런 이야기를 하고 있을 때였다.

[이벤트 닷새 차 12:00가 되었습니다. 중간 결과를 발표합니다.]

에구, 중간 발표 시간인가? 마루카도 메일을 열어보고 있으니 나도 어서 메일을 열어보자.

"개인 랭킹은……, 역시나 조금 떨어졌네."

어제는 46위였던 순위가 오늘은 66위로 떨어졌다. 포인트를 다소 벌었다고는 해도 최전선에서 싸우고 있는 플레이어들이 벌어들이는 포인트에는 뒤처질 수밖에 없겠지.

“백은 씨는 몇 위?”

“난 66위야. 마루카는?”

“난 22위!”

역시나 나보다 위인가? 그러나 나는 전혀 주눅 들지 않았다. 왜냐면 애초부터 개인 랭킹은 포기했으니까. 66위도 감지덕지라고 할 수 있겠지.

“백은 씨, 공헌도는 1위네~. 대단해! 난 12위예요.”

“그런데 왜 나지? 코쿠텐 파티도, 마루카 파티도 보스를 쓰러뜨렸으니 순위가 더 올라갈 만하잖아.”

“이건 아마도 마을 사람들과의 친분이 영향을 끼치고 있는 게 아니냐고 하던데요.”

“그런가?”

“왜냐면 10위 안에 든 지크프리트 씨도 그렇고, 스케가와 씨도 그렇고 다들 NPC와 교류한 적이 있는 플레이어들뿐이니까.”

“스케가와도?”

“응. 마을 대장간에 묵으면서 여러 가지를 제작하고 있다고 했어요.”

혹시 이 서버 공헌도는 내가 생각했던 것과 다른 건가? 이벤트 진행도나 서버 순위에 얼마나 공헌했느냐는 척도가 아니라 NPC나 마을에 얼마나 공헌했느냐에 따라 결정되나? 일단 나는 미아가 된 록케와 아이들을 찾아내기도 했고, 밭일도 돕고 있다.

"그럼 다른 플레이어들은 마을 주민들과 교류하지 않는 거야?"

"그렇겠죠. 뭐, 서버 공헌도를 높이려면 NPC와 친해질 필요가 있다는 정보가 알려진 뒤로는 다들 인사 정도는 하게 되었지만, 전투 직업한테는 허들이 높죠."

생산 계열 스킬이 없으면 마을 사람들을 도와주기가 어렵다. 짐을 들어주는 퀘스트 같은 것도 있긴 하지만, 역시나 적극적으로 하기에는 귀찮을 듯하다. 더욱이 그 시간에 전투를 하는 편이 포인트 효율도 좋다.

결국 대부분의 플레이어들이 길드 퀘스트로 포인트를 버는 데 주력하고 있다고 한다.

"아!"

"왜, 왜 그래?"

"서버 순위! 1위로 올라갔어요!"

황급히 메일을 확인해 보니 마루카의 말대로 염원하던 서버 순위 1위를 달성했다. 공헌도 1위도 기쁘긴 하지만, 개인적으로는 이것이 더 기쁘다.

"해냈네요!"

"그래. 아마도 우리 서버의 이벤트가 가장 많이 진행되었다는 뜻이겠지."

"응! 이 순위를 지키기 위해서라도 다음 이벤트도 착실히 수행해야겠어요."

마루카는 그렇게 말하고서 검은 기둥을 주시했다. 그 눈에는 의욕이 가득했다.

"그럼 다녀올게요!"
"힘내."
"쿠마마 짱! 나, 열심히 하고 올게!"
"쿳쿠마~!"
"아~앙! 귀여워! 쿠마마 짱의 응원이 있으면 앞으로 100년은 싸울 수 있어!"
두 팔로 제 몸을 감싸고서 몸부림치는 마루카.
왠지 캐릭터가 망가졌네.
"이~봐, 백은 씨가 곤란해하잖아~."
"이제 간다~."
"쿠~마~마 짱! 아이~ 윌 비 백!"
마루카는 그 상태로 동료들에게 질질 끌려가면서 정찰을 하러 떠났다.
되도록 기둥 근처까지, 어렵다면 최대한 가까이 접근해서 정보를 수집할 계획이라고 한다. 무사히 돌아오면 좋으련만…….
뭐, 괜찮겠지. 저래 보여도 탑 플레이어니까.

10분 뒤.
우리는 마을 탐색을 일단 중단하고서 검은 기둥을 관찰하고 있었다.
검은 기둥은 아직도 계속 꿈틀거리고 있다.
쿠마마와 릭은 지겨워졌는지 내 발치에서 낮잠을 자고 있다. 몸을 동그랗게 웅크린 쿠마마의 몸 위에서 릭이 몸을 웅크리고 있다.

“가오오오오오오오오오오오오오옷!”

“오오?”

벌써 몇 번째인지 모를 신음 소리가 울렸다. 아니, 이렇게 크다면 포효라고 해야 하나? 그런데 이번에 들린 소리가 특히나 컸다.

굉음이라고 할 만한 음량이라서 역시 놀랐다.

“뭇무~!”

오르트도 놀랐는지 내 다리에 매달려 떨고 있다. 늘 냉정한 사쿠라도 내 로브 자락을 꼬옥 쥐고 있다. 방금 들린 소리가 꽤 무서웠나 보다.

특대 포효가 울린 직후에 검은 기둥의 움직임이 더욱 격렬해졌다. 먼발치에서도 표면이 마치 부글거리듯 꿈틀거리는 것이 보였다.

변화는 그뿐만이 아니었다.

갑자기 검은 뿔 같은 것이 기둥에서 생겨났다. 그것도 2개나.

그 돌기가 점점 굵어지더니 윤곽이 차차 또렷해져갔다.

그에 맞춰서 기둥도 형태를 크게 바꿔나갔다.

“……생명체 같은 형태네.”

“무.”

“오르트도 그렇게 생각하니?”

“무무!”

2개의 돌기가 좌우로 크게 벌린 팔처럼 보였다.

살짝 부풀기 시작한 기둥의 정상부는 머리처럼 보였다.

아니, 잘못 본 게 아니다. 검은 아지랑이 기둥은……, 이제 기둥이라고도 할 수 없나. 이미 검은 조각상처럼 보였다. 분명히 인간 형태를 띠기 시작했다.

역시 너무 멀어서 감정은 할 수 없었지만, 중간 보스로서 우리와 싸웠던 글라샬라볼라스의 사도와 닮은 듯했다.

"혹시 저게 글라샬라볼라스인가?"

아니, 아니, 너무 크잖아. 수해에 있는 나무들보다 3배 가까이 크다니까? 저런 거랑 싸운다? 이길 수 있을 리가 없다.

"내가 착각한 거겠지?"

그러나 내 생각은 허무하게도 빗나갔다. 사태는 원치 않는 방향으로 쭉쭉 진행되고 있었다.

"……진짜 악마야."

10분쯤 더 지나자 검은 기둥은 완전히 변태(變態)를 끝마쳤다.

"글라샬라볼라스의 사도가 변신하기 전 모습과 꼭 닮았네……."

피부가 콜타르처럼 새카맣고 거친 마초맨이다.

그 뿔은 양뿔처럼 말려있지 않았다. 마치 드래곤처럼 뒤쪽으로 좌우 2개씩 총 4개의 뿔이 뻗어 있었다. 훨씬 거대하다는 점만 제외한다면 글라샬라볼라스의 사도와 똑같았다.

뭐, 그 거대함이 가장 큰 문제이긴 하지만.

"……코쿠텐과 플레이어들이 어떻게 해주겠지?"

나는 그저 모두의 활약을 기원하는 것밖에 할 수가 없다. 내가 저런 것과 싸울 수 있을 리가 없으니까. 아니, 보조할 수 있는 일이 있다면 하겠지만.

그래도 되도록 코쿠텐과 플레이어들이 대활약해서 내가 나설 차례가 오지 않았으면 좋겠네.

"자, 다음에는 어떻게 할까……. 이대로 검은 기둥을 바라보고 있을 수도 없고……."

애당초 앞일이 어떻게 될지 알 수가 없다. 글라샬라볼라스(추정)의 변태가 앞으로 몇 시간이나 걸릴 가능성도 있다.

많은 사람들이 저걸 감시하고 있을 테니 큰 변화가 생긴다면 나에게도 알려지겠지. 그러나 낚시를 하러 마을 밖으로 나가는 건 역시 무섭다. 어떤 이변이 벌어질지 알 수가 없으니까.

자칫 검은 아지랑이에 휩싸인 몬스터가 대량으로 발생하는 사태 등도 벌어질 수 있겠지.

"그래도 낚시를 할 수 있을 만한 다른 장소가……."

"무?"

"아니, 있네."

나와 함께 고민해 주던 오르트를 보다가 떠올랐다.

마을에도 물고기를 낚을 수 있을 것 같은 곳이 있었다.

나는 밭에 뿌릴 물을 가둬두고 있는 저수지로 향하기로 했다.

넓이는 대략 25㎥ 풀장만 하고, 그 주위에는 여러 수초나 식물이 자라고 있다. 인공 연못이지만 물고기가 있을 만하다.

물고기를 목격한 건 아니라서 실제로 낚을 수 있을지는 모르겠지만. 그러나 물고기를 낚지 못하더라도 물에 낚싯줄을 드리우기만 해도 숙련도가 올라가는 듯하니, 물고기를 낚지 않더라도 낚시 스킬의 레벨을 올리는 건 가능하다.

"낚으면 감지덕지라는 생각으로."

잘 풀려서 물고기를 입수한다면 또 돈지루를 만들 수 있으니 보스전 때 일조할 수 있다.

그렇게 생각을 정리하고서 연못으로 가려고 했는데, 갑자기 여러 여성 플레이어들이 우리를 에워쌌다. 느닷없이 포위를 당해서 진짜로 겁먹었다. 아메리아를 필두로 모두가 무서운 표정을 짓고 있었으니까.

"백은 씨!"

"아, 예?"

목소리에도 묘한 박력이 실려 있어서 무심코 살짝 움츠러들었다. 그러나 무언가 불만을 토로하려고 온 것은 아닌 듯했다.

"약속을 지켜줘야겠어요!"

"어? 약속?"

"보스 곰이랑 싸워서 죽으면 스크린샷을 찍게 해준다고 약속했잖아!"

"맞아, 맞아! 우리, 엄청 많이 죽었다고요!"

그녀들은 지크프리트와 함께 가디언 베어에게 도전했다가 죽은 파티인 듯했다. 무서운 표정을 지은 이유는 우리 애들의 스크린샷을 찍을 생각에 흥분해서란다.

"과연……."

"이벤트도 종반부에 접어들었고요."

"맞아, 맞아. 이벤트가 끝나버리기 전에 어서 스크린샷을 찍어야지."

이 이벤트가 끝난다면 플레이어들은 원래 있던 곳으로 복귀한다. 시작의 도시 주변에 있으면 나를 만나러 오는 게 어렵지는 않겠지만, 떨어진 곳에 있으면 성가시지.

그래서 이벤트 기간 중에 스크린샷을 찍어두고 싶다고 했다.

"그렇겠네. 좋아."

"진짜? 아싸~!"

"고마워!"

"꺄아~! 신난다~!"

여성 플레이어들이 환호성을 질렀다. 흥분한 나머지 방방 뛰는 플레이어도 있었다. 그 광경에 무심코 뒷걸음질을 쳤다.

그렇게 좋아할 만큼 우리 애들의 열성팬이야?

"그래서 누굴 지명할 거야? 우리 애들은 모두 귀여운데?"

방금 그 발언, 어쩐지 조금 천박하게 들리지 않았나? 아니, 아니, 기분 탓이겠지.

여성 플레이어들이 마치 변태 아저씨처럼 히죽거리고 있다. 신경 쓰는 쪽이 지는 거다.

"난 노움 짱!"

"쿠, 쿠마마 땅!"

"나, 난 릭 짱으로!"

"오르트 짱, 하악하악……."

어, 뭐, 사쿠라를 제외하고는 다 좋다는 느낌인가.

"아, 알겠으니까 콧김 좀 거칠게 내뿜지 마!"

"하악하악, 미안해요. 조금 흥분해서."

첫 시작은 오르트가 좋다고 했던 테이머 플레이어 아메리아구

나. 그녀는 이미 어떤 스크린샷을 찍을지 정한 듯했다.
“이쪽으로 오렴~.”
“무?”
오르트가 따라가도 되는지 물어보듯 나를 올려다봤다.
“어, 잠깐 어울려 주고 와.”
“무무!”
“자자, 이쪽, 이쪽.”
으~음. 좋아 죽겠다는 얼굴로 손짓하면서 오르트를 부르는 아메리아가 꽤 수상하네. 조금 변태 같기도 하다. 오르트가 왜 불안해하는지 알 것 같네. 아메리아가 머리 위에 태우고 있는 토끼 몬스터도 어쩐지 어이없어하는 눈치였다. 자기 몬스터마저도 저런 표정을 짓게 하다니……. 나도 저렇게 되지 않도록 조심해야겠다.
아메리아는 그대로 마을 한쪽에 있는 꽃밭으로 오르트를 안내하더니 무릎을 세운 채 앉힌 뒤 두 팔로 감싸게 했다. 그 뒤에도 손의 위치나 목의 각도 등을 여러모로 조율했다. 그대로 10분에 걸쳐 연기 지도를 마친 뒤에 비로소 스크린샷을 찍었다.
“꺄아! 최고의 한 장이야!”
스크린샷을 보여 달라고 했다. 오르트가 몽롱한 표정으로 앉은 채 무릎에 뺨을 대고서 카메라를 쳐다보고 있다. 묘하게 색기가 느껴졌다. 배경을 보니 꽃밭의 꽃잎들이 바람에 흩날리고 있다. 마치 아이돌 사진집의 한 장면 같다.
뭐, 한 장만 찍기로 약속했으니 그 한 장에 모든 정성을 쏟아부었겠지. 생각한 대로 스크린샷이 찍히자 싱글벙글 웃고 있다.

"저기, 백은 씨. 이 스크린샷을 게시판에 올려도 돼?"

"아니, 그건 참아줘. 우리 애들의 팬이 얼마나 있는지는 모르겠지만, 우르르 몰려오기라도 하면 곤란해."

수백 명이 몰려드는 일은 역시나 없겠지만, 20명 정도로도 성가시다.

"쳇~, 모두한테 자랑하고 싶었는데~."

"지인한테 보여주는 건 되지만, 다짜고짜 쳐들어가지 말라고 단단히 주의를 주기야?"

"그건 맡겨둬! 오르트 짱한테 절대로 민폐를 끼치지 않을 테니까!"

그럼 다행이지만. 오히려 인기가 있는 게 사실이라면 한 장당 1000G쯤 받으면 짭짤한 돈벌이가 될 것 같은데……. 돈이 궁해지면 그때 생각하자.

"다음은 나예요!"

"으~음, 쿠마마가 좋다고 했던가?"

"그래요! 자, 쿠마마 땅, 저기로 가볼까욧~."

"우와~."

무심코 소리가 나왔다. 아니, 쿠마마는 곰 인형처럼 생겼으니 아기를 대하듯 말하는 것도 이해는 되지만…….

많은 사람들 앞에서 저렇게 말하고도 창피하지 않을 정도로 쿠마마의 마력이 굉장하다는 건가? 아니, 나를 제외한 여성들은 저 말투를 이상하게 여기지 않는 듯했다. 오히려 장려? 하는 분위기다.

"예, 거기 앉아주쎄~요."

"쿠마~."

"아~앙, 귀여워요오오~."

타인이 저런 말투를 쓰는 모습을 볼 때면 어째서 속이 오글거리는 걸까?

만약에 저런 말투를 쓰는 플레이어가 앞으로도 속속 나타난다면 내 정신이 못 버텨낼지도 모르겠다.

그러나 불길한 예감이 적중했다.

그 뒤에 절반이 넘는 플레이어들이 혀짤배기소리를 구사하며 내 정신을 깎아나갔다.

모두가 스크린샷을 다 찍고서 겨우 해방되었을 즈음에 나도, 몬스터들도 기진맥진했다.

"지치네……."

"무……."

"쿠마……."

"큐~……."

희한하게도 오직 사쿠라만이 활기차게 우리를 인도하며 걷고 있다.

유일하게 아무도 스크린샷을 찍지 않아서 토라지지 않았을까 걱정했는데 오히려 안도한 듯했다. 오르트와 종마들의 초췌해진 모습을 보면 당연할지도 모르겠지만.

"좋았어. 이제 낚시하러……, 아니, 무리인가."

지금 알아차렸는데 낚싯대를 챙기지 않았다.

"록케네 집에 들렀다 가자."

지금 어떻게 지내고 있는지 궁금하기도 하고, 낚싯대를 빌려줄 지도 모른다.

빌려주지 않으면 어디서 사도록 하자.

더욱이 록케에게 물어보면 그 연못에서 물고기를 낚을 수 있는지 알 수 있을 것이다. 만약에 마을 안에 다른 낚시터가 있다면 알려달라고 부탁할 수도 있을 테고.

록케네 집까지는 금방이다.

문을 통통 두드리고서 록케를 불러봤다.

"야~, 록케 있니~?"

"예~?"

다행이다. 있는 듯하다. 뭐, 마을을 그토록 시끄럽게 해놓고서 오늘도 외출할 리는 없겠지.

"아, 형. 오늘은 무슨 일이야?"

"낚싯대가 필요해서. 그리고 록케가 어떻게 지내는지도 조금 궁금했고. 오늘은 집에 있었네. 또 가출하지 않았는지 걱정했어."

"아이 참. 그 얘기는 그만해! 이미 엄청 쪼아댔단 말이야~."

아무래도 마을 사람들에게 혼쭐이 난 모양이다."

"할아버지들은 버럭버럭 호통을 쳤고, 할머니들은 쫑알쫑알 잔소리를 늘어놔서 시끄러웠어! 게다가 아버지가 돌아오면 또 한바탕 설교를 들을 거래!"

아버지가 무서운지 얼굴이 새파랗다. NPC라고는 볼 수 없는 반응이다.

가엾게 느껴져서 가출 이야기는 더는 언급하지 않기로 했다.

화제를 어서 돌리자.

"아~, 그보다도 낚싯대 있어?"

"응? 낚싯대? 있어! 자, 이거."

록케가 초보자용 낚시 세트를 꺼내줬다. 낚싯대, 어롱, 초보자용 루어 세트로 구성되어 있다.

또한 초보자용 루어보다도 물고기가 조금 더 잘 문다는 초보자용 떡밥도 팔고 있었다. 그것도 구입하려고 했지만, 록케가 만류하고서 무언가를 내밀었다.

"그리고 이것도 줄게."

"떡밥? 게다가 이렇게나 많이?"

명칭 : 록케의 떡밥

레어도 : 1

품질 : ★5

효과 : 민물고기가 조금 더 잘 물게 된다.

록케가 넘겨준 것은 낚시용 미끼였다. 이름은 록케의 떡밥. 그것도 99개나.

초보자용 떡밥과 크게 차이가 없는 것 같지만, 나에게는 대단히 고마운 아이템이다. 떡밥 값을 아낄 수 있게 되었고, 당분간은 미끼를 걱정하지 않고 낚시를 할 수 있다.

"이렇게 줘도 돼?"

"응. 우릴 구해 준 보답이야!"

뭐, 준다면 감사히 받도록 하자. 이야~, 진짜 기쁜걸! 당장 낚시를 하고 싶다!

“있잖아, 록케. 이 근방에 있는 연못에서 낚시를 할 수 있어?”

“저수지? 괜찮아, 낚시할 수 있어. 하지만 괜찮은 물고기는 별로 없으니까 하천 쪽이 더 나을걸?”

록케가 그렇게 말하긴 했지만 지금은 밖으로 나가고 싶지 않다. 더욱이 아직 초보자인 나에게는 저수지 정도가 딱 알맞겠지.

“고마워. 그래도 우선은 저수지에 가볼게.”

“열심히 해~.”

나는 록케에게 감사 인사를 하고서 저수지로 향했다.

검은 기둥을 보니 아직도 꿈틀거리며 변태하는 중이다. 낚시를 할 시간은 있을 듯하다.

징그러운 기둥을 보면서 느긋하게 낚시를 한다. 게임에서만 가능한 경험이다.

“이 부근이 괜찮으려나.”

나는 물가에 자란 나무에 기대고서 낚싯줄을 던지기로 했다. 우리 애들은……, 뭐, 근처에서 놀고 있겠지.

2시간 뒤.

“슬슬 광장으로 돌아갈까…….”

저수지에서 물고기를 그럭저럭 낚았다. 죄다 비기니 떡붕어였지만, 허탕을 치는 것보다는 낫다.

명칭 : 비기니 떡붕어

레어도 : 1

품질 : ★3

효과 : 소재. 식용 가능.

품질은 비기니 황어보다도 낮지만, 시험 삼아 건조시켜 보니 비기니 황어와 마찬가지로 말린 잔고기로 변했다. 품질이 낮긴 해도 써먹을 수는 있겠지.

"—♪"

"오오, 고마워. 사쿠라."

"—♪"

나무 옆에 앉아서 낚시를 보고 있던 사쿠라가 몸을 일으키려는 나에게 손을 빌려줬다. 착한 아이야. 진짜로!

그에 비해 작은 애들은……. 녀석들이 떠드는 소리에 물고기를 몇 번이나 놓쳤던가. 그만큼 시끄러웠다.

"애들아, 슬슬 돌아가자~."

"무무~!"

"큐~!"

술래잡기를 하던 오르트와 릭이 돌아왔다.

"쿳쿠마~……."

"자, 물고기잡이는 나중에 또 하자."

"쿠마……."

쿠마마는 자랑하는 발톱으로 물고기잡이를 시도했지만, 결국

한 마리도 잡지 못한 모양이다. 쿠마마에게 야생성이 남아 있지 않아서겠지.

뭐, 근처에서 일을 벌이면 물고기가 달아나는지라 맞은편에서 해달라고서 해서 자세히는 보지 못했지만.

쿠마마가 어깨를 축 늘어뜨린 채 돌아왔다. 그 애수 어린 모습은 보는 이로 하여금 연민을 불러일으킨다.

"그렇게 낙담하지 마. 또 낚시하러 데리러 올 테니까."

"쿠마?"

"거짓말이 아니래도. 다음에 낚시하러 가자."

"쿠마."

나는 쿠마마를 위로하면서 광장으로 돌아갔다. 그러자 코쿠텐 일행이 검은 기둥을 정찰하고서 이미 돌아와 있었다.

"아, 쿠마마 짱! 백은 씨도!"

마루카가 쿠마마를 잽싸게 발견하고서 말을 걸었다. 마루카에게 나는 덤인 모양이다. 이미 알고는 있지만.

"검은 기둥은 어땠어?"

"위험했어. 아니, 이제 검은 기둥이라고 할 수도 없지만."

마루카가 기둥을 쳐다봤다. 나도 함께 기둥 쪽으로 시선을 돌렸다. 말마따나 이미 기둥이 아니었다. 다시 보니 완전히 사람 형태였다.

"저 앞까지 가서 감정을 해보니 저게 글라샬라볼라스였어요."

"역시나~."

그렇다면 이제는 글라샬라볼라스(추정)이 아니라 진짜 글라샬

라볼라스로 확정되었다는 뜻인가.

그나저나 저렇게 거대한 보스에게 과감하게 도전했는데 무사했을까?

"용케도 살아서 돌아왔네. 아니면 죽고서 돌아온 거야?"

"아뇨. 전투는 벌어지지 않았어요."

정찰대는 글라샬라볼라스의 발치까지 접근했다. 그러나 결계 같은 것이 있어서 글라샬라볼라스는 움직일 수 없는 상태라고 한다.

"그런데 결계 앞에 이런 게 있어서."

마루카가 촬영한 동영상을 보여줬다.

검은 모래가 흘러내리는 모래시계를 찍은 영상이었다. 하얀 바탕에 금으로 장식된 신비롭고도 호화로운 모래시계다.

근처에 있는 플레이어와 비교해 보니 상당히 큰 것 같다. 드럼통만하다고. 그런 불가사의한 모래시계가 허공에 떠 있다.

"글라샬라볼라스의 결계 앞에 이게 있었던 건가?"

"그래요. 아마도 이게 전부 떨어지면 글라샬라볼라스가 해방되는 것 같아요."

마루카 일행이 고찰하기로는 내일 점심 전에는 모래가 다 떨어질 것 같단다.

"진짜……. 누가 싸울 거야? 코쿠텐 파티가 싸우기로 결정됐겠지?"

"특정한 누군가를 콕 집을 것도 없이 모두라고 해야 하나? 글라샬라볼라스는 레이드 보스였으니까."

전투 상태가 아니었는데도 모두가 붉은 마커와 HP바 등을 확실히 확인했다고 한다.

이건 레이드 보스의 특징이다.

"이제부터 다 함께 작전회의를 할 거예요. 우선 스케가와 씨가 제작한 수호수 장비를 어떻게 배분할지 의논한 뒤에 어떻게 싸울지 논의해야죠."

"그래? 힘내."

"무슨 소릴 하는 거예요! 백은 씨도 회의에 참석하는 거예요!"

"아니, 전투 때는 도움이 안 되니 나 같은 건 회의에 참석할 자격이 없대도."

그렇게 말해서 마루카를 포기하게 하려고 했는데…….

"서버 공헌도 1위 플레이어한테 자격이 없다면 대체 누구한테 자격이 있는 건가요!"

그러고 보니 그런 랭킹도 있었지! 깜빡했다!

하는 수 없이, 대단히 귀찮지만 얼굴만 비추고 올까…….

"알겠어. 회의에 얼굴은 비출게."

"아싸!"

마루카가 엄청 기뻐했다. 어차피 회의 때 쿠마마를 볼 수 있어서 그런 거겠지.

한번 수락했으니 이제 도망칠 수가 없다.

마루카가 나를 데리고 간 곳은 길드 회의실이었다.

코쿠텐 일행이 부탁했더니 장소를 흔쾌히 제공해 줬단다.

마루카 일행의 말에 따르면 나날이 퀘스트를 수행하여 호감도를 올린 덕분인 것 같다고 한다. 듣고 보니 이벤트 초기에 비해

접수처 여성의 태도도 부드러워진 것 같다.

"그럼 제1회 글라샬라볼라스 대책회의를 시작하겠습니다."

억지로 의장 역을 떠맡게 된 코쿠텐이 선언하자 사람들이 박수를 쳤다.

회의실에는 플레이어가 10명쯤 모여 있다.

실질적인 최고전력이며 다른 플레이어들도 한 수 위로 쳐주는 코쿠텐. 현재 서버 공헌도 3위이고 서버 순위 우선조를 이끌고 있는 지크프리트. 보스전 등에서 활약했고 이벤트 기간 중에 이름을 꽤 떨친 마루카. 서버 공헌도가 5위인 데다가 수호수 장비를 제작하는 탑 대장장이 스케가와.

그 밖에도 전투와 생산에서 활약하는 상위 파티 리더와 플레이어들이 한자리에 모여 있었다. 그리고 그런 자리에 황당하게도 나도 섞여 있다.

더욱이 회의를 진행하는 코쿠텐 옆자리, 즉 상석에 앉아 있다. 반대편에는 지크프리트가 앉아 있다.

어째서 아무도 불평을 토로하지 않는 거야! 너 따윈 당장 나가! 하고 말하고 싶으면 지금밖에 없다구요!

그러나 아무도 나를 내쫓지 않았다. 쫓아내기는커녕 가장 먼저 자기소개를 했더니 무슨 영문인지 상석에 앉혀 버렸다. 가장 구석에서 조용히 숨죽이고 있을 작정이었건만…….

"우선 이 스크린샷을 봐주십시오."

코쿠텐은 이런 자리가 익숙한지 회의를 능숙하게 진행시켰다.

글라샬라볼라스 앞에 놓여 있는 모래시계를 설명하고서 모래가 떨어지는 속도로 예측한 부활 예상 시각을 말했다.

그 뒤에는 처음부터 전력을 다해 싸울지 말지 논의에 들어갔다. 일반 보스처럼 여러 번 도전을 거듭하여 패턴을 분석할지, 아니면 죽기 아니면 까무러치는 심정으로 도전할지.

내일은 이벤트 엿새 차이니 죽기 아니면 까무러치는 심정으로 도전하는 편이 낫다는 의견도 나왔다. 그러나 내일은 패턴은 분석하고, 모레에 결전을 치르자는 결론에 이르렀다.

말이 나온 김에 전투 준비 이야기도 하겠다. 스케가와가 제작한 수호수 장비는 전투 담당 파티에게 배급하기로 했다. 논의는 놀라울 만큼 짧았다. 잉곳을 입수한 코쿠텐 파티와 마루카 파티가 본인들은 칭호를 얻었기에 필요 없다고 사양한 바람에 다른 플레이어들도 억지를 부리기가 어려웠겠지.

그리고 일단 나도 무기를 받지 않기로 되어 있다. 아니, 포기하긴 했지만, 내 경우에는 무기를 받아봤자 의미가 없기도 하거니와 다른 플레이어들의 질투가 무서웠기에 스케가와에게 떠넘겼을 뿐이지만. 그렇게 감탄하는 눈빛으로 쳐다보면 낯간지러워요!

그 다음에는 글라샬라볼라스 공략법을 고찰했다. 물론 글라샬라볼라스와 전투해 본 적은 없다. 그러나 그 모습은 우리가 싸웠던 중간 보스의 변신 전 모습과 무척 닮았다. 코쿠텐 파티가 싸웠던 두 번째 중간 보스도 꼭 닮았단다.

중간 보스의 패턴으로 미루어 최종 보스의 공격을 예상할 수 있지 않을까, 하는 의견이 나왔다.

글라샬라볼라스의 사도들의 행동 패턴을 적은 뒤에 공통점을 찾아 나갔다.

그 결과 HP가 절반으로 떨어지면 하는 변신과 검은 아지랑이를 방사하는 범위 공격이 공통점으로 꼽혔다.

그리고 변신한 중간 보스는 개나 멧돼지 모습이었기에 글라샬라볼라스도 동물 같은 모습으로 변하지 않을까, 하고 추정하는 것이 고작이었다. 이래서야 회복 아이템을 최대한 준비하고서 상황에 따라 대응할 수밖에 없겠지.

마지막에는 지원과 관련한 논의를 했다. 무슨 영문인지 다들 나를 뚫어져라 보고 있다. 그 원인은 예전에 내가 제공했던 돈지루였다. 전투에 참가하는 자나 죽고서 돌아온 자에게 돈지루를 포함한 버프 요리를 먹일 수 없겠냐는 것이다.

"버프 요리는 몇 가지 있으니 불가능하지는 않지만……. 아니, 총 플레이어가 300명쯤 되잖아? 재료가 턱없이 모자라다고?"

"재료가 있으면 가능합니까?"

"그리고 인원수가 문제지. 역시나 나 혼자서는 시간도, MP도 부족하니까."

내가 말하자 모두들 동원할 수 있는 요리인이 있는지 논의했다. 돈지루를 만들 때 도와줬던 요리 스킬을 가지고 있기만 한 플레이어가 아니라 아예 요리사로서 활동하는 플레이어가 몇 명 있는가 보다.

나 같은 것보다 스킬 레벨이 훨씬 높을 테니 요리 실력도 압도적으로 위겠지. 그렇다면 그 사람들에게 죄다 떠맡기고서 도우미 역할만 하면 될지도? 딱히 요리를 만드는 걸 싫어하지는 않지만,

통솔자로서 모두에게 지시를 내리라고 요구하는 건 제발 참아줬으면 좋겠다.

뭐, 솔직히 말하면 혼이 날 것 같아서 완곡하게 에둘러서 '나보다도 요리를 잘하는 사람이 있다면 그 사람한테 요리 책임자를 맡기고 싶다'라는 뜻을 전해봤다.

"……그래도 괜찮겠습니까?"

"아니, 오히려 부탁하고 싶은 심정인데."

"그래도 그렇게 하면 백은 씨의 요리 레시피를 다른 플레이어들한테 알려주는 꼴이 될 텐데요?"

아아, 그런 의미에서 괜찮겠냐고 물어본 거였나? 그건 딱히 상관없다. 애당초 숨길 만한 가치가 있는 레시피도 아니니까. 돈지루는 이미 공개했고, 다른 요리도 금세 모든 플레이어들에게 퍼지겠지.

왜냐면 실제 요리를 참고하여 찾아낸 레시피다. 현실에서 요리를 하는 사람이라면 재료만 갖춰진다면 금세 알아낼 것이다.

조미료를 입수하는 게 어려울지도 모르지만, 그것도 시간문제겠지. 여하튼 이 마을에서 구입할 수가 있으니까.

"그건 딱히 상관없어."

"오오, 역시 백은 씨로군."

"어?"

어쩐지 엄청 감탄하고 있다. 레시피를 알려주는 게 그토록 놀랄 만한 일인가? 뭐, 평가가 올라갔으니 딱히 상관없나?

"그럼 재료만 모인다면 많은 요리를 만들 수 있는 거군요?"

"뭐, 그렇지."

내가 말하자 다른 플레이어들이 술렁였다.

물론 버프 요리를 기대하는 마음도 있겠지만, 단순히 맛있는 걸 먹을 수 있어서 기쁜 모양이다.

어떤 요리를 만들지 질문 공세를 받았다. 그리고 요리 이름을 거론할 때마다 환호성이 터졌다. 흘러가는 모양새를 보아하니 내일과 모레에는 다들 요리 광팬이 될 것 같네……. 뭐, 이벤트도 막바지이니 애를 쓰는 수밖에 없나.

"그리고 포션 재료나 무구 소재도 모아야만 하잖아?"

"바빠지겠군~!"

나는 모아주길 바라는 재료들을 다 적고서 코쿠텐에게 넘겼다. 실은 요 며칠 동안에 돈지루와 피자 말고도 여러 요리에 도전했기에 그 재료들도 적어뒀다.

최우선은 돈지루인 것 같지만, 그 밖에도 준비할 수 있다면 그것만으로도 전투가 유리해지겠지.

"식재료를 모을 인원을 확보할 때, 백은 씨도 함께 플레이어들한테 요청해 줬으면 합니다만……."

"나도?"

"뭐, 정확하게 말하자면 백은 씨의 종마들이 도움을 줬으면 합니다."

"아아, 그렇구나."

그 정도는 상관없지. 식재료를 모으는 일에 협력해 준다면 스크린샷을 또 찍게 해줄 수도 있다.

아니, 그 정도로 사람들이 기뻐할지는 모르겠지만. 내가 해줄 수 있는 건 그 정도라서.

그리하여 광장에서 요청을 해봤는데…….

"꼭 참가하게 해주세요!"

"좋았어~! 이번에야말로!"

"아싸!"

우리 주위를 사람들이 몇 겹이나 에워쌌다. 하나같이 핏발이 서고 열의로 가득한 눈으로 우리 종마들을 쳐다보고 있다.

상상했던 것보다 반향이 엄청나서 조금 위축되긴 했지만.

지난번에 마을에 없어서 가디언 베어와의 전투에 참가하지 못했던 자와 가디언 베어와 싸우는 순번이 오기 전에 중간 보스가 쓰러지는 바람에 스크린샷을 찍을 권리를 얻지 못한 자들이 다수 있는 듯했다.

그런데 종마들의 스크린샷을 찍었던 플레이어들이 사방팔방에 자랑하고 다녀서 분통이 터졌던 모양이다.

"후오오오오오오오!"

"식재료 사냥~!"

"싹쓸이~!"

"무조건 해낸다~!"

이 일은 그들에게 기대해도 될 듯하다. 그런데 조금 지나치게 흥분한 거 아냐? 폭주는 하지 말아줬으면 한다. 더욱이 더 절실한 걱정거리도 생겼다.

"이래서야 지난번보다 더 피곤한 촬영회가 되겠는걸."

"무~……."
"그, 그런 눈으로 보지 마."
"쿠마~……."
"어디서 경멸하는 듯 쳐다보는 법을 배워온 거야? 저기, 어쩔 수 없잖아? 지원자들의 의욕을 북돋아 주고 싶었으니까!"
"큐~……."
"크으~, 다들 인기가 많아서 부럽네~."
"—……."
"사, 사쿠라마저도! 미안하대도!"
종마들의 기분을 푸는 데 1시간 넘게 걸렸습니다.
이래서야 촬영회를 마친 뒤에 종마들의 기분을 어떻게 풀어줄지 방법을 궁리해야 할지도…….

제32서버에 속한 어느 플레이어들

"가오오오오오오!"
"젠장! 글라샬라볼라스가 마을로……!"
"마을 사람들은 피난하고 있어?"
"지금, 피난 중이야! 하지만 검은 악마들이 마을 안에서 솟아나고 있어서 잘 안 되고 있어!"
"이대로는 망하겠네……. 마을 밖에 나가 있던 플레이어들은?"
"말을 걸긴 했는데 명령하지 말라며 되레 호통만 쳤어."
"아~, 진짜! 이놈이고 저놈이고 제멋대로……. 그 녀석들이 수호수를 쓰러뜨려서 이 지경이 된 거 아냐!"

"지금 그런 말이나 하고 있을 상황이냐! 일단 글라샬라볼라스보다 피라미 악마가 우선이야!"

"알겠다고! 그래도 저 녀석을 방치하는 건……."

"저 덩치는 우리한테 맡겨둬라."

"어? 너, 넌?"

"난 나무꾼 크란즈. 저기 무뚝뚝하게 생긴 남자는 사냥꾼 카카루다. 당신네들처럼 마을을 위해서 싸워주는 여행자가 있는데 도망칠 수야 없지! 우리도 싸운다!"

"그래."

"고, 고맙습니다."

"NPC한테 맡겨도 되는 건가? 죽으면 곤란하잖아? 실력도 모르고……. 게다가, 나무꾼과 사냥꾼이라니……."

"하지만 이렇게 되었으니 별 수 없잖아! 잠시만이라도 좋으니 시간을 벌어주면 돼!"

"그, 그야 그렇긴 하지만……."

"가자! 으랴아아! 다 베어 주마아!"

"에에에에에에에엥! 엄청 강한데! 저, 저 도끼는 뭐야? 그보다도 나무꾼은 전투 직업이 아니잖아? 아니면 내가 잘못 알고 있는 건가?"

"아니, 아니, 나무꾼이 저렇게 강하다는 소리는 들어본 적이 없어! 에에엥? 저게 뭐야! 글라샬라볼라스의 다리에 커다란 상처가……!"

"뚫어라. 내 화살이여."
"우와! 저쪽도! 글라샬라볼라스의 HP가 엄청 줄어들었어!"
"멋져~! 사냥꾼 최강! 나, 돌아가면 궁술을 단련할 거야!"
"하하하! 여긴 우리한테 맡겨라!"
"마을 사람들을 부탁한다."
"아, 예에!"
"아, 알겠습니다아!"

제17서버에 속한 어느 플레이어들.

"있다! 저 아이 아닌가요?"
"오오! 틀림없다! 역시 아카리 짱!"
"얘, 너 룩카 짱이지?"
"언니는 누구?"
"난 아카리. 모험자란다. 널 구하러 왔는데 다친 데는 없니?"
"응!"
"다들 걱정하고 있으니 나랑 함께 가자."
"알겠어."
"근데 왜 다른 사람들과 함께 도망치지 않았어?"
"……씨앗도 타버릴까 싶어서……. 씨앗이 타버리면 분명 부모님이 난처해질 거야."
"그래. 부모님을 위해서 상품을 지키려고 했던 거네. 장해."
"아카리 짱! 악마가 온다!"

"알겠어요! 그럼 가자!"

"응."

"좋아, 아이 확보! 서둘러서 마을에서 탈출한다! 이대로는 화염에 휘말리고 말 거야!"

"글라샬라볼라스는 조금만 더 공격하면 쓰러뜨릴 수 있을 것 같네요."

"그래. 마을 사람들이 도와준 덕분이지. 아카리 짱이 마을 사람들과 친해진 덕분이야! 역시 홍옥의 탐색자! 삼칭호 취득자 중 한 사람다워!"

"저기~, 다른 두 사람과 함께 뭉뚱그리는 건 좀……. 저만 수수하잖아요?"

"그렇지 않다고 생각하는데?"

"아뇨, 아뇨. 왜냐면 다른 두 플레이어가 백은 씨랑 보라 머리 기사잖아요?"

"하하, 분명 캐릭터성이 짙긴 하지!"

"질 생각은 없긴 하지만, 역시나 비교당하니 좀 곤혹스럽네요."

"의외로 그쪽도 같은 생각을 하고 있을지도 모를걸?"

"그건 아니에요! 아뇨, 아뇨."

"그럴까? 뭐, 응원하고 있으니 열심히 해!"

"감사합니다. 일단 이 이벤트에서 백은 씨……, 유토 씨랑 지크프리트 씨보다 상위권에 들어가는 게 목표예요!"

"그렇지! 근데…… 백은 씨와 지크프리트 씨가 속한 서버는 아무 피해도 없이 마을을 구할 만큼 활약하고 있지 않을까?"

"아하하하……. 있을 법한 얘기라서 무섭네요."

"그렇지. 절대로 불가능하다고 생각하긴 하지만, 장담할 수야 없지."

"우와~…….."

눈앞에 펼쳐진 광경에 무심코 내 입에서 신음이 새어 나왔다.

"된장이 예상보다 더 많이 모였네요."

"그리고 과일류가 상당히 모였습니다."

"보라 감, 녹색 복숭아, 하얀 배네요."

"고기도 어택 보어 고기 말고도 상당한 양을 제공받았습니다."

내 눈앞에서 요리 스킬을 가진 플레이어들이 확보된 식재료를 점검하고 있다. 그 중심에는 이 서버에서 가장 요리 레벨이 높은 후카라는 여성 플레이어가 있다.

후카는 이미 특수 2차 직업인 셰프로 전직한 상태로 스킬 레벨이 30을 넘은 요리인 플레이어다.

그 밖에도 아메리아 같은 플레이어의 모습도 보이네. 나와 마찬가지로 테이머이지만 초기 스킬 중 요리가 포함되어 있고, 스킬도 제법 단련한 듯하다.

그나저나 장관이라고 해야 하나, 지나치다고 해야 하나. 마치 식품 광고나 요리대결 프로그램 속 한 장면 같다.

플레이어들에게서 모은 식재료가 여관 식당 탁자 위에 빼곡하게 나열되어 있다.

여관 주인에게 부엌을 빌리고 싶다고 요청했더니 이쪽도 흔쾌히 빌려주었다고 한다. 마을 사람과 친분을 쌓아온 성과겠지.

현재 시각은 엿새 차 13시. 정오가 되자마자 엿새 차 중간 결과를 알리는 메일이 날아왔다. 그런데 오늘은 대충 훑어보기만 했다. 어차피 큰 변화는 없었다.

서버 공헌도와 서버 순위는 1위를 유지했다. 개별 랭킹은 95위까지 후퇴해 버렸지만, 지금은 그런 걸 따질 겨를이 없다.

지금부터 전투를 치를 예정인 내일 새벽까지는 수많은 요리들을 만들어야만 한다. 그러나 우선은 시험 제작과 요리 지도부터 해야겠지.

지금 있는 재료로 요리를 만들면서 다른 요리사들에게 레시피를 알려주는 것이다.

"으~음, 일단 돈지루부터 시작해 볼까."

코쿠텐과 다른 플레이어들도 HP 자동 회복 속도와 체력, 정신력을 올려주는 버프가 붙은 돈지루를 우선해 달라고 부탁해서 우선 그것부터 지도하기로 했다.

"레시피는 이미 알려주긴 했지만, 처음에는 내가 시범을 보여줄게."

"부탁합니다. 백은 씨!"

"우선 물고기를 건조시킨다."

"과연."

"그다음에는 표기버섯을 건조시켜……."

모두가 진지한 표정으로 내가 요리하는 모습을 보고 있다. 전생에 무슨 죄를 지었길래 나보다 레벨이 훨씬 높은 플레이어들에게 잘난 듯이 강의를 해야만 하는 걸까? 오히려 내가 가르침을 청하고 싶을 정도다! 아니, 돈지루 레시피를 알려주는 대신에 이미 그들에게서 다양한 레시피를 배우기는 했지만. 오히려 득을 봤다고 생각한다. 그래도 이 불편한 마음은 어쩌질 못하겠다.

"이로써 완성. 품질★7은 유지된 것 같아서 다행이야."

내 스킬 레벨치고는 품질이 꽤 높다. 아마도 육수를 낼 때 말린 잔고기뿐만 아니라 건조 표기버섯도 함께 쓴 것이 주효했겠지.

"맛이 궁금한데 시음해도 될까요?"

"아, 좋아요."

"아, 치사해~. 나도!"

"저도 주세요! 맛은 중요하죠!"

"응응, 맛을 체크해야지."

모두가 앞을 다투듯 그 자리에서 돈지루를 먹기 시작했다. 버프가 붙는 요리이니 못 먹을 정도만 아니라면 맛은 아무래도 상관없을 텐데……. 아니, 단순히 맛있는 냄새에 굴복했을 뿐인가.

나도 먹자.

"응, 그럭저럭 잘 됐네."

다만 맛은 나쁘지 않지만 역시나 겉모습이……. 군청 가지와 파란 당근이 어우러진 사이키델릭한 빛깔이 식욕을 잃게 하네.

실제 세계에서도 파란색 양념가루를 뿌려서 식욕을 잃게 하여 식사량을 줄이는 다이어트가 있다. 뭐, 버프 효과가 우선이니 이번에는 먹음직스러운 외관을 포기하도록 하자.

"이어서 피자입니다."

"오오~! 피자!"

"나, 엄청 좋아해요!"

실은 치즈를 예상보다 더 많이 입수했다. 낙농업을 하는 아발 씨를 돕는 이벤트를 수행하면 치즈를 구입할 수 있다는 사실을 알았다.

한 사람당 한 번뿐이지만, 꽤 많은 플레이어들이 도전한 덕분에 피자에 쓸 만한 충분한 양을 확보했다.

오히려 소스와 토핑, 양쪽에서 대활약하는 하얀 토마토 쪽이 미묘하다. 부족하려나? 일단 하얀 토마토 소스를 만든 뒤 가장 정통적인 피자를 만들기로 했다. 반죽 위에 토마토 소스를 바른 뒤 하얀 토마토, 균청 가지, 바지루루, 치즈, 올리브 오일을 얹어나갔다.

그 광경을 보던 요리인들이 의문을 표했다.

"저기, 백은 씨. 왜 잡초를 올리는 거죠?"

"어?"

"맞아, 맞아. 나도 궁금했어."

그런가? 그들은 아직 식물 지식 스킬에 관해 모르나?

그러나 타고삿쿠가 이미 게시판에 그 스킬에 관해 글을 올렸을 테고, 최근에 제5에어리어에서 허브 재배 세트도 발견되었다. 식물 지식을 습득하려면 자신의 의사로 잡초를 재배하여 수확해야만 하기에 그 허브 재배 세트를 사용하면 누구든지 쉽게 식물 지식 스킬을 익힐 수 있다. 선물로 인기가 있다고 들었고, 이미 습득한 사람이 많을 가능성도 있다.

그렇게 생각한다면 식물 지식 스킬 정보는 금세 퍼져나갈 테니 이 자리에서 알려주더라도 별 문제없겠지. 아니, 지금 이 시점에서 얼버무리는 게 더 귀찮다.

그래서 나는 식물 지식이라는 스킬이 존재한다는 사실과 그 스킬이 있으면 잡초 속에 섞여 있는 허브를 구별할 수 있다는 사실을 알려주기로 했다.

"자세한 취득 방법은 각자 알아서 조사하도록 해요."

"그런 스킬이 있었구나!"

"허브! 아싸!"

기합이 꽤 들어간 모양이니 다들 금세 취득하겠지.

특히 탑 요리인인 후카가 크게 기뻐했다. 이게 웬걸. 그녀는 내가 팔았던 허브티 찻잎의 열성팬이었다고 한다. 약초 등을 연구하여 재현하고자 노력하고 있었던 모양이다.

"설마 재료가 잡초였을 줄이야! 이제 스스로 만들 수 있을 거야! 백은 씨, 고마워! 이 보답은 꼭 할 테니까!"

"뭐, 기대해 둘게."

"응!"

이 정보는 게시판에 널리 알려도 되니까.

그러면 허브티를 양산하는 환경에서 탈출할 수 있겠지.

지금은 나 말고는 허브티 찻잎을 판매하고 있지 않기에 원하는 사람들의 몫까지 대량생산하고 있다. 솔직히 허브티 찻잎 생산에만 매달려 지루하게 사는 생활은 그만두고 싶다.

그 뒤에는 토핑을 조금 궁리하여 몇 가지를 시험해 봤다. 나는 간소한 피자를 좋아하지만, 다른 요리인들은 토핑을 잔뜩 올린 아메리칸 피자를 먹고 싶어 하는 눈치라서.

다른 소스를 궁리해 보거나, 고기나 생선을 토핑으로 올리는 건 애교였다. 아메리아는 벌꿀과 과일을 이용한 디저트 피자를 고안하고 있었다. 크으~, 여성의 발상력에는 깜짝 놀라곤 한다니까. 달콤한 피자는 맹점이었다.

다만 재료를 바꾸니 버프 효과도 바뀌었다. 대부분의 피자에는 양산할 만한 좋은 효과가 붙질 않았다. 아니, 제독이나 HP 회복 등 우수한 효과이긴 했지만, 레이드 보스 상대를 위해 먹는 음식이니 역시나 MP 소비 감소 쪽이 더 요긴하다.

결국 이번에는 후카가 만든 데리야키 피자를 양산하기로 했다. 이것도 재밌는 발상이다.

간장에 벌꿀을 섞어 데리야키 소스를 만든 뒤 토끼 고기, 군청 가지, 양배채를 얹어서 구워낸 피자다. 실제 세계에서 나는 마르게리타 피자파라서 데리야키 피자는 전혀 염두에 두지 않았었다.

명칭 : 피자 1조각 · 데리야키

레어도 : 2

품질 : ★6

효과 : 사용자의 공복을 13% 회복한다. 2시간 동안 마술 영창 속도가 상승한다.

귀한 간장을 써야만 하지만, 마술사만이 먹을 테니 대량으로 만들 필요는 없겠지.

그 뒤에는 후르츠 주스와 호토(밀가루로 만든 국수나 수제비를 야채와

함께 넣어 된장으로 끓인 일본 요리), 양배추롤과 라따뚜이 등 요 며칠 동안에 시도해 본 여러 레시피를 선보였다.

너무 많은 종류의 요리를 만들면 식재료가 부족해질 수도 있기에 다 함께 의논하여 양산할 요리를 정했다.

결국 최대 HP를 올려주는 양배추롤과 다른 요리와 식재료가 겹치지 않는 믹스 주스를 만들기로 했다.

"그럼 뒷일은 후카가 이끌어 주세요."

"맡겨주세요! 다들 잘 부탁해요!"

"""""오!"""""

맛있는 요리를 먹어서인지 사기가 드높다. 결과적으로 시식회를 하길 잘 했다.

"그럼 돈지루반, 피자반, 양배추롤반, 믹스 주스반으로 나눌 거예요."

"좋았어! 요리를 이렇게 대량으로 조리할 기회는 좀처럼 없지! 팔이 근질근질거리네!"

"스킬 숙련도를 벌 수 있는 기회야!"

나는 돈지루반에 편성된 것 같으니 열심히 해볼까. 귀찮긴 하지만 건성으로 할 수는 없으니까.

현재 시각은 이레 차 6시. 전투 부대가 글라샬라볼라스를 향해 출발하는 시간이다.

요리는 이미 나눠줬다. 글라샬라볼라스와 전투를 치르기 직전에 인벤토리에서 꺼내서 먹는 작전이다.

서버에 소속된 300명의 플레이어 중 250명 정도가 전투 부대, 나를 비롯한 나머지가 서포트 부대다.

처음에 부대를 나눌 때 여러모로 다툼이 있었던 모양이다. 코쿠텐이나 지크프리트에게 협력해 온 사람뿐만 아니라 독자적으로 파티를 꾸려서 이벤트를 진행시켜 온 자도 있었기 때문이다. 우리 쪽에 협력하라는 말을 듣고서 그들은 밑으로 들어오라는 말로 받아들였겠지.

처음에는 협력하지 않겠다고 거부했다고 한다.

그러나 결국에는 거의 모든 플레이어들이 우리와 협력하게 되었다.

자기들끼리 레이드 보스에게 도전해 봤자 절대로 이길 수 없다는 걸 그들도 알고 있겠지.

그렇다면 마뜩지 않기는 해도 우리와 협력하여 조금이라도 포인트를 더 많이 버는 편이 이득이다.

결국 그들은 협력하자고 말해왔다.

일단 코쿠텐 일행이 제안한 작전에도 참가해 줬고, 손발도 맞추고 있는 듯하다.

그러나 현장에서 여러 혼란한 상황이 벌어지겠지. 남들을 앞지르려고 시도하는 플레이어도 많은 테고, 여차하면 자신의 이익을 우선하려는 자도 있겠지.

그러나 우리와는 그다지 관계없다. 그런 사람들은 전투 직업 플레이어들뿐이기에 우리 서포트반에는 배치되지 않았다. 생산직은 혼자서는 아무것도 할 수가 없어서 대부분 얌전하게 코쿠텐

일행에게 협력하고 있다.

우리 서포트 부대의 주 임무는 죽고서 부활한 전투 부대 플레이어를 회복하는 것이다. 대장장이반은 파손된 무기를 수리하고, 약사반은 소모한 포션을 보충한다. 우리 요리반은 죽어서 효과가 사라져 버린 요리를 다시 넘겨주는 역할이다.

부족해지면 또 만들어야만 하기에 놀 수도 없다. 그리고 글라샬라볼라스의 모습을 목도한 마을 사람들에게 설명도 하고, 또 의논도 해야만 한다.

이건 무슨 영문인지 내 역할이다. 아니, 이유는 알고 있다니까? 서버 공헌도 1위에다가 마을 사람들과 가장 친한 내가 적임이겠지.

출발하는 전투 부대를 배웅하고 있으니 마루카를 비롯해 우리 애들에게 말을 거는 플레이어가 꽤 있었다.

"쿠마마 짱! 다녀올게!"

"쿠마~!"

"오르트 짱! 나, 열심히 할게!"

"뭇무~."

"릭 땅, 응원해줘!"

"큐!"

"사, 사쿠라 땅의 응원이 있으면 100년은 싸울 수 있어!"

"―♪"

따, 딱히 아무도 말을 걸어주지 않아서 쓸쓸한 건 절대 아냐!

"무무~."

"쿳쿠마~."

"그, 그러지 마. 위로하듯이 무릎을 툭툭 두드리지 말라고……."

그러고 있으니 코쿠텐과 지크프리트가 다가왔다.

"백은 씨, 다녀오겠습니다."

"유토 군, 서포트를 맡긴다!"

"으아~! 내게 말을 걸어준 건 너희들뿐이야!"

"왜, 왜 그럽니까?"

"괜찮나?"

에구, 무심코 큰 소리가 나와버렸다.

"미안. 아무것도 아냐. 드디어 보스전이네."

"그래, 맡겨다오."

"전력을 다하겠습니다."

"힘내~."

"뭇무~!"

"키큐~!"

"쿠~마~!"

"—!"

내가 모두에게 손을 흔들자 우리 애들이 코쿠텐 일행에게 특기인 경례를 선보였다. 어느새 키 순서대로 릭, 오르트, 쿠마마, 사쿠라가 나란히 정렬해 있다. 너희들, 멋이 무엇인지 아는구나.

그러자 여기저기에서 비명이 터져나왔다. 내가 생각하는 것 이상으로 우리 애들의 경례가 위력적이었다.

꽤 많은 사람들이 제자리에 멈춰 서서 핏발이 선 눈으로 이쪽을 보고 있었다. 개중에는 다시 이쪽으로 달려오는 자도 있어서 출격 부대가 대혼란에 빠졌다. 어쩐지 여러모로 미안.

나는 종마들을 데리고서 그곳에서 벗어나기로 했다. 등 뒤로 귀여움 애호가들이 '가지 마~!' 하고 비명을 질렀지만 무시했다.

그 뒤에 코쿠텐 일행이 잘 달래서 출격 부대가 겨우 다시 출격했다.

아니, 예상보다 더 큰 소동이 벌어지고 말았다. 대열을 무너뜨려서 미안해, 코쿠텐.

전투 부대를 보낸 지 1시간 뒤.

"가오오오오오오오오오오오오오오오오오옷!"

"소리 한번 엄청 요란하네!"

"무무~."

오늘 첫 번째 굉음이 마을에 있는 우리들의 고막을 뒤흔들었다.

이미 포효 수준이 아니다.

낙뢰나 폭발음과 비교할 수 있을 만큼 음량이 엄청나다.

글라샬라볼라스가 대포효를 내지른 직후에 새카만 거구가 서서히 움직이는 것이 보였다.

드디어 글라샬라볼라스와의 싸움이 펼쳐지려는 모양이다.

방금 그 포효는 대악마가 해방되었다는 증거겠지.

"진짜 저 거구가 움직이고 있네."

아직 움직임이 어색해 보이지만, 그래도 20미터가 족히 넘는 거구는 위력적이겠지.

저런 거인과 싸우는 전투 부대가 진짜 존경스럽다.

보고 있으니 주위에서 일제히 마술을 발사하는 광경이 보였다.

사전에 짠 작전대로 전투가 시작된 모양이다.

원거리에서 마술로 공격하면 전사들이 발밑에서 공격한다. 그리고 약점을 발견하면 그곳을 집중적으로 찌른다. 그것 말고는 달리 방법이 없다. 싸우면서 패턴을 분석하는 동시에 피해를 줄이는 것도 까먹어서는 안 된다.

사전에 글라샬라볼라스가 마을, 혹은 신성수에 도달하고 마는 사태를 상정한 바가 있다. 만약에 글라샬라볼라스가 그곳으로 도달한다면 큰 피해가 나겠지. 그렇게 되면 포인트 손실을 피할 수가 없다.

실제로 결계가 풀린 직후부터 글라샬라볼라스가 서서히 이동하기 시작했다. 아직 확실하지는 않지만 마을 쪽으로 향하는 것처럼 보였다.

전투 부대가 부디 힘을 내주길 바란다.

"자, 전투가 시작되었으니 언제 전투원들이 죽고서 돌아올지 알 수가 없어."

"무~."

"너희들도 도와줄 거지?"

"쿠마~!"

"큐~!"

"—♪"

뭐, 귀여운 몬스터가 포션을 건네면 죽고서 돌아온 플레이어들에게 작은 위안은 되겠지.

전투가 개시된 지 1시간.

“이봐! 포션 보관소에 포션 좀 보충해 줘!”

“돈지루는 이쪽입니다~!”

“이 검은 수리하는 것보다 새롭게 만드는 편이 빠르겠네!”

마을 광장은 마치 전쟁터를 방불케 했다. 30분 전에 첫 전사자가 광장으로 돌아왔다. 그로부터 상당한 숫자의 플레이어들이 죽고서 돌아왔다. 40명은 족히 넘겠지. 마을에서 재출격한 플레이어도 많긴 하지만, 현재 20명 가까이가 마을에 남아 있다.

나는 죽고서 막 돌아온 플레이어를 광장에 깔아둔 돗자리로 안내하고 있었다.

죽고서 돌아온 플레이들 중에는 공포나 충격에 동요한 자나 장시간 전투 때문에 정신적으로 피폐해진 자도 많아서 일단 앉혀서 휴식을 가볍게 취하게 했다.

“괜찮아?”

“아, 아아…….”

아~, 이거 상당히 잔혹하게 죽은 모양이네. 얼굴이 새파랗게 질려 있다.

나는 물을 건네며 마시라고 권했다.

글라샬라볼라스의 거구에 짓눌려서 죽은 건 그나마 나은 편이라고 한다.

내가 들은 것 중에서 최악은 붙잡혀서 먹히는 패턴이다. 역시

입 안에서 씹히지는 않았지만, 자신이 악마의 입 안으로 내던져지는 장면은 상당히 공포스러운가 보다.

그리고 먹히지 않고 멀리 내동댕이쳐지는 상황도 있는 듯하다. 이건 그야말로 초고도에서 줄 없이 번지점프를 하는 격이다. 고소공포증이 없더라도 무섭겠지.

나는 양쪽 모두 사양이다.

그러니 대신 싸워주고 있는 전투 부대 플레이어들에게 최대한 지원을 아끼지 말아야 하겠지.

죽고서 되돌아온 플레이어의 말을 들어보니 내가 예상한 것보다 전황이 더 어려운 듯하다.

"글라샬라볼라스의 공격이 꽤 격렬해서 다가갈 수가 없어."

"그럼 주로 마술이나 활로 대미지를 입히나?"

"아니, 큰 기술을 쓴 뒤에 수호수 장비 착용자가 일제히 공격을 하는 방식이야. 그런데 까닥 방심하면 상태이상에 걸려 몸이 마비되고 말아."

"그래서 조합반이 다급해하고 있는 건가……."

패턴을 분석하기 위해서 도전했던 플레이어들에게서 마비 공격 이야기는 나오지 않았었다. 전투하는 인원수가 늘어나서 보스의 패턴이 바뀌었는지도 모른다.

마비 상태를 치유할 수 있는 마법약인 안티 패럴라이즈는 거의 준비하지 않았다. 애당초 재료가 별로 없다고 한다.

나도 조합 스킬이 있으니 저쪽을 돕는 편이 나으려나?

요리반은 이미 요리 증산을 시작하고 있지만, 나 하나쯤 빠지더라도 문제는 없겠지.

"저기, 후카. 나, 조합반을 도우러 갈까 하는데."

"아~, 그게 좋을지도 모르겠네요. 엄청 급한 모양이고."

"그럼 잠깐 다녀올게. 무슨 일이 생기거든 불러줘."

"응. 다녀와요~."

"아, 잠깐만 백은 씨!"

"아메리아, 왜?"

"오르트 짱은 놔두고 가!"

"……다녀올게."

"아~앙, 잠깐만 기다려요~."

나 참, 우리 애들은 인기가 너무 많아서 탈이다.

"저기~, 조합반을 도우러 왔는데."

"어? 백은 씨? 요리반은 괜찮아?"

나를 맞이한 사람은 조합반 리더인 어느 남성 플레이어다. 미남 금발 엘프다.

"저쪽은 괜찮아. 그보다도 여기가 더 힘들다고 들어서."

"살았다~! 조합 레벨은?"

"17."

"그래……."

"혹시 도움이 안 되는 건가?"

"아니, 아니, 그렇지는 않아! 다만 안티 패럴라이즈뿐만 아니라 패럴라이즈 레지스트도 만들고 있어. 그쪽은 중간 소재를 만드는데 스킬 레벨 20이 필요해서 말이야."

자세히 들어보니 마비를 치료하는 안티 패럴라이즈와 병행하여 마비 내성을 상승시키는 패럴라이즈 레지스트란 약도 제조하고 있다고 한다. 뭐, 그쪽 약은 도움을 못 줄 것 같으니 나는 안티 패럴라이즈 쪽인가.

"백은 씨는 저 반에 들어가 줘. 자세한 내용은 저 탁자에 앉아 있는 리더한테 물어보면 돼."

"알겠어."

예상대로 나는 안티 패럴라이즈 제조반에 소속되게 되었다.

레시피를 배우고서 마련되어 있는 소재로 묵묵히 조합을 해나갔다. 최초 몇 번은 품질이 떨어지고 말았지만, 익숙해지니 일반 품질의 약을 조합할 수 있었다.

팽팽한 긴장감이 느껴졌는지 우리 애들도 소란을 떨지 않았다. 그러나 진득하게 참기가 어려웠는지 잠시 뒤에 어디론가 놀러가 버렸다.

몇 분 전에 힐끔 살펴봤는데 오르트는 요리반에 있는 듯했다. 그곳에서는 모두가 예뻐해 주니까.

쿠마마는 휴식 중인 여성 플레이어 앞에 있었다. 아마도 쿠마마의 팬인가 보다. 조금이라도 도움이 된다면 상관없겠지.

릭은 조합반이 한창 작업하고 있는 돗자리 바로 옆에 있는 나무 위에서 낮잠 중이다. 위를 올려다보니 나뭇가지 밖으로 드러난 복슬복슬한 꼬리만이 보였다. 떨어지지는 않겠지? 조합 중인 약 위에 떨어지기라도 하면 엎드려 빌어도 넘어갈 문제가 아니라 할복 감이다. 부탁이니 얌전히 있어 줬으면 한다.

사쿠라만은 내 뒤에서 지켜봐 주고 있다. 나와 함께해 주는 건 사쿠라뿐이야! 뭐, 나무 정령이니 가만히 있는 게 특기라서 그런지도 모르지만. 이따금씩 다른 플레이어를 보조하거나, 눈을 마주친 플레이어에게 손을 흔들고 있다.

사쿠라 덕분에 조합반의 의욕이 팍팍 올라갔다. 특히 안티 패럴라이즈 제조반에는 남성 플레이어가 많아서인지 사쿠라가 근처에서 바라보고 있기만 해도 그들에게 대단한 동기를 부여하고 있다.

"사, 사쿠라 짱한테 멋진 모습을 보여주는 거야!"

"사쿠라 땅 귀여워."

"게임을 시작한 뒤로 처음으로 여자애랑 접촉하고 있어!"

여자애라니…… 몬스터인데? 그야 외모는 귀엽긴 하지만. 고작 그 정도로 의욕이 생겨? 아니, 동기 부여가 된다면야 괜찮지만.

다른 플레이어들이 의욕을 불태우는 모습에 어이없어하고 있으니 사쿠라가 의아해하는 표정으로 나를 쳐다봤다.

"—?"

"에구, 집중, 집중."

"—♪"

일단은 사쿠라가 그만큼 귀엽다는 것으로 결론을 내리고서 작업이나 하자.

내가 안티 패럴라이즈를 만들기 시작한 지 30분 뒤.

공기를 찌릿찌릿 진동시키는 글라샬라볼라스의 포효가 또다시 울렸다.

"고오오오오오오오오오오오오오오오!"

"으앗."

익숙해진 줄 알았는데 기습적이어서 조금 놀라고 말았다. 더욱이 불운하게도 한창 조합을 하던 도중이었다. 무심코 소재를 떨어뜨릴 뻔해서 비명을 지르고 말았다.

이벤트가 뭔가 진전되었겠지. 주위에서 플레이어들이 술렁거리고 있다.

"무, 무슨 일이야?"

그러나 지금은 손과 눈을 눈앞에 있는 조합용 그릇에서 뗄 수가 없다. 주변 플레이어들이 비명처럼 내지리는 소리를 들으면서도 초조한 마음을 어떻게든 다잡은 채 조합을 계속했다.

"돼, 됐다!"

다만 도중에 동요한 탓인지 품질이 떨어지고 말았네. 뭐, 지금은 반성하고 있을 때가 아닌 것 같지만.

"으~음, 무슨 일이 있었던 거지?"

"—! —!"

사태를 알 수가 없어서 허둥대고 있으니 사쿠라가 내 등을 찰싹찰싹 때리고서 자꾸만 잡아당겼다. 그래서 그쪽으로 시선을 돌렸는데 그만 간 떨어질 뻔했다.

"에에에엥?"

이럴 수가. 글라샬라볼라스가 마을 근처에 있었다. 불과 몇 분 전까지만 해도 초기 전투 위치에서 거의 움직이지 않았는데!

"글라샬라볼라스가 가까이에!"

코앞이라고 할 만큼 가까운 건 아니지만, 전투 개시 위치와 비교하면 절반 넘게 거리가 줄어들었다.

"잠깐, 대체 무슨 일이 있었던 거야!"

"백은 씨! 백은 씨 없습니까?"

"후카? 이봐, 대체 어떻게 된 거야?"

"글라샬라볼라스가 전이해 왔어요! 나, 똑똑히 봤어요!"

아마도 전투 부대가 글라샬라볼라스의 HP를 절반으로 깎은 바람에 이벤트가 진행된 듯하다.

"게다가 마을로 접근하고 있잖아?"

"그래요! 그래서 우리도 전투에 가세하지 않으면 큰일 날지도."

실은 전이하기 전부터 글라샬라볼라스는 마을로 걸어오고 있었다. 다만 전투가 시작되고는 발걸음을 멈추고서 반격하는 데 전념했다고 한다. 그리고 대열을 정비하고자 플레이어들이 거리를 벌리면 다시 마을로 걸어갔다.

"즉 우리가 전투를 걸어서 붙들어 두지 않으면 위험할지도 모른다는 건가?"

"그래요. 적어도 마을로 오는 것만은 저지해야죠. 전투 부대가 돌아올 때까지 시간을 벌기 위해서라도 서포트 부대가 발목을 붙잡아야 한다고 봐요."

"알겠어. 기껏 여기까지 왔는데 이벤트가 실패로 끝나는 건 최악이니까."

"5분 뒤에 출발할 예정입니다. 일단 서포트 부대는 10명쯤 남겨둘 작정인데, 백은 씨는 전투 멤버에 들어와 줬으면 좋겠어요."

"알겠어. 난 그나마 테이머니까."

"부탁합니다."

나는 전투력이 별로 없지만, 우리 애들은 생산에 특화된 일반 플레이어보다 다소 낫기는 하겠지. 별수 없네.

"좋았~어. 애들아! 돌아와!"

"—♪"

"무무~!"

나와 사쿠라가 부르자 오르트와 종마들이 달려왔다.

글라샬라볼라스와의 전투는 처절할 것이다. 우리 애들이 돈지루를 먹으면 좋겠는데 가능할까?

나는 일단 돈지루를 하나 꺼내 종마들에게 보였다.

"안 돼?"

"무~……."

"키큐!"

"쿳쿠마!"

원래 식사를 하지 않는 사쿠라는 어렵겠다 싶었는데, 다른 애들도 돈지루를 먹지 못하는 듯하다. 먹지 못하는 건지, 아니면 먹고 싶지 않은 건지는 모르겠지만, 오르트와 쿠마마와 릭 모두 고개를 가로저었다.

어쩔 수 없다. 이대로 갈 수밖에 없나? 나는 모두를 데리고서 집합 장소인 광장 입구로 향했다.

이미 많은 플레이어들이 모여 있었다. 그런데 도무지 마음이 든든하질 않았다.

우선 전투 직업이 없다. 이곳에는 100퍼센트 생산직만 있기에 어쩔 수 없지만, 역시나 전투가 능숙한 집단으로는 보이지 않는다.

모두 그 사실을 잘 알고 있는지 왠지 불안해하는 듯했다. 물론 나도 그들과 같은 심정이다. 우리 같은 빈약한 애송이들이 아무리 모여본들 글라샬라볼라스 같은 괴물과 제대로 싸워볼 수나 있을까?

아무리 게임 속이라고 해도 사실적인 장면을 보고서 공포를 느낀 적이 있다. 죽고서 되돌아온 전투원에게서 글라샬라볼라스의 무서움과 죽음이 닥쳐오는 공포를 전해 들었기에 공연히 더 불안하다.

그런 플레이어들의 중심에서 후카 등 서포트 부대 리더들이 논의를 벌이고 있다. 아마도 다른 생산직 플레이어들이 그대로 그들에게 전투 리더 역할도 떠맡겼나 보다. 모두 어두운 표정으로 대화를 나누고 있었다. 안타깝게 됐습니다. 그러나 우리 서포트 부대의 전력이 처참해서 뾰족한 수가 나오지 않는 모양이다.

“백은 씨, 잠깐 괜찮을까요?”

“왜요?”

“일단 작전을 정하긴 했는데…….”

그 작전이란 몇 명씩 글라샬라볼라스에게 전투를 거는 방식으로 대미지를 입히는 것은 포기하고 전멸당하는 시간만을 어떻게든 최대한 끌어보자는 것이었다. 전투 부대가 복귀하는 시간을 버는 것을 최우선으로 하겠다는 취지겠지.

글라샬라볼라스는 전투에 돌입하면 발걸음을 멈추기에 나쁘지 않은 작전이다.

어차피 우리가 이길 수 있을 리가 없다. 전멸되는 건 각오하고 있을 테니 다들 발을 붙들어 두기 위해 계속 돌격하는 작전이라도 받아들여 주겠지.

“그 수밖에 없겠네.”

“백은 씨도 그렇게 생각해요?”

“어.”

“좋아, 백은 씨가 오케이했으니 이대로 가자.”

“그래.”

“엥?”

어쩐지 내가 최종 결정을 내린 것 같은 분위기인데. 왜 나에게 물어본 거야? 후카를 제외한 나머지 리더들도 무슨 영문인지 진지한 표정으로 고개를 끄덕이고 있고.

그 뒤에 다른 플레이어들에게 작전을 설명했는데…….

“……이런 작전이야. 백은 씨도 이 길밖에 없겠다고 했어.”

“백은 씨가 납득했다면 된 거 아닙니까?”

어째서 그 대목에서 내 이름이 나오는 거야? 모두들 왠지 납득하는 기색이고.

“유명 플레이어가 수긍하면 다들 그런가보다, 하고 안심하기 마련이야.”

뭐, 이 서버 안에서 나도 나름 유명한가? 주로 종마들 덕분이지만. 그리고 서버 공헌도도 1위이고 말이지.

일단 모두가 납득하고서 작전에 참여한다면 그걸로 족하다.

"그럼 글라샬라볼라스한테 가죠~."
"예~."
"우에~이."
"저기 말이야. 누가 가장 마지막까지 살아남을지 내기하지 않겠어?"
패기는 느껴지지 않지만 일단 출격이다.
우선은 글라샬라볼라스에게 접근해야만 한다.
뭐, 상대는 어디에 있더라도 보이는 거대 악마라서 길을 헤맬 일은 없겠지.
글라샬라볼라스에게 근접한 뒤에는 미리 정해놓은 10명으로 구성된 5개 조가 순서대로 전투를 걸고서 죽는다. 그런 전법이다.
벽 역할을 해줄 사람이 있다면 다른 식으로 싸워볼 수도 있을 테지만……. 때마침 죽고서 되돌아온 전투 부대원이 8명 있었지만, 불운하게도 탱커는 하나도 없었다. 도적과 마술사, 회복 직업뿐이었다.
그래서 적극적으로 대미지는 주지 않고, 오로지 도망치고 회복하면서 전투 시간을 최대한 질질 끌 작정이다.
그런 작전이었는데…….
"설마 이렇게까지 애를 먹을 줄이야……."
"크으~, 두 손 두 발 다 들었네~."
"우린 대부분 빈약한 생산직이니까~."
"아하하~."
글라샬라볼라스에게 다가가지도 못한 채 평범한 피라미에게 고전하고 있었다. 후카도 이토록 고전할 줄 몰랐는지 내 말을 듣고서 쓴웃음을 짓고 있다.

글라샬라볼라스의 영향 때문인지 출현하는 몬스터들은 하나같이 검은 아지랑이를 휘감고 있어 파워가 올라간 상태였다.

더욱이 우리는 대부분 생산직. 나는 생산직 중에서도 특히 약한 편이긴 하지만, 강한 사람조차도 전투직에 비하면 전투력이 아주 뒤떨어진다. 더욱이 탱커도, 어태커도 없는 상황인지라 생각처럼 전투가 잘 풀리지 않았다.

서포트반에서 가장 강한 플레이어는 아메리아와 그 종마들이다. 그들의 전투력과 죽고서 되돌아온 전투 부대원의 힘이 없었다면 시간이 곱절 이상 더 걸렸을지도 모른다.

그래도 거의 생산직으로만 구성된 부대답게 포션이나 보조 아이템의 물량만큼은 넘쳐나서 아이템의 힘과 인해전술로 겨우 필드를 돌파해냈다. 그리고 간신히 글라샬라볼라스에게 접근하는데 성공했다.

다소 거리는 있지만 그 두꺼운 다리가 나무들 사이로 보였다.

"더 이상 나아가는 건 어려울지도 모르겠네."

"별 수 없지. 글라샬라볼라스가 다가오기를 기다리는 수밖에 없나."

여기서 더 나아가면 숲의 심층부에 들어서게 된다. 출현하는 몬스터가 월등히 강해진다고 한다. 소모되는 걸 피하기 위해서 이곳에서 글라샬라볼라스를 기다리기로 했다.

녀석이 마을로 다가와서 다행일지도 모르겠네. 전이한 위치에서 꼼짝도 하지 않았다면 우리는 가까이 가보지도 못하고 족족 마을 광장으로 되돌아갔을 가능성이 있으니까.

"자, 드디어 전투입니다. 제1반, 준비 부탁합니다."

"좋았어! 가자!"

"오!"

후카가 말하자 제1반 멤버들이 기합을 넣었다. 일단 약한 사람부터 순서대로 전투를 벌이도록 반이 편성되어 있다. 그래서 나도 1반에 소속될 줄 알았는데 무슨 영문인지 아메리아와 함께 4반에 편성되고 말았다.

주된 이유는 모든 이에게 동기를 부여하기 위해서다.

"왜냐면 오르트 짱이 눈앞에서 쓰러져 버리면 난, 못 싸워!"

"사쿠라 땅이 저런 괴물과 싸우다니……. 결단코 저지! 사쿠라 땅한테 아예 차례가 돌아가지 않도록 우리 제3반이 끈덕지게 붙들어두는 거야!"

"오!"

"쿠마마 땅은 우리가 지키는 거예요!"

"릭 짱의 털에 얼굴을 파묻고파."

그런 반응들을 보이고 있다.

그래서 우리 후속반은 글라샬라볼라스와 바로 전투를 걸 수 있는 위치에서 모두의 싸움을 지켜보게 되었다.

"좋았어. 조금만 있으면 글라샬라볼라스가 와요!"

"거, 거대해~!"

"저런 거랑 싸우는 거냐."

역시나 거구가 접근해 오자 다들 다리가 굳어 버렸다. 뭐, 우리는 평소에 격렬한 전투를 하지 않으니 어쩔 수 없지만.

그래도 우리는 약하기는 해도 모두 게이머다.

금세 정신을 다잡고서 무기를 고쳐 잡았다. 아직 싸울 차례가 돌아오지 않았는데도 후속반에 속한 플레이어들도 손에 땀을 쥐고 있다. 남의 일이 아니라서 그렇겠지.

"각오 단단히 해!"

"젠장~!"

"제1반 파이트~!"

"저 길을 넘어오면 돌진하는 거다!"

"오!"

그렇게 제1반 10명이 글라샬라볼라스에게 돌진하려고 할 때였다.

"가오오오오오!"

커다란 포효가 들려왔다. 순간 글라샬라볼라스의 포효인 줄 알았는데 아니다. 글라샬라볼라스의 것과 달리 위압감이 없다. 오히려 어쩐지 마음을 든든하게 해주는 소리였다. 더욱이 눈앞의 악마에게서가 아닌, 조금 더 멀리서 들리는 듯했다.

"뭐지?"

"새로운 적?"

우리가 웅성거리고 있으니 후카가 숲 저편을 가리켰다.

"저길 봐!"

"켁! 진짜냐! 새로운 적? 아니, 그런 말을 한 녀석, 누구야! 사실이 돼버렸잖아!"

"한번 해보고 싶은 대사였단 말이야!"

"지금 말싸움이나 벌이고 있을 때냐!"

이쪽으로 거대한 짐승이 오는 것 같았다. 나무들이 시야를 가려서 잘 보이지는 않지만, 사족 보행을 하는 무언가가 이쪽으로 달려오는 모습이 확인되었다.

검은 거구가 이쪽으로 곧장 달려오고 있다.

저것과도 싸워야만 한다면 우리 따윈 순살 당하겠지.

크기가 가디언 베어와 비슷한 수준이다.

"아니, 저거 가디언 베어 아냐?"

"어? 그래?"

"그러고 보니 그런 것 같기도!"

"그런가? 우리 말고는 본 사람이 없나……."

생산반 중에서 가디언 베어와 접촉한 적이 있는 건 나와 아메리아밖에 없는 듯하다.

그러나 저건 틀림없이 가디언 베어다.

"그런데 왜 이쪽으로 오는 거지?"

"또 광폭해진 건 아니겠지?"

"어? 진짜?"

다른 생산직 플레이어들이 돌진해 오는 거구를 보면서 불안한 목소리로 속닥거렸다.

여기서 봤을 때는 검은 아지랑이는 보이지 않는다. 광폭해진 것처럼 보이지는 않는데…….

"일단 거리를 벌리고서 상황을 지켜보자."

"그, 그래겠죠."

내가 제안하자 후카가 고개를 끄덕였다. 우리는 맞은편에서 글라샬라볼라스에게로 달려가는 가디언 베어를 마른침을 삼키며 지켜봤다. 대체 무슨 일이 벌어지고 있는 건지.

두 적을 동시에 상대하는 최악의 상황도 각오하고 있었는데, 플레이어를 그렇게까지 참담하게 내몰지는 않을 모양이다.

"가오오오오~!"

"그라아아아아!"

"오오! 아싸!"

"곰님이 덤벼 들었어~!"

"가라! 바로 그거야!"

이게 웬걸. 가디언 베어가 그대로 글라샬라볼라스를 덮쳤다. 오른쪽 다리에 매달려 허벅지 부근을 깨물었다.

크기로 말하자면 가디언 베어조차도 글라샬라볼라스의 3분의 1밖에 되지 않는다. 그래도 든든한 원군이다.

"좋았어! 이 기회에 한꺼번에 공격을 가하도록 하죠! 우리가 조금이라도 시선을 끈다면 곰이 보다 오랫동안 글라샬라볼라스를 붙들어둘 수 있을 것 같으니까!"

후카의 제안이 만장일치로 통과되었다. 우리는 작전을 변경하여 다 함께 글라샬라볼라스에게 돌격했다.

마법으로 공격하는 반, 마술이나 포션으로 다른 플레이어와 가디언 베어를 지원하는 반으로 나뉘었다.

가디언 베어에게 다가가려면 조금 용기가 필요했지만, 역시나

우리를 공격하지는 않았다. 우리를 도와주고 있다고 봐도 되겠지.

"좋아, 너희들도 저 거대 괴물을 공격해! 오르트는 가디언 베어를 지원해줘."

"뭇무~!"

"—!"

"키큐!"

"쿠마~!"

가디언 베어가 등장한 덕분에 사기가 충천한 생산반이 글라샬라볼라스에게 싸움을 건 지 10분 뒤.

"이제 절반으로 줄어들었어!"

"젠장! 곰님이 이제 위험해!"

"회복시켜줘!"

"아직 포션의 쿨링 타임이 끝나지 않았어! 회복 마술이 있는 사람, 부탁해!"

이미 생산반의 3분의 1이 죽어버렸다. 종잇장 같은 장비를 착용하고 있어서 공격을 맞으면 바로 즉사해 버린다. 글라샬라볼라스의 공격은 예상보다 느려서 전투직이라면 계속 피할 수 있을지도 모른다. 그러나 전위에 서서 전투해 본 경험이 부족한 우리는 그런 재주를 부릴 수가 없다.

"꺄아~!"

"아~! 그러니까 그렇게 앞으로 나서지 말라고 했건만!"

"큰일 났네. 온다!"

어떤 자는 주먹에 박살나서, 어떤 자는 먹혀서, 또 어떤 자는 내동댕이쳐져서 잇달아 죽어갔다.

“전투 부대, 빨리 돌아와!”

“그라아아오아아아!”

“끄아~!”

“아아, 스케가와!”

낯익은 인물이 짓밟히는 광경을 두 눈으로 보니 공포 그 자체다!

더욱이 사람이 줄어들면 할 일이 늘어나고, 표적이 될 확률도 올라간다.

“그라아아!”

“위험해!”

가디언 베어에게 안티 패럴라이즈를 뿌린 뒤에 한순간 긴장을 풀었을 때였다. 글라샬라볼라스가 주먹으로 바로 위에서 나를 내려치려고 하고 있다. 엄청난 속도로 주먹이 엄습해온다.

아~, 이건 못 피한다. 죽는구나~. 내가 이탈하면 종마들도 사라질 테니 인원수가 단번에 줄어들겠지~.

그래도 변명은 들어줬으면 한다. 원래는 돌아가면서 가디언 베어를 회복시키고 있었는데, 다른 플레이어들이 죽는 바람에 내 차례가 꽤 일찍 돌아오고 말았다. 그래서 당황한 나머지 집중력이 조금 떨어져 버렸다. 그러니 이건 어쩔 수 없는 일이지?

묘하게 냉정한 머리로 그런 생각을 하고 있으니 앞에서 달려든 오르트가 나를 힘껏 밀쳐버렸다.

“무무~!”

"어? 오르트?"

"무—."

나를 보며 씨익 웃는 오르트의 위로 어두운 그림자가 드리워지더니…….

쿠웅!

거대한 주먹이 내 코끝을 스치고서 땅바닥을 내리치더니 묵직한 소리가 울려퍼졌다.

나는 엄청난 풍압에 뒤로 날아가 엉덩방아를 찧고 말았다. 황급히 고개를 들었다. 그런데 방금 내가 있었던 자리에 글라샬라볼라스의 주먹이 떡하니 자리하고 있었다.

일말의 희망조차 걸 수 없었다. 방금 그 공격을 맞고도 오르트가 죽지 않았을 가능성은 제로였다.

글라샬라볼라스가 주먹을 들어올렸다.

그 아래에는 아무것도 존재하지 않았다. 보이는 것은 땅바닥과 풀뿐이다. 오르트는 없다.

"오르트……, 장난치지 마!"

오르트가 있던 곳으로 달려갔지만 당연히 아무것도 없었다.

이럴 수가. 살긴 했지만 왠지 눈물이 나올 것 같다. 마지막으로 오르트가 보여줬던 웃음이 뇌리에서 떠나지 않는다.

생각해 보니 눈앞에서 몬스터가 죽는 장면을 보는 것은 처음이었다. 예상보다 충격이 더 크다.

시간이 지나면 부활하지만, 눈앞에서 몬스터를 죽게 했다는 충격이 상당했다.

"빌어먹을……! 이 거대 괴물이! 잘도!"
"—!"
"쿳쿠마~!"
이성을 잃고 글라샬라볼라스에게 돌격하려는 나를 사쿠라와 쿠마마가 만류했다.
"—!"
"쿠마!"
사쿠라가 따끔하게 혼내듯이 무서운 표정을 짓고 있다. 쿠마마도 내 다리를 툭툭 때렸다.
"크, 미안."
"—."
"쿠마."
오르트의 죽음을 헛수고로 만들지 않기 위해서라도 쓸데없는 짓을 해서는 안 되지. 설마 몬스터들이 일깨워줄 줄은 생각지도 못했다.
그러나 오르트의 죽음이 일으킨 충격의 여파는 나에게서 그치지 않았다.
"오오오, 오르트 짜~앙!"
"노움 짱이~!"
"꺄아~!"
오르트의 죽음을 목격하고 만 팬들의 입에서 비명이 나왔다.
더욱이 그 바람에 멈춰버려서 죽고 만 플레이어가 몇 명 있었다. 이봐, 너무 과민하게 반응하잖아! 남 말 할 처지는 아니지만!

설마 나보다도 더 충격을 받은 거 아냐?

"꺄~!"

"아메리아!"

가장 한탄했던 아메리아가 글라샬라볼라스의 강철 같은 팔에 붙잡혀 마치 공깃돌처럼 포~옹, 하고 던져졌다.

팔다리를 바동거리며 허공을 날다가 이윽고 중력에 이끌리는 대로 땅바닥으로 떨어지고 있다.

"꺄아아아―!"

쿵!

게임이니 사람이 높은 곳에서 떨어졌다고 해서 처참한 광경이 펼쳐지지는 않는다. 피나 온갖 액체가 튀거나 내장이 밖으로 불거져 대롱거리지도 않는다. 그 모습 그대로 땅바닥과 충돌해 HP가 줄어들 뿐이다.

그래도 사람이 허공에서 땅바닥으로 추락하는 광경은 상당한 공포를 불러일으킨다.

"우우……. 다들, 미안."

낙하 대미지에 HP를 모두 잃어 폴리곤화되면서 사라져 가는 아메리아.

더욱이 아메리아가 죽었다는 소리는 전력의 가장 큰 축이었던 그녀의 몬스터들도 사라진다는 뜻이다.

이거 큰일 난 거 아냐?

더욱이 엎친 데 덮친 격으로 글라샬라볼라스의 오른쪽 다리를 붙잡고 있던 가디언 베어가 날아가 버리더니 꼼짝도 하지 않았다. 플레이어가 황급히 회복을 걸어줬지만 HP가 전혀 회복되지 않았다. 아마도 사망하는 대신에 행동불능이 된 듯하다.

최대 전력과 가장 든든한 조력자를 한꺼번에 잃고 말았다.

"백은 씨! 이래서야 한번 태세를 정비하는 편이 낫지 않을까요?"

"마, 맞아."

"그럼 다 함께……."

후카와 일단 거리를 벌릴지 말지 논의하고 있을 때였다.

"부르오오오오!"

또다시 정체 모를 포효가 숲에서 울려 퍼졌다.

"저길 봐!"

"또 뭔가 온다! 저건 뭐야?"

"새인가?"

"비행기? ……아니, 저건 날고 있지도 않잖아?"

"으레 이런 상황에서는 누군가가 날아오곤 하잖아. 뭐, 슈퍼맨이 아닌 건 확실하지만……."

모두가 웅성거리는 와중에 거대 멧돼지가 모습을 드러냈다.

칠흑 같은 털과 위로 솟은 어금니가 씩씩하다.

저 멧돼지도 본 적이 있다. 또 다른 수호수인 가디언 보어다.

"부르오오오오!"

"그라아아!"

등장한 가디언 보어가 기세를 늦추지 않고 가디언 베어가 매달렸었던 오른쪽 다리가 아닌 왼쪽 다리를 향해 돌진했다.

기다란 어금니를 왼쪽 다리에 걸고는 발목 부근을 꽉 깨물어 움직임을 봉했다. 그 장면을 본 후카가 당장 살아 있는 플레이어들에게 지시를 내렸다.

"이 틈에 태세를 정비하자! 일단 백은 씨 주변으로 모여줘요!"

"잠깐, 왜 내 주변으로?"

"왜냐면 백은 씨가 리더이니까!"

"아니, 아니, 어째서! 후카가 리더잖아!"

"난 요리반 리더일 뿐이에요! 전체 리더는 백은 씨잖아요! 공헌도도 1위이고요! 모두들 그치?"

후카가 어느새 모여든 다른 생산직 플레이어에게 물었다. 그러자 무슨 영문인지 모두가 일제히 고개를 끄덕이는 게 아닌가!

"어, 어째서……. 아! 성가신 역할을 떠맡길 작정이구나!"

"……그, 그럴 리가 없잖아요!"

"마, 맞아, 맞아! 백은 씨야말로 가장 걸맞는다고 생각했을 뿐이야!"

어째서 내 눈을 똑바로 쳐다보지 못하는 거야! 젠장, 그럼 내 마음대로 모두에게 지시를 내리겠어!

"아~, 진짜! 일단 회복을 하고서 그 뒤에는 가디언 보어를 지원한다! 서둘러!"

""""오!""""

다들 대답은 참 잘하네!

그러나 행동은 제법 재빠르다. 오히려 숫자가 줄어들어서 의사소통이나 단체행동이 착착 맞아떨어지게 된 거겠지.

더욱이 예전에 도와줬던 수호수가 동료가 되어 위기 상황 때 달

려와 줬다. 가슴이 타오르는 전개에 모두 흥분까지 한 상태다.
태세를 정비하고자 분주히 돌아다니는 생산 서포트반의 사기도 꽤 높았다.
진형을 다시 짠 뒤에 아이템을 배포하고 회복을 하는 데 불과 3분밖에 걸리지 않았다. 상상 이상으로 빠르다.
그 기세를 몰아서 다시 글라샬라볼라스에게 돌격했다.
"모두! 힘내! 죽어간 오르트 짱을 위해서!"
"오!"
오르트의 여성 팬들이 진지한 표정으로 외쳤다. 아니, 죽기는 했지만, 광장으로 돌아가면 금세 부활하잖아! 어째서 다들 그렇게까지 의욕을 보이는 거야?
오르트의 팬들은 꽤 진심으로 보였지만, 나머지 플레이어들은 그저 분위기를 즐기고 있는 것 같았다. 다들 잘 맞춰준다니까.
"멧돼지를 지원하면서 글라샬라볼라스를 공격하는 거예요!"
"돌격!"
"이~봐. 제발 무리하지 마~. 시간을 버는 게 목적이라고~!"
"우오~!"
아차, 사기가 너무 높아서 다들 조금 폭주하고 있다! 종잇장처럼 약한 생산직 플레이어가 그렇게 돌격해서 뭘 어쩌자고!
아니나 다를까 한 플레이어가 글라샬라볼라스에게 붙잡혀 먹혔다.
가디언 보어가 한쪽 다리를 봉쇄하긴 했지만, 글라샬라볼라스는 이 숲의 나무들보다도 훨씬 큰 거대 악마다. 허리를 숙이면 꽤

먼 거리까지 팔이 닿을 뿐만 아니라 마치 고무줄처럼 늘어나기까지 한다.

더욱이 겉보기에는 인간처럼 생기긴 했지만, 관절을 무시하는 그 움직임은 기이할 정도다.

글라샬라볼라스가 팔을 쭉 뻗어서 생산직 플레이어들을 잇달아 붙잡았다.

성가신 것은 그뿐만이 아니었다. 가끔 손바닥으로 검은 연기 같은 원거리 공격을 발사하는데, 대미지와 함께 마비 효과도 걸어서 짜증스럽다.

더욱 짜증스러운 점은 일정 시간마다 검은 빛을 방사하며 범위 공격을 한다는 것이다. 나름 위력이 있어서 HP가 낮은 우리에게는 꽤 버겁다. 죽을 정도는 아니지만 회복하는 데 시간을 할애할 수밖에 없게 되었다.

"이런! 가디언 보어가 죽을 것 같아! 어서 회복해 줘야……."

"그라아!"

"우게엑!"

가디언 보어를 회복하려고 향하던 도중에 등 뒤에서 뻗어진 글라샬라볼라스의 손에 사로잡히고 말았다.

오르트가 죽었을 때 동요했던 마음이 아직도 가라앉지 않았나 보다. 사방을 전혀 신경 쓰지 못했다. 아니, 눈에 보였더라도 피할 수 있었을지는 모르겠지만…….

"그라아아!"

"으아~!"

내장이 쪼그라드는 듯한 불쾌한 부유감이 엄습하더니 뒤이어 몸이 땅바닥으로 떨어지기 시작했다.

글라샬라볼라스가 내 몸을 내던져 버린 것이다.

허공을 날면서 통째로 먹히는 쪽과 비교해 어느 쪽이 그나마 나은지 생각했다. 체공 시간이 상당히 길어서 그런 생각이라도 하지 않는다면 울음을 터뜨릴 것만 같았다.

땅바닥이 점점 가까워진다.

"끄아~!"

게임이라고 해도 무심코 눈을 질끈 감고서 두 손으로 머리를 감쌌다. 으아, 역시나 줄 없는 번지점프는 너무 무서워!

그리고 땅바닥과 격돌했다.

쿵!

커다란 소리에 비해 큰 충격은 느끼지 못했다. 우레탄 매트에 넘어졌을 때와 비슷한 수준이었다.

그러나 눈을 떴을 때 나는 전장이 아닌 마을 광장에 있었다.

역시 죽었나.

"무무~!"

"오오, 오르트!"

"무~!"

먼저 돌아와 있던 오르트가 와락, 하고 안겼다. 마치 나를 기다리고 있었다는 듯이 로브에 얼굴을 묻고 있다.

종마는 죽더라도 부활 포인트에서 먼저 부활하여 기다리는 것이 아니다. 이번처럼 주인이 그 지점으로 돌아와야만 비로소 부

활한다. 그러니 적적함을 느끼지는 못했을 텐데.

그 사실을 알면서도 이렇듯 종마가 달려드니 묘하게 사랑스럽게 느껴진다.

"오르트. 네 덕분에 살았어! 잘했어!"

"무~."

오르트가 겸연쩍어하면서 머리를 긁적였다. 나도 머리를 마구 쓰다듬어 줬다.

머리를 꽤 세게 헝클었는데도 오르트는 기쁜 얼굴로 싱글벙글 웃고 있다.

"무~."

"응응, 이 사랑스러운 녀석 같으니!"

"큐~!"

"쿠마~!"

릭과 쿠마마가 좌우에서 내 몸에 매달렸다. 오르트만 예뻐하는 건 치사하다는 뜻이겠지.

나를 올려다보며 동그란 눈동자로 호소하고 있다.

쿠마마와 릭도 보스전 때 보스의 시선을 끌고, 포션을 운반하는 등 활약했으니까.

"너희들도 귀여워~!"

"쿳쿠마~!"

"키큐~!"

기왕 이렇게 됐으니 사쿠라도 해줘야지! 자기 입으로는 차마 호소도 못하고 우물쭈물대고 있는 사쿠라의 머리도 마찬가지로

쓰다듬어줬다.

"—♪"

옳지, 옳지. 사쿠라도 기뻐하네.

그렇게 한동안 몬스터들과 스킨십을 즐기고 있으니 뒤에서 누군가가 말을 걸었다.

"백은 씨도 죽었네요."

"아메리아? 나도 그쪽처럼 줄 없이 번지점프를 뛰는 신세였어."

"그거, 무섭죠~?"

"어. 무심코 비명이 나와버렸어."

먼저 죽었던 아메리아였다. 한동안 줄 없이 뛰는 번지점프가 얼마나 무서운지 대화를 나눴다.

바로 그때 추가로 몇몇 플레이어가 죽고서 부활했다. 우리와 함께 출격했던 생산직 플레이어들이다.

"우와~, 죽었다~!"

"무서워!"

"설마 셋이 한꺼번에 먹힐 줄은 몰랐는데……."

제자리에 주저앉아 있다. 역시 글라샬라볼라스에게 먹히는 쪽이 충격이 더 큰 것 같네. 나는 내동댕이쳐진 것으로 끝나서 그나마 다행이었을지도 모른다.

"이봐, 괜찮아?"

"백은 씨……. 괜찮아요. 다리에 힘이 풀렸을 뿐이거든요."

"그건 괜찮은 게 아니잖아?"

"그보다도 전투 부대가 돌아왔다고 모두한테 알려주지 않겠어?"

"오, 진짜?"

코쿠텐 일행이 돌아와 글라샬라볼라스와 다시금 전투를 개시한 듯하다.

"아아, 가디언 보어와 함께 싸우고 있을 거야."

"나, 모두한테 말하고 올게!"

아메리아가 큰소리로 전투 부대가 돌아왔다고 알리며 돌아다니고 있다. 그 소리를 듣고 여기저기서 큰 환호성이 일었다.

역시 모두 불안했겠지. 여차하면 생산직 플레이어가 또 출격해야만 할지도 모른다고 예상했을 것이다.

"후우. 우린 다시 서포트 역할로 복귀할 수 있을 것 같네."

그러나 편해진다는 뜻은 아니다.

오히려 마을 근처에서 전투가 격화되고 있어서 우리 서포트반이 할 일도 늘어났다.

"사쿠라! 저 사람들한테 이 돈지루를 가지고 가서 나눠줘!"

"—!"

"쿠마마는 저 플레이어를 위로해 줘! 분명 네 팬이었어!"

"쿠마~!"

"릭, 약초를 채취하여 가져온 거니!"

"큐!"

"좋았어. 오르트가 길어온 물이 있다면 포션을 아직은 더 양산할 수 있겠어!"

"뭇무~!"

우리 아이들도 무척 바쁘다.

그리하여 글라샬라볼라스에게 죽은 지 시간이 꽤 흘렀을 즈음.

"그라아아오오오오오오오!"

"엥? 또?"

엄청난 포효가 울리자 플레이어들이 웅성거리기 시작했다. 아무리 생각해도 좋은 일이 벌어졌다고는 받아들일 수 없는 분위기였다.

글라샬라볼라스가 전이해온 때와 똑같은 분위기다.

나는 불운하게도 또 한창 조합을 하던 중이었다. 더욱이 손을 뗄 수가 없는 공정 중이었다.

"이번에는 뭐야! 나 참!"

"무~무~!"

"—!"

오르트와 사쿠라가 다급히 나를 부르러 왔다. 그러나 작업을 방해하지 않도록 접촉하지 않은 건 나이스 플레이야.

"……좋아, 끝났다."

"쿠마~!"

"알겠어, 알겠어. 그렇게 당기지 말래도. 무슨 일이야?"

"큐~!"

릭이 내 어깨 위로 쌩 올라와 뺨을 잡아당기며 글라샬라볼라스 쪽을 가리키고 있다. 혹시 쓰러졌나?

그러나 그쪽으로 시선을 돌리니 안타깝게도 글라샬라볼라스는 건재했다. 아니, 오히려 파워 업한 것 같다.

"저건…… 도마뱀? 아니, 드래곤인가?"

글라샬라볼라스가 모습을 바꿨다. 전투 부대가 분발해 준 덕분에 이벤트가 진행된 듯하다.

지금까지는 둥글넓적하기만 했던 머리가 생명체스러운 형태로 바뀌었다. 사도들이 궁지에 몰려서 변신했던 기억을 돌이켜 본다면 글라샬라볼라스도 당연히 변신하겠지.

처음에는 도마뱀인 줄 알았는데 뿔이 달려 있는 걸 보아 드래곤에 가깝겠다 생각은 했지. 역시나 보스답게 최강의 마수인 드래곤처럼 변모했다. 얼굴과 꼬리는 용, 몸통은 인간형이다. 갈색 비늘이 온몸을 뒤덮고 있지만 이족보행을 하고 있다. 그야말로 반인반룡(半人半龍)이다. 아니, 크기가 거대하니 반거인반룡이라고 해야 하나?

"우와~, 엄청 셀 것 같은데?"

그러나 틀림없이 지금부터 진정한 전투가 벌어질 것이다.

더욱이 글라샬라볼라스의 변신만이 이벤트가 진행되었음을 보여주는 유일한 현상이 아니었다.

"유토, 잠깐 괜찮나?"

카이엔 할아버지를 비롯해 마을 노인들이 10명쯤 서 있었다. 다들 집으로 피신할 줄 알았는데……. 낯선 사람이 있었는데 촌장이라고 소개를 해줬다. 그러고 보니 한 번도 만난 적이 없었네.

"으음, 우선 우리 마을을 지키고자 싸워주고 있는 점 감사하네."

"아뇨, 뭐……."

마을을 지키기 위해서라기보다는 이벤트 때문이지만. 아마도 순수하게 마을 사람들을 지키기 위해서 싸우고 있다고는 아무도 생각하지 않을 것이다. 아, 지크프리트는 빼고. 대부분의 녀석들은 오로지 이벤트에서 좋은 평가를 받기 위해서 싸우고 있겠지.

그런데도 그토록 심각한 표정으로 감사 인사를 하니 오히려 내가 몸 둘 바를 모르겠다.

"이방인인 그대들만 싸우게 놔두고서 우리만 벌벌 떨고 있을 수만은 없지!"

"전투는 익숙하지 않으나 우리도 활 정도는 쏠 수 있네."

노인들이 그렇게 말하고서 등에 메고 있던 활을 쥐어 보였다. 부들부들 떠는 야윈 팔로 시위를 당기는 모습은 눈곱만큼도 든든하지 않았다.

"엥? 어르신들도 싸울 작정인가요?"

"아무리 그래도 숲에 들어가지는 못하지만, 마을로 다가오는 저 녀석한테 화살 맛을 보여주마!"

"우리도 함께 싸운다!"

이거 기뻐해야 하나? 불안하기 그지없는데.

자칫 우리를 돕다가 마을 사람이 죽기라도 한다면? 돌이킬 수가 없을 것 같다.

그러나 의욕이 넘쳐흐르는 노인들에게 방해가 되니 도와줄 필요 없다고 차마 말할 수가 없다. 호감도가 내려갈 것 같고 이벤트상 거절하지 않는 편이 나을 듯하다.

전투에서는 늘 예기치 못한 사태가 벌어지기 마련이다.

그렇다면 최선책은 글라샬라볼라스가 이 마을에 도달하기 전에 쓰러뜨리는 거겠지.

그렇게 하면 이벤트적으로도 높은 포인트를 얻을 수 있을 테고, 마을 사람들이 위험에 처할 일도 없겠지.

즉 전투 부대의 노력에 달려있다는 뜻이네.

전투 부대 여러분, 마을이 전장으로 변하기 전에 열심히 싸워서 글라샬라볼라스를 쓰러뜨려 줘! 이러다가 할아버지들이 무리하게 생겼으니까!

그러나 내 바람이 무색하게도 변신한 글라샬라볼라스는 엄청 강한 듯했다. 죽고서 부활하는 빈도가 눈에 띄게 늘어났다.

노인들이 전투 준비를 하고자 길드로 간 뒤에도 거대 용인은 멈추지 않았다.

"우와~, 저거 큰일 났네."

글라샬라볼라스가 휘두른 꼬리를 맞고서 플레이어들이 쓰레기처럼 날아가는 광경이 보였다.

또한 입에서 검은 광선 같은 공격도 뿜어내고 있다. 용의 특징으로 꼽자면 뭐니 뭐니 해도 드래곤 브레스인데 저 용은 화염을 내뿜지는 않는 듯하다. 전투 부대가 화염에 휘말려 전멸하는 사태는 벌어지지 않을 듯하다. 뭐, 삼림에 화재가 날 수 있도록 게임이 만들어졌는지는 모르겠지만.

일단 세계를 이렇게나 사실적으로 재현해 놨으니 경계는 해둬야지.

"에구, 느긋하게 관찰하고 있을 때가 아니지."

눈앞에서 죽었던 플레이어가 부활하는 모습을 보고서 고민하고 있을 때가 아님을 깨달았다.

전투가 이어지고 있다면 조금이라도 공헌해야만 한다.
"이봐, 괜찮아?"
"백은 씨? 고마워."
부활한 뒤 제자리에 주저앉은 전사 플레이어를 일으켜 세웠다. 가죽 갑옷이 부식된 것처럼 구멍이 나서 너덜너덜해졌다. 이렇게 죽은 녀석은 처음 보네.
무슨 일이 있었는지 물어보니 역시나 변신한 글라샬라볼라스의 공격에 맞았다고 한다. 저 수상쩍은 광선 말이다. 그 공격을 맞으면 방어구가 부식되는 모양이다.
부식된 방어구는 대장장이에게 수리를 맡겨야만 하니 재출격하는 데 걸리는 시간이 늘어날 테지.
그래서 전투반의 전력도 저하되고 있다.
꽤 악순환이었다. 역시 레이드 보스. 플레이어가 싫어하는 부분을 정확하게 파고드는 능력을 갖고 있는 듯하다.
"혹시 우리까지 또 출격해야 하는 거 아냐?"
현재 마을에는 100명쯤 되는 플레이어들이 죽고서 되돌아온 상태다. 그 숫자는 앞으로도 늘어나겠지. 전투 부대의 인원수가 부족해질 가능성이 있다.
그렇게 걱정하고 있는 사람은 나뿐만이 아닌가 보다.
"백은 씨! 우리도 또 출격하게 되었습니다!"
"그래? 하지만 어쩔 수 없지."
후카가 나를 부르러 왔다. 역시 전투반 인원만으로는 버거워진 모양이다.

"우리라도 도움이 된다면 가자."

"예!"

카이엔 할아버지를 비롯한 마을 노인들을 전투에 휘말리게 할지 말지가 걸려 있는 중차대한 순간이니까.

되도록 NPC를 위험에 빠뜨리고 싶지 않다.

그러나 마을 입구에는 플레이어 말고도 다른 존재가 있었다. 마을 노인들이 아니다. 뭐, 노인은 노인이지만 그 위압감이 전혀 다르다.

귀신처럼 흉악하게 생겼지만 적은 아니다. 그는 바로 사냥꾼 카카루다.

그 흉악한 외모 때문에 주변에서 겉돌고 있다.

카카루는 호감도가 낮으면 거래를 해주지 않으므로 그가 실상은 과묵하기만 할 뿐 착하다는 사실을 아는 플레이어는 얼마 없겠지.

더욱이 그 옆에는 마찬가지로 흉악하게 생긴 덩치 큰 남자가 있었다.

큰 키와 우락부락한 근육은 카카루와 비슷한 수준이다. 다른 점은 바로 머리다. 백발을 풀어헤친 카카루와 달리 대머리다.

얼굴과 머리, 팔 등에 남아 있는 무수한 상흔이 위압감을 몇 곱절 더 키웠다.

아아, 장비하고 있는 무기도 다르네. 카카루는 등에 거대한 활을 메고 있고, 손으로는 투박한 창을 쥐고 있다. 그에 비해 대머리 아저씨는 등에는 거대한 도끼를 메고 있다. 뭐, 둘 다 흉악하

다는 건 매한가지지만.

"으~음, 카카루 씨? 대체 무슨 일이죠? 그리고 그쪽 분은?"

"유토인가? 우리도 함께 싸운다."

"오, 여행자. 난 크란즈. 이 마을에서 나무꾼 일을 하고 있지."

"아~, 잘 부탁합니다."

카카루가 데리고 온 덩치가 큰 남성은 크란즈라고 한다. 카카루와 달리 사교적인 듯하다. 입을 다물고 있으면 대단히 무서워 보이는데, 씨익 웃으면 붙임성이 철철 넘쳐흐르니 참 신기하다.

가볍게 이야기를 나눠보니 카카루와 크란즈가 이 마을에서 가장 강하다는 걸 알게 되었다.

"옛날에는 나와 카카루 둘이서 온갖 장난을 치고 다녔지!"

"그랬지."

저 두 사람이 말하는 장난이 어떤 수준인지 궁금했지만, 물어서는 안 될 것 같았다. 다만 꽤 강하다는 건 틀림없는 듯했다. 두 사람의 무기를 각각 감정해 보니 무지 강력했다. 최선전에서 싸우는 탑 플레이어가 쓰는 무기보다도 더 상급이었고, 사용하는데 필요한 능력치도 엄청 높았다.

이 무기를 쓸 수 있으니 그것만으로도 플레이어보다도 고레벨이라는 걸 엿볼 수 있다.

그런 두 사람이 우리를 도와주겠다고 한다.

"우린 이미 싸움에서는 은퇴한 노인네들이긴 하지만 마을이 위기에 처했으니!"

"이방인한테만 맡겨둘 수는 없다."

그렇다고 한다.

참으로 든든한 원군이다.

너무 든든한 나머지 생산직 플레이어들이 아직도 당혹스러워하고 있다.

그러나 나와 종마들이 친하게 지내는 모습을 보고는 나쁜 상대가 아님을 이해한 모양이다.

글라샬라볼라스에게 가는 동안에 가벼운 대화 정도는 나눌 수 있게 되었다.

"백은 씨! 이제 보여요! 어떻게 할까요?"

"아니, 내게 물어본들……. 크란즈 씨, 카카루 씨. 어쩌죠?"

"좋았어! 내가 선두에서 돌격한다! 무기를 들고 있는 자는 따라와! 원거리 공격이 가능한 자는 카카루와 함께 엄호 사격하는 거다!"

"아, 알겠습니다! 다들, 크란즈 씨의 작전대로 가자!"

"오!"

"라저!"

크란즈가 든든한 모습을 보여준 덕분인지 아무도 불평하지 않았다. 역전의 전사처럼 생긴 크란즈의 지시대로 따르면 어떻게든 될 것 같다는 절대적인 안심이 들었다.

"가자아아! 이놈들아! 나를 따라라!"

""""우오오오오오오오오오오오오!""""

장군을 따르는 병사……라기보다는 두목을 따르는 도적떼처럼 보인다. 그러나 심약한 생산 플레이어들이 전투를 앞두고서 이토

록 흥분하여 격앙된 건 좀처럼 보기 힘든 장면이다.

원군으로 나타난 생산반과 크란즈의 기세에 지금껏 싸우고 있던 전투반 플레이어들마저도 놀란 듯했다.

"으랴아아! 먹어라! 이 거대 괴물아아!"

돌격해온 기세를 몰아 크란즈가 들고 있던 거대 도끼로 글라샬라볼라스의 발을 내리쳤다.

주변에서 플레이어들이 웅성거렸다.

이럴 수가. 글라샬라볼라스의 HP가 눈에 띄게 줄어든 것이다.

"이봐! 여행자들! 힘 좀 빌려줘!"

그 말을 듣고 플레이어들이 들끓었다. 수호수가 쓰러진 뒤 어려운 싸움을 꾸역꾸역 이어오던 차에 또다시 든든한 지원군이 나타난 것이다.

"찬스다! 대머리 영감의 뒤를 따라라!"

"그래! 대머리 영감한테 질 수는 없지!"

"누가 대머리냐! 난 크란즈! 마을 최강의 나무꾼이야!"

"나, 나무꾼, 굉장해~!"

"그렇지! 나무꾼은 굉장하다! 크핫핫핫!"

크란즈가 그렇게 말하고서 호쾌하게 웃었다. 그런데 글라샬라볼라스 앞에서 너무 방심하잖아!

"그르라라아아아아아!"

글라샬라볼라스가 크란즈를 향해 거대한 주먹을 휘둘렀다.

아무리 강하다고 해도 저 공격에 맞으면 못 배겨낼 것이다.

"크란즈 씨, 도망쳐요!"

내 외침이 공허하게 울렸다. 설령 크란즈에게 목소리가 닿는다고 해도 이제 도망칠 여유 따윈 없다. 설마 지원군이라고 믿었던 NPC가 한순간에 퇴장하게 되다니! 이런 이벤트였던가?

운영진, 너무 사악하잖아!

그러나 내가 상상했던 최악의 결말은 찾아오지 않았다.

퍼어어어억!

둔탁한 파열음이 울리더니 글라샬라볼라스의 주먹이 튕겨졌다.

마치 망치나 무언가로 팔을 냅다 후려쳐낸 듯했다.

"너무 방심했군."

바로 뒤에서 누군가의 중얼거림이 들렸다. 황급히 돌아보니 활을 쏜 뒤에도 긴장을 거두지 않은 카카루가 있었다.

"바, 방금 그건 카카루 씨가?"

"그래."

아마도 강궁으로 쏜 화살이 글라샬라볼라스의 팔을 튕겨낸 듯하다.

위력과 정확도가 엄청나다.

"이, 이 사람도 대단해~!"

"그 녀석은 마을 최강의 사냥꾼인 카카루다! 과묵하고 무뚝뚝하지만 실력 하나만은 일류지!"

"카카루라고 한다."

"사냥꾼도 굉장해~!"

일단 전투반의 의욕이 충분히 회복된 듯하다.

모두의 얼굴이 다시 환해졌다.

"후카! 바로 이 틈에 태세를 정비하라고, 돌아다니면서 전투반한테 말해줘!"

"알겠습니다."

"아메리아는 코쿠텐 일행한테!"

"라저!"

나는 지크프리트에게 가려고 마음먹었는데 그럴 필요가 없었다.

"유토 군! 굉장한 지원군을 데리고 와줬구만!"

그쪽에서 와줬다.

실버가 말발굽으로 다그닥다그닥 소리를 내며 이쪽으로 달려왔다.

잘생긴 미남인데도 밉지 않은 이유는 못생긴 말을 타고 있어서일까? 전장인데도 분위기가 무지 온화하다.

"나도 그렇게까지 강할 줄은 몰랐는데."

"덕분에 더 싸울 수 있을 것 같아. 솔직히 다들 무서운 경험을 몇 번이나 겪어서인지 사기가 꽤 떨어져 있었지. 이대로는 패배할지도 모르겠다고 생각하던 차였어."

내가 예상한 것 이상으로 전투반이 고전하고 있었나 보다. 나도 한 번 죽어봐서 그 공포를 잘 안다.

그걸 여러 번이나 경험했으니 모티베이션이 떨어질 수밖에 없겠지.

"이제부터는 생산반도 도와주는 건가?"

"그럴 작정으로 왔어. 뭐든 지시를 내려줘."

"그 말 참 든든하다. 그럼 후위에서 회복을 부탁해. 그대의 종마들이 응원만 해도 힘을 낼 수 있는 플레이어들도 있으니까."

"아~, 그렇구나."

요컨대 치어리더 포지션인가? 나도 귀여운 여자애의 응원이면 평소보다 더 분발할 수 있으니까. 귀여운 우리 몬스터들이 응원한다면 분명 한계를 돌파하면서까지 분발하는 녀석도 있겠지.

내가 납득하고 있으니 지크프리트가 머리 위로 검을 들어 올리고는 플레이어들에게 외쳤다.

"유토 군이 이끄는 생산반이 든든한 지원군을 데리고서 달려와 줬다! 자! 우리도 질 수는 없지! 레이드 보스를 쓰러뜨려서 마을을 지켜내자!"

"""""우오오오오오!"""""

이걸 두고 카리스마라고 하는 건가?

지크프리트의 연설을 들은 플레이어들이 일제히 고함을 지르며 주먹이나 무기를 하늘 높이 쳐들었다.

"녀석의 HP는 이제 얼마 남지 않았다! 돌격!"

크란즈와 카카루가 시간을 벌어준 덕분에 플레이어들이 벌써 진형을 정비했다.

사실적으로 재현된 전장의 흥분과 이벤트가 막바지에 접어들었다는 실감, 모두가 같은 목표를 향해 달려감으로써 얻을 수 있는 고양감. 이것들이 한데 어우러져 그들의 열의가 최고조에 달해 있었다.

바로 그런 순간에 지크프리트가 연설로 자극한 것이다.

이미 열기가 한계를 넘었다고 해도 과언이 아니다.

"우라아아아아아아아! 쓰러져라!"

"돌격 돌격 돌격!"

"마지막에는 우리의 손으로 숨통을 끊어주겠어!"

최전선에 있는 플레이어들이 동료의 죽음에도 굴하지 않고 오로지 공격에 나서고 있다.

후위에 있는 자들도 여기서 승부를 결정짓겠다는 심정으로 MP나 효율도 고려하지 않고 최고의 공격을 날렸다.

솔직히 폭주하고 있다고 해도 과언이 아니다. 그러나 플레이어들에게 망설임은 없었다.

이번 공격으로 결판을 내겠다고 각오를 굳혔겠지.

더욱이 모두가 갖고 있는 게이머의 후각이 승리의 냄새를 맡아서 그런지도 모른다.

그리고 10분 뒤.

플레이어들이 처절한 공격을 감행한 결과…….

"갸아아아아아아오오오오오오오오!"

지금껏 들어왔던 포효와는 다른, 비명과도 같은 울부짖음이 숲에 울렸다.

때마침 조합을 끝마쳐서 이번에는 바로 반응할 수 있었다.

맞다. 나는 이미 죽어서 마을에서 한창 포션을 만들고 있는데, 문제라도?

"무~무무~!"

"―!"

"알겠어, 알겠어. 보이니까 당기지 말래도!"
"큐~!"
"쿠마~!"
"그러니까 이번에는 똑똑히 보고 있다니까!"
우리 애들이 나에게로 모여들어 수선을 떨고 있다. 다 함께 내 로브를 잡아당기며 필사적으로 글라샬라볼라스를 가리키고 있다. 마음은 알겠지만.
전장에 남은 모두가 애를 썼겠지.
글라샬라볼라스는 하늘을 향해 포효하는 자세로 제자리에서 굳어버렸다.
그리고 그 형태가 허공에 녹아들듯이 서서히 옅어져 가는 것이 보였다.
1분쯤 지나자 지금껏 봐왔던 그 거구가 마치 환상이었나 착각할 정도로 완전히 사라져버렸다. 동시에 안내 방송이 흘러나왔다.
〈대악마 글라샬라볼라스를 격파하는 데 성공했습니다. 축하드립니다.〉
그 순간 광장에 있던 플레이어들이 동시에 들끓었다.
"오오~!"
"해냈다!"
"전투 부대 굿 잡!"
나도 기뻐하고 싶었지만, 스킬 등이 한꺼번에 몇 단계씩 레벨이 오른 바람에 알림이 빗발쳐서 뭐가 뭔지 모를 지경이었다! 테이머라서 종마들의 레벨이 올랐다는 알림 등도 전부 받는다.

내역을 확인하고 있으니 아메리아가 달려왔다.

아메리아도 죽고서 돌아온 모양이다. 뭐, 마지막에는 글라샬라 볼라스가 발광 모드에 돌입하여 플레이어들이 1초 단위로 죽어 나갔으니 별 수 없지만.

아마도 마지막까지 전장에 남아 있었던 플레이어는 100명도 채 되지 않았겠지.

"꺄아~! 백은 씨! 오르트 짱! 해냈네!"

"아메리아. 수고했어."

"응! 오르트 짱도 고생했어!"

"무무."

아메리아가 쪼그려 앉아 오르트에게 말을 건네고 있다.

"오르트 짱, 괜찮아? 아픈 데는 없고?"

"무?"

아메리아는 여전했다. 죽고서 돌아온 오르트를 걱정하기도 하고, 고개를 갸웃거리는 모습을 보고는 비명을 지르기도 했다.

뒤에 있는 아메리아의 몬스터들을 보니 질투하는 것 같지는 않네. 오히려 못 말리겠다는 표정을 짓고 있다.

으~음. 이렇게 보니 토끼도 괜찮은데. 복슬복슬하고 실룩실룩거리는 토끼 말이다.

"뿅?"

저 러블리하고 차밍한 생물은 대체 뭐, 뭐야!

"이런, 쓰다듬고 싶어."

저 토끼처럼 생긴 생물을 마구 쓰다듬고 싶다!

그러나 나와 아메리아는 프렌드가 아니라서 토끼를 만지려고 해도 블록당하고 만다.

우리 애들의 팬들이 스킨십을 하고자 나와 프렌드 등록을 하고 싶어 하는 이유를 알겠네.

“…….”

“뿅?”

“귀, 귀여워…….”

동그란 눈동자로 나를 올려다보며 코를 실룩거리는 토끼. 등에 하트 무늬가 있어서 너무 러블리하다. 못 참겠다! 그만! 우오오오오! 그만둬, 내 오른팔아!

“저기, 아메리아, 프렌드 등록하지 않을래?”

“엥! 괜찮아?”

“어, 안 돼?”

“아니야! 오히려 내가 먼저 부탁합니다!”

서로 똑같은 생각을 하고 있었나 보다. 칠칠치 못한 표정을 짓고 있는 나와 아메리아가 프렌드 코드를 교환했다. 내 눈은 우사뿅에게, 아메리아의 눈은 오르트에게 향하고 있다.

“오르트 짱이랑 놀아도 돼?”

“나도 그 토끼 친구를 쓰다듬어도 되나?”

“좋아! 우리 우사뿅을 눈여겨보다니 백은 씨도 제법이네!”

“아니, 저 복슬복슬한 털을 보면 누구든 무조건 쓰다듬고 싶어질걸?”

“역시 백은 씨! 눈이 높아! 우사뿅의 털은 굉장해! 복슬복슬하다는 표현도 모자라서 푹신푹신하다고! 한번 안으면 도저히 떨어지고 싶지 않을 테니까!"

오르트의 팬일지라도 역시나 자기 몬스터가 최고겠지. 내가 우사뿅을 안고 싶다고 하자 활짝 웃으며 장점을 줄줄이 늘어놓았다.

그나저나 우사뿅이라……. 아니, 내 쿠마마도 비슷한 느낌인가. 아메리아에게서 우사뿅을 넘겨받았다. 얌전하네.

"뿅."

오오~, 릭이나 쿠마마와는 달리 털이 부들부들하고, 몸이 말랑말랑하다. 아메리아가 자랑한 대로 그야말로 푹신푹신.

"……꿀꺽."

"뿅?"

이, 이 새하얀 배에 얼굴을 파묻고 싶어! 얼굴 전체로 부드러운 털을 느끼면서 스읍하~ 하고 싶다.

그러나 역시나 남의 몬스터에게 그렇게까지 할 수는 없지~. 이따가 릭의 배를 스읍하~ 하도록 하자.

아메리아와 함께 서로의 몬스터를 예뻐해 주고 있으니 마을 노인들이 또 다가왔다. 그리고 이구동성으로 감사 인사를 하기 시작했다.

"유토여, 고맙구나."

"그대와 그 동료들 덕분에 살았습니다."

"고맙소! 마을이 피해를 입지 않은 건 그대들 덕분입니다."

뒤이어 다른 마을 사람들도 잇달아 모여들어 순식간에 포위당해 버렸다. 공항에서 진을 치고 있던 팬이나 취재진들에게 시달

리는 한류 스타의 마음을 알 것 같네.

그런데 왜 나에게 온 거지? 별 대단한 활약을 한 것도 아닌데 어째서 내가 마을을 구한 것처럼 상황이 굳어지는 거야? 오히려 코쿠텐이나 지크프리트에게 인사를 하는 편이 옳잖아?

휘말리는 바람에 덩달아 마을 사람들에게 포위당한 아메리아에게 슬쩍 물어봤다.

"저기, 아메리아. 어째서 내 곁으로 온 거지?"

"그야 서버 공헌도 1위라서?"

그러고 보니 그런 랭킹이 있었지. 어느새 1위가 되어 있던 거라 실감이 별로 나지 않는다. 그런데도 다들 리더로 대우하고, 마을 사람들에게 감사 인사를 받기도 하는 등 영향력이 크다.

"그대의 활약은 분명 신께서도 보셨을 테지. 마을을 구해줘서 정말로 고맙다."

아마도 운영진이 보고 있다는 뜻이겠지? 마을도 무사하고, 신성수도 시들지 않았다. 글라샬라볼라스도 격파했다.

다른 서버가 어떤 상황인지는 모르겠지만 이벤트를 썩 나쁘지 않게 공략한 듯하다.

조금 마음에 걸리는 점은 두 수호수들이 당해버렸다는 점이다. 가디언 베어, 가디언 보어 모두 글라샬라볼라스에게 당해 꼼짝도 못 하게 되었다. 그대로 사망 처리가 된다면 포인트가 깎이지 않을까?

그러나 마을로 귀환한 코쿠텐 일행의 이야기를 들어보니 글라샬라볼라스를 격파한 직후에 수호수들이 부활하여 떠났다고 한다.

다행이다. 죽지 않았나.

전투 부대 플레이어들 대부분은 장비 일부가 파손되었고, HP와 MP도 절반 이하로 떨어진 상태였다. 그래도 모두 웃고 있었다. 그토록 거대한 보스를 쓰러뜨렸으니 달성감이 대단하겠지.

물론 생산반도 마찬가지로 웃고 있다.

전투에 참가하기도 했고, 자신의 아이템으로 전선을 지탱했다는 자부심도 있다. 전투에서는 별로 공헌하지 못했지만 전체적으로는 전투반에 못지않게 공헌했다. 당연히 달성감도 전투반과 똑같이 느끼고 있다.

"승리를 축하하고자 연회를 열고자 하네. 부디 여행자 여러분들도 함께해 주시오."

삐~삐리리롱~♪

둥둥둥둥!

마을 안에서 피리와 북으로 축제 음악을 연주하고 있다.

글라샬라볼라스를 격파하여 마을을 구한 것을 축하하는 축제가 한창 열리고 있다.

마을 사람들은 페스티벌이라고 표현하긴 했지만, 아무리 봐도 일본풍 축제였다. 마을은 서양풍이고, 마을 사람들도 서양인처럼 생겼는데도 말이지.

수많은 노점들이 늘어서 있고, 광장 중앙에는 축제용 무대가 세워져 있다. 그 무대 위에서 일본 악기로 축제 음악이 연주되고 있고, 마을 사람들이 음악에 맞춰 전통 춤을 추고 있다.

언제 준비했나 혀를 내두를 만큼 빨랐다. 마을 목수를 중심으로 축제용 무대를 순식간에 조립했다고 한다.

낮이라서 분위기는 잘 나지 않지만, 그래도 플레이어와 NPC 모두 흥겨워하는 듯했다.

나는 우리 애들과 함께 축제가 열린 마을 안을 걷고 있었다. 주위에서 우리를 보는 시선들이 많았지만, 이제 개의치 않는다. 뭐, 나를 보는 시선이 아니라는 걸 깨달은 것도 큰 이유이긴 하지만.

"오호, 제법 노점이 다양하네~. 애들아, 뭐 갖고 싶은 거 없니? 용돈은 한 사람당 500G까지야~."

"뭇무!"

"키큐~!"

"쿠마~!"

"—♪"

내 말을 듣고 우리 애들이 일제히 대답했다. 처음으로 경험하는 축제이긴 하지만, 흥겨운 분위기는 전해지고 있는 듯하다. 다들 신이 난 표정을 짓고 있다.

노점을 보고 가장 먼저 반응을 보인 건 내 어깨 위에 타고 있는 릭이었다.

"큐~!"

"오, 뭔가 갖고 싶은 거라도 생겼어?"

"큐큣!"

릭이 내 머리카락을 잡아당기며 자그마한 손으로 어느 노점을 가리켰다. 다가가니 낯익은 얼굴이 보였다.

"어서 오세요."

"어라, 크누트 씨?"

"어머, 오래만이네."

노점에는 콩 농가에서 봤던 크누트 씨가 있었다. 볶은 콩을 팔고 있다. 릭이 왜 반응했는지 고개가 끄덕여지네. 시작의 도시에서 볶은 콩을 사줬을 때도 릭은 봉투에 머리를 처박고서 게걸스럽게 먹었었다.

릭이 내 뺨을 착착 때리며 필사적으로 콩을 가리켰다.

"큣큣!"

"아~, 알겠어, 알겠어. 진정 좀 해. 사줄 테니까."

"그럼 200G입니다."
시작의 도시에서 파는 것보다 비싸잖아! 그러나 릭에게 사주겠다고 말을 꺼냈으니 그만둘 수도 없다.
크누트 씨에게 돈을 내고서 볶은 콩이 든 종이봉투를 받았다. 일단 시작의 도시에서 파는 것보다 품질이 높다. 그래서 가격이 비싼 거겠지.
"자, 릭."
"큐~! 오독오독오독오독!"
릭이 내가 들고 있는 봉투 속으로 고개를 냉큼 처박고서 오독오독 씹기 시작했다. 봉투 밖으로 나와 있는 엉덩이와 꼬리가 귀엽다.
"뭐, 마음껏 먹으렴."
"오독오독큐~."
그런 릭을 보고 자극을 받았는지 이번에는 오르트가 내 로브를 잡아당기며 무언가 호소하고 있다.
"무~무~!"
"오르트는 뭘 갖고 싶어?"
"무!"
오르트 역시 낯익은 사람이 운영하는 노점을 척, 하고 가리켰다.
"엥? 촌장님?"
"오오, 유토 님인가? 한잔 어떻소?"
"이거 주스인가요?"
"그렇소. 벌꿀 주스지."

촌장은 양봉업도 하고 있는지 직접 채취한 꿀로 주스를 만들어서 파는 모양이다. 벌꿀 진저 주스와 벌꿀 레몬 주스가 있었다. 나와 오르트는 벌꿀 진저 주스를 마시기로 했고, 릭과 쿠마마에게는 벌꿀 레몬 주스를 줬다.

둘 다 만복도를 30% 회복하는 효과밖에 없지만, 맛은 뛰어나다. 만드는 법을 꼭 알고 싶었지만, 비전(秘傳)이라며 알려주지 않았다. 아마도 카이엔 할아버지와 달리 개인적으로 친하지 않아서겠지. 아쉽다.

주스를 맛있게 마시는 모두의 모습을 사쿠라가 웃으며 지켜보고 있다.

"사쿠라는 먹을 수가 없잖아~. 사쿠라한테도 사줄 수 있는 물건이 있으면 좋을 텐데."

"—♪"

내 말을 듣고 사쿠라가 고개를 가로저었다. 그러고는 나와 손을 잡더니 미소를 생긋 지었다. 빈손으로는 쿠마마의 머리를 쓰다듬고 있다.

아마도 이렇게 함께 축제를 즐기는 것만으로도 즐겁다고 말하고 싶은 거겠지. 그래도 다른 녀석들은 즐기고 있는데 사쿠라만 아무것도 즐기지 못하는 건 불공평하다.

그렇게 마을을 걷고 있으니 이번에는 쿠마마가 멈춰 섰다.

"쿠맛!"

"청과상?"

"어서 옵쇼!"

"안녕하세요. 오, 과일을 막대기에 꽂아 팔고 있구나."
"쿠마쿠마!"
"그럼 이 녹색 복숭아로."
"무~!"
"오르트도? 그럼 여기 있는 보라 감도."
"예!"
쿠마마와 오르트가 과일을 아작아작 베어 물면서 깡충깡충 뛰고 있다. 이로써 오르트와 쿠마마와 릭은 용돈을 다 썼네.
이제는 사쿠라만 남았는데…….
"아, 있다, 있어."
내가 발견한 건 사격장이었다. 축제하면 으레 떠오르는 노점이니 이 마을 축제에도 있으리라 생각했다. 뭐, 총이 아니라 활 사격장이긴 하지만.
"이거라면 사쿠라도 즐길 수 있겠지?"
"—♪"
"나도 해볼까?"
한 게임당 100G를 지불하면 화살 5개를 주는데 그것으로 표적을 맞추면 된다. 점수 합계에 따라 받을 수 있는 경품이 다르다고 한다.
이게 웬걸. 이벤트 포인트가 경품으로 걸려 있었다. 1점당 1포인트다. 뭐, 모두 한 가운데에 맞춰봤자 100포인트밖에 얻지 못하지만.
"으~음, 이렇게 해서……. 엇!"

"무~."

"쿠마~."

"야, 한숨 쉬지 마! 어쩔 수 없잖아."

"—!"

"큐~!"

사쿠라는 잘하네. 정곡은 아니어도 그 근처에는 적중했다. 표적에서 빗나가기 일쑤인 나와는 크게 다르다.

그 뒤로 사쿠라는 5번 도전했고, 모든 점수를 포인트로 변환했다. 69포인트다. 그럭저럭 괜찮은 성과인가? 나? 나는 3번 도전해서 7포인트를 얻었는데, 뭐 어쩌라고?

그대로 마을을 걷다 보니 어느덧 축제용 무대 앞으로 나왔다. 어느새 광장 중앙까지 온 모양이다.

그곳에서 NPC들이 드문드문 춤을 추고 있었다.

플레이어들은 거의 없다. 뭐, 대낮부터 마을 사람들 속에 섞여 춤을 추는 건 용기가 조금 필요할지도 모른다. 플레이어가 혼자서 춤을 추고 있으면 엄청 눈에 띌 것 같다.

"무~!"

나도 여긴 그냥 지나가야겠다고 생각했는데 오르트가 그곳으로 뛰어 가버렸다. 더욱이 쿠마마와 릭도 뒤를 따랐다.

"쿠마!"

"큐~!"

"아니, 춤출 거야?"

당혹스러워하는 나를 아랑곳하지 않고 종마들이 전통 춤을 추는 대열에 섞여 춤을 추기 시작했다.

주위에 있는 NPC들도 따뜻한 눈으로 지켜보는 듯하다.

"무~무무~."

"쿠~쿠마~."

"큐~큐~."

전통 춤을 춰본 적이 없어서인지 우리 애들의 춤사위가 처참하다. 어쩐지 사악한 신에게 바치는 수상한 의식 같다.

그러나 즐거워 보였다.

"—?"

"오, 나도 추자고?"

"—♪"

낄지 말지 망설이고 있으니 사쿠라가 내 손을 서슴없이 잡아당겼다.

아마도 함께 추자고 말하는 듯하다.

"하아, 어쩔 수 없지."

평소에는 무언가 조르는 일이 없는 사쿠라가 부탁했으니 거절할 수야 없지.

"—♪"

나는 종마들 옆에 서서 시범을 보여주기로 했다.

"자, 축제 때는 이렇게 추는 거야."

"무?"

"이렇게, 이 대목에서 손뼉을 짝짝 치는 거야."

"큐!"

"그런 다음에 이렇게……, 그래, 그래. 잘하네."

"쿠마~!"

"사쿠라는 뭐든 잘하네. 오르트, 그렇지 않니?"

"무?"

사쿠라는 뭐든지 아주 잘 익힌다. 뭐, 이건 예상한 바이긴 하다. 더 놀란 건 쿠마마가 의외로 춤을 빨리 익혔다는 것이다. 사쿠라에 이어서 춤을 완벽하게 익히고서는 그 곰 인형 같은 몸을 뒤뚱뒤뚱 놀리며 춤추고 있다.

오르트는 그다지 잘 못 추는 듯하다. 다만 가장 즐겁게 추고 있는 종마 역시 오르트였다. 원래부터 이렇게 다 함께 신나게 노는 걸 좋아하니까.

릭은……, 네 마음대로 하렴. 온몸을 미친 듯이 흔들고 있는데, 이미 춤이라고 할 수 없는 수준이었다. 내 빈약한 지식으로 굳이 장르를 정하자면 브레이크 댄스?

즐겁게 춤을 추고 있으니 사람들이 점점 주변으로 다가왔다.

"나도 노움 짱하고 출래!"

"저 쿠마 짱, 귀여워!"

"축제 때 춤을 추는 건 오랜만이네~."

"나도. 우리 동네는 소음 문제 때문에 백중맞이 춤을 추지 않게 됐거든."

우리가 춤을 추기 시작하자 춤을 추고는 싶지만 선뜻 끼지 못했던 사람들이나 우리 애들의 팬들이 모여들기 시작한 모양이다.

"뭇무~!"

"—♪"

"쿠마~마~."

"기큐~!"

30분이 지나자 대 주위가 플레이어들과 NPC들로 북적거렸다.

플레이어들이 너무 모여들어서 부대낄 정도였다. 그래도 다들 웃고 있고, 우리도 즐겁긴 하지만.

결국 축제가 끝날 때까지 춤을 추고 말았다. 축제가 끝나더라도 이벤트는 끝난 것이 아니다. 남은 몇 시간은 자유롭게 보낼 수 있도록 해줄 것 같다.

이 시간을 이용해 아이템을 사거나, 퀘스트를 수행하여 이벤트 포인트를 벌라는 뜻이겠지.

이제 와 이벤트 포인트를 벌어봤자 순위에는 별 영향이 없을 테고, 쇼핑도 끝마친 상태다. 뭐, 마지막으로 돌아다니면서 작별 인사라도 해둘까?

그렇게 마음먹고서 광장 입구로 향했더니 여러 플레이어들이 무서운 얼굴로 몰려왔다.

화를 내거나 불평을 늘어놓을 줄 알고 긴장했는데 아니었다.

그들은 우리 애들의 팬이었다. 약속한 대로 촬영회를 열어달라고 요구하러 온 것이다. 그러고 보니 깜빡했다.

"이미 다 모인 건가?"

"예. 희망자는 전원. 우린 대표로 부탁하러 왔을 뿐."

생각해 보니 지금 촬영회를 해두는 편이 나을지도 모르겠다. 이벤트가 종료된 뒤에 개별적으로 쳐들어오면 꽤 성가실 테니까.

그런데 희망자 숫자가 꽤 많은 모양이다. 한 사람당 촬영 시간을 몇 분쯤 부여하더라도 시간이 상당히 걸릴 것 같은데…….

그렇게 생각하며 속으로 낙담하고 있으니 대표들이 구원의 손길을 내밀어 줬다. 희망자가 너무 많아서 촬영회를 한꺼번에 하기로 했단다.

"아니, 인원이 인원인지라 지난번처럼 했다가는 촬영회를 못할 것 같아요."

"종마들도 피곤해할 테고요."

그들은 다 함께 일제히 촬영을 하자고 제안했다. 대상을 에워싸고서 취재하는 기자단처럼, 혹은 코미케의 코스프레 촬영회처럼 찍겠다는 뜻이다. 이 방식이라면 다 함께 동시에 촬영할 수 있다. 다만 서 있는 우리 애들을 촬영하는 방식인지라 각자 원하는 포즈로 찍을 수는 없다.

그렇게만 하면 조금 불쌍한 듯싶어서 10분 동안만 누구든 원하는 대로 촬영해도 좋다고 허락해 뒀다. 물론 이 촬영회에서 찍은 스크린샷은 게시판 등에 올려서는 안 된다고 당부하고서.

처음에는 불만을 품은 플레이어도 있었지만, '사람들이 우르르 몰려들면 우리 애들이 곤혹스러워할 테니 부탁한다' 하니 대부분의 플레이어들이 승낙해 줬다.

그 뒤에 곧장 촬영회가 시작되었다.

촬영회라고는 했지만 누구도 카메라를 들고 있지 않다. 보이는 풍경을 스크린샷 기능으로 저장할 뿐이다. 그래서인지 포즈를 취하고 있는 우리 애들을 환호성을 지르며 감상하는 이상한 집단처

럼 보였다. 좀 무섭다.

"으~음, 오르트 군, 멋있어~."

"사쿠라 땅은 귀여웡~."

"릭 짱, 이쪽을 좀 봐줘~."

"쿠마마 짱, 그 포즈 최고!"

카메라맨들의 목소리와 함께 촬영회의 열기가 점점 고조되어 갔다.

"꺄아~! 귀여워, 오르트 짱! 그대로, 그대로!"

"사쿠라 땅, 좋아! 시선을 그대로 유지해줘."

"릭 군, 좋아~. 그래, 그래, 그 굵은 꼬리를 팟, 하고 세워봐."

"쿠마마 짱, 섹시해~. 그래, 그래, 꼬리를 이쪽으로 돌린 채 흔들흔들!"

수위가 점점 아슬아슬해지네. 그라비아 카메라맨 수준이다.

사쿠라가 엄지를 살짝 깨문 채 곁눈질을 하는 포즈는 귀엽긴 하다.

쿠마마가 엉덩이를 흔드는 모습을 보고서 콧김을 씩씩 내뿜으며 스크린샷을 연신 찍어대는 플레이어들이 있었다. 그 광경을 보니 이대로 촬영회를 계속해도 될지 조금 망설여지네.

광란의 촬영회는 게임 내 시각으로 16시 반쯤에 종료되었다.

촬영회를 마친 뒤 팬들의 '프렌드가 되어주세요' 공격을 얼버무리고 회피하는 데 시간이 꽤 걸렸다.

마을 안으로 도망쳐 쇼핑을 하면서 흥분을 가라앉히고 있으니 후카가 다가왔다.

"무슨 일이야?"

"예, 건네주고 싶은 게 있어서요. 이걸 받아주세요."

〈후카가 아이템 양도를 신청했습니다. 수락하겠습니까?〉

"으~음, 내용물을 보니 식재료?"

"예. 배분한 몫입니다."

"그렇구나."

전투가 종료된 뒤에 요리나 포션, 기타 재료 등이 꽤 남았다. 그걸 어떻게 할지 서포트 부대의 리더들과 코쿠텐 등 전투 부대의 리더들이 논의했는데, 모두에게 나눠주기로 결정한 모양이다. 나도 회의에 참석해 달라는 요청을 받았지만 촬영회도 있고, 솔직히 귀찮아서 결정된 사항을 따르겠다며 떠넘겨 버렸다.

"포션이나 요리 등의 아이템은 전투 부대 구성원들한테 분배했고, 소재는 서포트 부대 구성원들한테 분배하기로 했습니다. 이건 백은 씨 몫입니다."

"꽤 많네."

30개가 넘는데 이렇게 많이 받아도 되나? 그렇게 고민했는데 역시나 내 몫이 조금 더 많은 게 사실이었다. 레시피를 공개하기도 했고, 마을에서 식재료를 입수하는 방법도 알려줬으니 그 대가라고 한다.

"괜찮겠어? 피차 나도 레시피를 남한테 배운 처지인데."

"그래도 백은 씨의 레시피는 이벤트에 공헌했으니 이 정도로는 그 수고에 제값을 치렀다고 할 수는 없지만, 그래도 이거라도."

솔직히 너무 많이 받은 감이 없지 않지만, 목록을 보니 된장과 간장, 보라 감과 하얀 배 등 원하던 것들뿐이었다. 스스로에게 '이렇게까지 말하는데 거절하는 것도 실례'라고 변명하면서 감사히 받기로 했다.

아이템을 받고서 후카와 헤어지자마자 안내 방송이 울렸다.

〈이벤트 이레 차, 17:00입니다. 이벤트 종료까지 앞으로 1시간 남았습니다.〉

오오, 벌써 시간이 그렇게 됐나. 여러모로 얻은 것이 많은 이벤트였네.

아이템도 그렇지만, 레벨이 올라간 것도 역시 크다.

기초Lv, 직업Lv, 모두 19다. 앞으로 하나만 더 올리면 전직 시스템이 해방된다. 기초Lv20이 되면 다른 직업으로 전직할 수 있고, 직업Lv20이 되면 상위 직업으로 올라갈 수 있게 된다.

"레벨업을 한 지 얼마 안 되었으니 레벨을 올리려면 또 열심히 노력해야겠지~."

그 밖에도 낚시의 즐거움을 깨달았고, 발효 스킬의 존재도 알게 되었다. 앞으로 여러모로 재미있게 플레이를 할 수 있을 듯하다. 역시 이 이벤트에 참가하길 잘 했다.

"자, 앞으로 어떻게 할까."

고민한 끝에 마지막에는 그 사람에게 가기로 했다. 여러모로 신세를 졌으니까.

〈이벤트 이레 차 17:30입니다. 이벤트 종료까지 앞으로 30분 남았습니다.〉

그 안내 방송이 들린 직후에 목적지에 도착했다.

"카이엔 할아버지, 다녀왔습니다."

"오오, 유토냐? 어서 오너라."

다녀왔습니다, 어서 오너라. 카이엔 할아버지와 인사를 나누는 것도 오늘로 마지막이다.

"여행자들이 슬슬 마을을 떠날 거라고 들었는데 이런 곳에 있어도 되는 거냐?"

"준비는 다 끝내뒀거든요. 게다가 할아버지한테 인사도 하지 않고 돌아갈 수는 없잖아요."

"홋홋홋. 그거 기쁜 말이로구먼."

"무무."

오르트가 소파에 앉아 있는 카이엔 할아버지의 무릎에 손을 댄 채 그 얼굴을 올려다보며 방긋 웃었다. 그 목소리가 어쩐지 서글프게 들리는 건 착각이 아니겠지.

"오르트, 건강하거라."

"무."

"쿠마~!"

"키큐!"

"쿠마마와 릭도 잘 지내고."

오르트에게 자극을 받았는지 쿠마마와 릭도 할아버지에게 달라붙어 작별을 아쉬워했다. 할아버지가 머리를 쓰다듬어 주자 기뻐하는 듯했으나 역시나 한편으로는 서글퍼 보였다. 그건 사쿠라도 마찬가지였다.

"—♪"

"사쿠라. 고맙구나."

사쿠라가 할아버지의 뺨을 가볍게 어루만졌다. 마치 손주가 할아버지에게 효도를 하는 듯한 광경이다.

나는 맞은편 소파에 앉아 잡담을 나눴다.

도움이 될 만한 정보를 얻으려는 의도는 전혀 없다. 그저 대화만 나눴다. 그러나 즐거웠다.

〈이벤트 이레 차, 17:59입니다. 이벤트 종료까지 앞으로 1분 남았습니다.〉

나는 몬스터들이 들러붙어 있는 할아버지 앞에 서서 고개를 깊이 숙였다.

상대는 NPC다. 그래도 작별을 아쉬워하는 이 마음은 진짜.

그만큼 이곳에서의 생활이 즐거웠다.

〈이벤트 종료까지 앞으로 10초. 9, 8…….〉

"여러모로 감사했습니다."

"무~."

"—."

"큐."

"쿠마."

나를 따라서 종마들도 일제히 고개를 숙였다.

"무슨 인사를 다 하느냐. 나야말로 마을을 지켜줘서 고맙구나."

〈3, 2…….〉

"건강하시길."

"음. 잘 지내거라."

〈이벤트가 종료되었습니다.〉

이벤트가 완전히 종료되어 영락없이 마을에서 시작의 도시로 돌아가는…… 줄 알았는데 우리는 이상한 장소에 있었다.

칠흑의 우주 같은 공간에 직경이 100미터쯤 되는 원반이 떠 있다. 우리는 그 원반 위에 있었다.

"여긴 어디야……."

"무~?"

"너희들도 함께 온 거야? 다행이다."

"—?"

우리 애들도 신기한지 주위를 두리번거렸다.

공포나 패닉으로 이어지지 않은 이유는 이곳에 우리만 있는 게 아니기 때문이겠지. 주위에 낯익은 플레이어들이 있었다.

아까 전까지 함께 싸웠던 플레이어들이다.

아마도 같은 서버에 있던 플레이어들이 모두 모여 있는 모양이네.

그뿐만이 아니다. 주변을 둘러보니 하얀 원반이 여러 개나 떠 있고, 그 위에는 마찬가지로 플레이어들이 타고 있었다. 아마도 전체 서버와 같은 개수겠지.

무슨 일이 시작될지 생각하고 있으니 칠흑의 공간 일부에 초거대 스크린이 떠오르더니 눈이 머리카락에 덮인 아바타가 나왔다. 미소녀 게임 속 주인공처럼 눈이 보이지 않는 아바타였다.

능력치 창으로도 같은 영상을 볼 수 있는 것 같네.

〈그럼 이벤트 결과를 발표하도록 하겠습니다. 잘 들어 주세요!〉

"오오~!"

과연. 마지막 날 중간 발표를 왜 안 하는가 했더니만 이런 꿍꿍이였구만.

할아버지와 작별한 직후라 마음이 적적했는데 단번에 싹 날아가 버렸다.

뭐, 이건 이것대로 재밌을 것 같아서 흥분되는걸.

글라샬라볼라스와의 전투가 끝난 뒤에 개인 순위가 어떻게 되었을지 두근거린다.

〈우선 개인 랭킹부터 발표하겠습니다!〉

가장 먼저 개인 포인트 랭크부터 발표한단다. 전 서버에서 상위 10명을 발표하는 것 같네.

뭐, 이 부문은 나와 관계가 없다. 글라샬라볼라스 격파 보수를 더하더라도 약 1300포인트밖에 벌지 못했다. 우리 서버 안에서는 베스트 10에 아무도 들지 못했다.

모니터에 비친 1위 플레이어가 두 팔을 올리고서 승리 포즈를 취하고 있다.

"그나저나 7000포인트를 어떻게 번 거지?"

궁금해하고 있으니 상위 플레이어가 높은 포인트를 취득한 이벤트가 일부 표시되었다.

개인 포인트는 서버 공헌도와는 관계없이 강한 보스 등을 격파하면 높은 포인트를 얻을 수 있는 모양이다.

포인트 일람을 살펴보니 수호수를 격파하여 높은 포인트를 얻

은 듯하다. 또한 사악수(邪惡樹) 격파라는 항목도 있다. 아마도 신성수에 들러붙은 글라샬라볼라스의 사도를 방치하면 신성수가 사악수라는 보스로 변화하는 듯하다. 우리 서버는 이른 시기에 사도를 격파했기에 출현하지 않은 거겠지.

그 밖에도 촌락 내에 출몰한 악마 격파, 대악마에게 유린된 촌락에서 아이 구출 등등 우리 서버에서는 벌어지지 않은 이벤트가 잔뜩 표시되어 있었다.

그런데 현황을 보아하니 꽤 많은 서버에서 마을이 큰 피해를 입은 듯했다. 우리 서버에서는 그런 일이 벌어지지 않았지만, 그 피해를 상상해 보니 마음이 착잡해졌다.

"쿠마~."

"큐."

내가 살짝 침울해하는 걸 감지했는지 쿠마마와 릭이 양쪽에서 달라붙었다. 복슬복슬한 감촉에 마음이 치유되는 듯하다.

〈다음으로 서버 순위를 발표하도록 하겠습니다!〉

이 다음에 고대하던 서버 순위를 발표하는 건가?

6위 이하의 서버가 한꺼번에 발표되었다. 좋아, 좋아, 우리 서버는 들어있지 않구나.

다른 서버 플레이어들의 희비가 교차하는 소리가 들려왔다. 상위에 들지 못해서 한탄하는 건 이해가 되는데, 어째서 기뻐하는 녀석들도 있는 거지? 그렇게 생각했는데 원체 순위가 낮았던 서버가 글라샬라볼라스와의 전투 때 잘 싸워서 순위가 대폭 상승한 모양이다. 30위권에서 10위권으로 올라갔으니 기뻐할 만도 하겠네.

그 위의 순위는 차례대로 발표되었다.

5위, 아직이다.

4위, 아냐.

3위, 이것도 아냐?

그리고 2위.

〈2위는, 제7서버!〉

우리는 한 번도 불리지 않았다. 그렇다는 소리는…….

〈그리고 영광의 1위는…… 제29서버입니다!〉

좋았어, 1위다. 자신은 있긴 했지만, 확신한 건 아니었거든.

같은 서버였던 플레이어들도 기쁨을 폭발시키고 있다. 모두들 개인 랭크를 버리면서까지 서버 순위 상위권을 노려왔다. 그 노력이 수포로 돌아가지 않아서 진심으로 기쁜 거겠지.

"해냈군요. 백은 씨!"

"오오, 코쿠텐! 너희들 전투 부대가 애를 써준 덕분이야."

"아뇨, 아뇨, 백은 씨가 레시피를 제공해준 덕분이지요."

"아니, 아니……."

"아니, 아니……."

"둘이 마주 보고서 고개를 연신 숙여대고 있는데 뭣들 하고 있는 거지?"

지크프리트가 말을 걸어줘서 살았다. 서로 그만둘 타이밍을 놓치고 말았거든. 일본인의 나쁜 버릇이다.

"해냈군. 이건 우리 모두의 승리야!"

"맞아, 그렇지."

"그렇죠."

역시 지크프리트. 시원하게 정답을 말해주네.

창에 서버 순위 평가 기준이 게재되어 있었다.

가장 높은 포인트가 배정된 항목은 이벤트 종료 시 수호수의 상태다. 서버마다 수호수를 죽인 곳도 있고, 그냥 방치한 곳도 있는 듯하다.

그 다음은 신성수의 상태다. 사악수라 불리는 보스로 변해버린 서버도 있다. 나무를 부활시키는 데 성공한 서버는 몇 개밖에 없는 모양이다.

마을도 피해 없음부터 완전 파괴까지 여러 단계가 있다. 피해가 전무했던 서버는 우리뿐이다. 마을이 반파된 서버가 가장 많았고, 그 다음으로는 마을이 전멸된 서버가 많았다.

〈다음에는 서버 공헌도 순위를 발표하겠습니다.〉

"어? 그쪽도?"

포인트가 공개된 적이 없어서 설마 발표될 줄은 미처 몰랐다.

깜짝 놀란 나를 아랑곳하지 않고 순위가 발표되어 나갔다. 그리고 제3위로 지크프리트가 발표되었다. 우리 서버에서 공헌도 2위인 지크프리트가 전체에서 3위? 그럼 1위인 나는?

〈서버 공헌도, 전체 1위는 제29서버의 유토 씨입니다!〉

"오오~! 역시 백은 씨!"

"아니, 아니, 잠깐만."

모니터에 내 모습이 나오자 무심코 내빼려고 했다. 그런데 축하하는 플레이어들에게 포위되어 도망칠 수도 없게 됐다.

"백은 씨, 어필을 해줘야지!"

"그렇지. 자, 손을 흔들어 봐."

모두에게 악의가 없다는 건 알지만, 이래서야 도망치려야 도망칠 수도 없겠다.

어쩔 수 없이 손을 가볍게 들어줬다. 그러자 우리 애들도 함께 손을 흔들어 줬다. 다른 서버에서 환호성 같은 소리가 들려와서 정말로 창피하다. 뭐, 주로 귀여운 우리 애들에게 보내는 환호성일 테지만.

〈마지막으로 칭호를 증정하겠습니다. 개인 포인트 1위부터 10위 플레이어에게는 '고고(孤高)의 전사' 칭호를. 서버 공헌도 1위부터 10위 플레이어에게는 '인연의 용사' 칭호를 수여하겠습니다. 또한 이벤트 내에서 한정 칭호를 얻었던 플레이어에게는 사라진 한정 칭호를 대신하여 '마을의 구원자' 칭호를 수여하겠습니다.〉

어? 그럼……. 역시. 이벤트 한정 칭호가 사라지고 인연의 용사와 마을의 구원자 칭호가 늘어났다.

"백은 씨, 어떤 칭호야?"

"아, 나도 궁금해!"

뭐, 이건 모두 덕분에 획득한 칭호이니 알려줘도 되려나. 원래 숨길 생각도 없었지만.

칭호 : 인연의 용사

효과 : 상금 20000G 획득. 보너스 포인트 4점 획득. 이벤트 '마을의 대악마'에서 활약한 증표.

칭호 : 마을의 구원자

효과 : 촌락 내에서 NPC와 대화를 할 때 우호도에 보너스. 이벤트 '마을의 대악마'에서 활약한 증표.

하나는 명예뿐인 칭호이지만 역시나 부러움을 샀다. 한꺼번에 칭호를 2개나 받았으니 어쩔 수 없겠지. 이로써 내가 보유한 칭호는 모두 6개다.

또 눈에 띄겠네~.

조금 더 강한 칭호였다면 기뻤을 테지만, 이건 이벤트를 기념하는 명예 칭호라서 그다지 강하질 않네. 그런데도 이토록 부러움을 사고 있으니……. 절반은 기쁘고, 절반은 우울해~.

〈이로써 결과 발표를 마치겠습니다. 고생하셨습니다. 여러분들을 이벤트 개시 직전에 있었던 곳으로 다시 보내드리겠습니다. 포인트를 경품으로 교환하는 건 리스트를 통해 해주세요.〉

그 말을 마친 순간 우리의 시야가 암전되었다. 이내 낯익은 풍경이 눈에 들어왔다.

"내 밭이지? 돌아왔나?"

"무무~."

"얘 좀 보게. 벌써 밭일이야? 참 좋아하네~."

"쿠마쿠마!"

"큐~!"

"—♪"

우리 애들이 곧장 자신의 위치로 흩어졌다. 그야 게임 속에서는 하루가 경과했으니 빨리 밭일을 하긴 해야 하지만. 다들 일꾼 체질이다. 오르트는 밭일이 즐거워서 어쩔 줄 모르는 눈치지만.

"무무~!"

웃으면서 괭이를 휘두르기 시작했다.

"자, 난 어떻게 할까?"

오르트와 함께 밭일이나 할까? 그렇게 고민하고 있으니 눈앞에 다시 창이 출현했다.

"으~음, 이벤트 개별 보수와 포인트 교환 리스트?"

서버 순위 1위를 거머쥐어서 이벤트 개별 보수로 20000G와 보너스 포인트 2점을 얻었다. 서버 공헌도 1위로는 20000G와 보너스 포인트 2점을 얻었다.

또한 마을을 무사히 지켜낸 보너스로 '알프 마을 통행허가증'을 받았다.

통행허가증이란 이동용 전이진(轉移陣)을 통해 해당 장소로 이동할 때 통행료를 내지 않게 해주는 아이템이라고 한다. 그럼 전이진을 사용하면 그 마을에 또 갈 수 있나? 나중에 확인하러 가보자.

포인트 교환이란 말 그대로다. 이벤트에서 번 포인트를 다양한 아이템과 교환할 수 있다고 한다.

"오호."

리스트에는 개인 포인트 교환 리스트와 서버 포인트 교환 리스트, 2종류가 있다.

서버 포인트는 서버 순위와 서버 공헌도 등을 기준으로 산출된 포인트라고 한다. 10500포인트를 받은 걸로 나와 있는데 높은 건가?

내역을 보니 다양한 이유가 상세히 적혀 있었다. 그러나 항목이 너무 방대해서 파악하려야 파악할 수도 없다. 높은 포인트를 받은 항목들을 추려보니 수호수1의 해방, 수호수2의 해방, 신성수1의 부활, 신성수2의 부활, 소년소녀 구출, 마을의 손상도 없음 등이 나왔다.

순위 발표 때도 생각했는데 개인 포인트가 높은 사람이 있는 서버는 서버 순위가 올라가지 않는 구조였나 보다.

왜냐면 수호수가 쓰러져 버리면 글라샬라볼라스와의 전투 때 가세하지 않는다. 사악수가 출현했다는 뜻은 신성수가 부활하지 못했다는 뜻이다.

"개인 포인트는…… 엄청나네. 이 무기, 엄청 강해. 3500포인트나 필요하지만."

그 밖에도 강력한 방어구와 스킬 스크롤이 마련되어 있다. 나는 도저히 쳐다볼 수도 없는 아이템이지만!

"뭔가 쓸 만한 아이템 없나……? 순 전투용뿐이네……."

결국 MP를 +3 해주는, 머리 장비로 취급되는 피어스를 300포인트로 얻었다. 또한 800포인트로 부화기를 연금할 때 쓰이는 아이언 잉곳을 입수해뒀다. 남은 포인트는 초보자용 마나 포션으로 교환했다. 뭐, 이 정도다.

진짜는 이쪽, 서버 포인트 쪽이다.

"오호. 이쪽에는 생산계 아이템이나 파티가 쓸 수 있는 텐트 같은 게 마련되어 있네."

개인 포인트로는 전투용 아이템을, 서버 포인트로는 그 이외의 아이템을 교환할 수 있는 거겠지.

이쪽은 거의 모든 항목을 택할 수 있다. 개중에는 특정 스킬을 소지하지 않으면 택할 수 없는 아이템이 있었다. 그러나 선택할 수 없는 아이템은 그뿐이다.

우선은 특정 스킬 소유자만 택할 수 있는 아이템에 눈길이 갔다. 당연히 테임 스킬 페이지도 있었다.

종마용 사료나 무기 등도 있다. 검을 장비할 수 있는 종마가 있나? 적어도 나에게는 불필요하겠지.

계속해서 항목을 확인하다가 좋은 물건을 발견했다.

"알에다가 부화기?"

역시 있었구나. 그러나 이름만 표시되어 있다. 꿀벌의 알이란 허니 비의 알을 뜻하겠지. 꿀곰은 허니 베어가 틀림없다. 그 밖에도 다람쥐의 알 등 여러 가지가 있었다.

설명도 대략적이어서 '꿀을 아주 좋아하는 꿀벌이야!'라거나 '숲의 친구, 다람쥐다!' 같은 식으로밖에 적혀 있지 않다. 그건가? 무엇이 태어날지 모르니 두근거리는 마음으로 즐기라는 의도인가? 이런 기대감은 필요 없다고~.

아래쪽으로 내려가 보니 아주 높은 포인트가 필요한 알이 있었다. 개중에서 특히 비싼 것이 적호(赤虎)의 알, 풍랑(風狼)의 알, 토룡(土竜)의 알, 3종류였다. 호랑이와 늑대는 4000, 용은 5000포인트나 필요하다.

적호를 확인해 보니 '맹렬한 화염, 적호의 알'이라고만 적혀 있다. 풍랑은 '바람을 부리는 마랑, 풍랑의 알', 토룡은 '대지의 자식, 토룡의 알'이라고 적혀 있다. 역시 상세한 내용은 알 수 없구나.

"으~음, 어쩌지."

이토록 많은 포인트가 필요하다는 건 꽤 강한 몬스터라는 뜻이겠지.

"호랑이, 늑대에다가 용……."

이건 단연코 용이지!

아니, 용인 거 맞지? 토룡이라니……. 그래도 호랑이나 늑대와 나란히 게재되어 있으니 설마 두더지 같은 건 아니겠지?

"아, 혹시 글라샬라볼라스와 관계가 있나?"

글라샬라볼라스의 사도는 개와 고양이였고, 글라샬라볼라스는 드래곤으로 변신했다. 일단 늑대는 개과, 호랑이는 고양이과다. 그렇다면 토룡은 드래곤이겠지. 생각해보니 호랑이나 늑대보다도 높은 포인트를 소모해야만 얻을 수 있는 알이 두더지일 리가 없다.(토룡(土竜)은 일본에서 두더지를 부르는 이름이기도 하다) 그 밖에도 포인트가 조금 낮은 알도 있지만, 제1후보는 토룡의 알이지!

"으~음. 또 뭐가 있으려나……."

오! 농경 스킬을 갖고 있는 플레이어 한정 아이템도 있다.

"오호, 오호. 시작의 도시의 밭 권리증. 아, 묘목이랑 씨앗도 있잖아."

보라 감 묘목과 하얀 배 묘목, 그리고 하얀 토마토 씨앗, 군청 가지 씨앗, 양배채 씨앗, 소이콩 씨앗이 있다.

이건 무조건 갖고 싶다. 묘목은 500포인트. 씨앗은 200포인트가 필요한가. 다 합치면 1800포인트다.

이 항목에도 높은 포인트가 필요한 수수께끼의 아이템이 있었다. 이름하여 신성수의 묘목. 6000포인트짜리다. 아니, 안다니까? 그 신성수잖아. 그런데 그 묘목이 필요한가? 그 나무의 특수능력은 악마를 약체화시키고, 주변 플레이어를 회복하는 능력이다. 밭에서는 불필요한 능력이겠지. 과실을 딸 수 있다는 이야기도 없었고.

그러나 이 기회가 아니면 얻을 수 없는 건 확실하다. 포인트도 많이 소비해야 하고, 용도도 알 수가 없긴 하지만.

그러나 이 묘목을 택한다면 토룡의 알은 취득할 수 없다. 역시 용의 알을 포기하고 수수께끼의 묘목을 얻을 마음은 들지 않았다. 신성수의 묘목은 포기할 수밖에 없겠지.

"다른 건 어떻게 할까?"

토룡의 알로 5000포인트. 씨앗과 묘목으로 1800포인트. 그렇게 하면 3700포인트가 남는다. 리스트를 여러모로 확인하다가 재밌는 것을 발견했다.

"비전서? 3000포인트네."

아마도 전직할 때 특수한 직업을 택할 수 있게 해주는 아이템인 듯하다. 테이머의 비전서니까 테이머 계열 특수 전직이 가능하겠지.

2차 직업인 듯하니 금세 써먹을 수 있겠네.

이 비전서로 전직할 수 있는 직업은 커맨더 테이머. 모험할 때 데리고 갈 수 있는 몬스터의 숫자가 5마리에서 6마리로 늘어나는 직업이다. 그 대신에 2차 직업이지만 능력치 상승량이 낮아서 1차 직업과 거의 차이가 없단다. 다시 말해 지휘관이라는 소리지.

지금보다 더 몬스터에게 의지하게 되겠구만.

"그래도……."

만약에 이 직업으로 전직한다면 앞으로 레벨이 오르더라도 나는 피라미 신세를 면치 못한다. 레벨이 올라가면 피라미 신세는 면할 줄 알았는데.

그러나 데리고 다닐 수 있는 몬스터 숫자가 늘어난다는 건 대단히 기쁘다. 전력적인 의미에서도, 더 많은 귀여운 몬스터들에게 둘러싸인 채 플레이할 수 있다는 의미에서도.

나는 큰마음을 먹고 이 비전서를 택하기로 했다. 앞으로 취득할 수 있는 기회가 있을지 알 수가 없고, 내가 피라미 신세인 건 어제오늘 일이 아니다. 오히려 수많은 몬스터들의 보호를 받는 게 더 안전하겠지.

토룡의 알, 보라 감 묘목, 하얀 배 묘목, 햐얀 토마토 씨앗, 군청 가지 씨앗, 양배채 씨앗, 소이콩 씨앗, 테이머의 비전서를 택하기로 했다. 다 합쳐서 9800포인트다.

나머지 700포인트 중 500포인트로는 시작의 도시의 밭을 하나 얻을 수가 있다. 이미 상한에 달해서 밭을 더는 늘릴 수가 없었지만, 이 보너스는 상한에 포함되지 않는다고 한다. 더욱이 이미 소유 중인 밭과 인접한 밭을 고를 수 있어서 꽤 이득이라고 생각한

다. 나머지 200포인트로는 아직 가지지 못한 수면초라는 풀의 씨앗으로 바꾸기로 했다. 이것으로 전부 다 썼다.

"좋아, 결정."

누르자마자 창이 빛나더니 상품을 인벤토리로 보냈다는 알림이 흘러나왔다. 열어보니 모든 아이템이 확실히 들어 있었다. 또한 밭도 추가되었다.

"좋아, 좋아. 막 입수한 작물을 바로 심을 수 있겠네."

당장 입수한 묘목을 새로운 밭에 심도록 하자.

"오르트~."

"무?"

"여기, 새로 얻은 묘목이랑 씨앗들이야. 배랑, 감이랑, 토마토랑……."

오르트에게 아이템을 넘기고 있을 때 나는 어떤 아이템을 떠올렸다. 크으, 완전히 잊고 있었네.

"맞다. 올리브 트렌트의 묘목!"

이벤트 중에 테임하여 얻은 올리브 트렌트의 묘목 말이다.

"무?"

"몬스터인지 묘목인지는 잘 모르겠지만……. 밭에 심으면 되는 건가?"

꺼내서 감정해 봤지만 역시나 몬스터로는 보이지 않는다.

단순한 묘목이다.

"무무~?"

"이건데."

"무!"
가슴을 두드리며 맡겨달라는 특유의 포즈를 취했다. 아마도 다른 묘목처럼 심으면 되는가 보다.
"있잖아. 이 트렌트, 평범한 몬스터로 자랄까?"
"무?"
"움직일 수 있게 되면 데리고 다닐 수 있을 텐데."
"무~?"
오르트가 내 말에 고개를 갸웃거리고 있다. 키울 수는 있지만, 어떻게 키우는지는 모르는 듯하다. 어쩔 수 없다. 이건 성장을 기다리는 수밖에 없을 듯하다.
뭐, 밭 관리는 오르트에게 맡겨두면 괜찮겠지. 배나 감을 수확하는 날이 기대되는구나.
"자, 다음은 알을 위한 부화기인데."
포인트를 대량으로 소비하여 입수한 토룡의 알 말이다. 좋은 부화기로 부화시키고 싶다. 그렇다면 예전에 소야 군이 만들어줬던 속성 추가 생산기능 부화기를 써야겠네. 아니, 모처럼 용의 알을 얻었으니 전투기능 부화기 쪽이 더 나으려나?
"부화기는 헛간에도 놔두면 되겠지. 지난번에도 거기에 알을 놔뒀고 말이지. 이제는 헛간이라기보다는 부화실이라고 해야 맞으려나?"
나는 우선 소야 군과 연락해 보기로 했다.
"소야 군, 제발 있어줘~."
그렇게 바라면서 연락해 보니 시작의 도시에 있다고 한다. 아

니, 같은 이벤트에 참가했다고 한다. 서버 순위는 6위를 거둔 모양이다.

나는 수마 길드로 가서 전투기능 부화기를 구입한 뒤 소야 군네 노점으로 향했다.

"야호, 소야 군."

"아, 오랜만입니다. 유토 씨."

"이벤트는 어땠어?"

소야 군이 속한 서버는 수호수를 해방하는 데까지는 성공했지만, 신성수 한 그루가 사악수로 변했고, 종국에는 글라샬라볼라스가 마을의 방벽까지 공격했다고 한다.

"누가 신성수를 부활시켜 줬다고?"

"예. 촌장님의 힘을 빌렸습니다."

이럴 수가. 촌장이 나무 기르기 스킬을 갖고 있는 파머였다. 그를 신성수까지 데리고 가니 부활시켜 줬다고 한다. 두 번째 신성수는 적이 막강해서 촌장을 그곳으로 데리고 가지는 못했다고 하지만.

생각해 보니 그렇네. 신성수를 부활시키는 데 여러 방법을 마련했더라도 이상하지 않다. 플레이어 중에 나무 기르기 스킬을 갖고 있는 사람이 아무도 없더라도 신성수를 부활시킬 수 있도록 촌장의 힘을 빌리는 루트를 만들어 놓은 거겠지.

나도 이벤트 중에 겪었던 일들과 입수 포인트 등을 소야 군에게 말해줬다.

"엥? 그럼 유토 씨, 서버 포인트가 10000점을 넘긴 건가요?"

"어, 소야 군은?"

"전 3280점이었어요. 개인 포인트는 2400점이었고요. 새로운 연금 도구를 사버렸죠."

역시나 나는 서버 포인트를 상당히 많이 얻은 듯하다. 이래봬도 1위이니 당연한가? 그래도 너무 자랑하지는 말자. 어차피 순위 발표 때 다 들통이 나긴 했지만, 필요 이상으로 남의 질투를 사고 싶지는 않으니까.

나는 지난번처럼 부화기와 아이언 잉곳, 그리고 바람의 결정을 건넸다. 토룡이니 흙의 결정도 괜찮을 것 같았지만, 나는 아직 바람 속성 몬스터를 갖고 있지 않다. 이 몬스터에는 가장 부족한 바람 속성을 부여하도록 하자. 흙과 바람이 상성이 좋은지는 모르겠지만, 두 속성이 상쇄되는 일은 없겠지. 아마도.

참고로 이번에도 돈을 지불하지 않았다. 대신에 소야 군의 잡초를 건조시켜서 허브티를 만들어 줬다.

"자요."

"오오! 예전에 만들어 줬던 것보다 품질이 높아!"

"새 도구도 얻었고, 연금 레벨도 올라갔으니까요."

명칭 : 바람속성 추가 전투기능 부화기

레어도 : 4

품질 : ★7

효과 : 부화기. 탄생하는 몬스터의 초기 능력치가 무작위로 +5. 초기 스킬에 무작위로 전투 기능이 추가. 초기 스킬에 바람속성

스킬, 바람내성이 추가.

초기 능력치 보너스가 지난번에는 +4였는데 이번에는 +5로 올라가 있다. 이건 좋은 효과다. 당장 써보자! 나는 소야 군에게 감사 인사를 하고서 서둘러 밭으로 돌아갔다.

"다녀왔어~."

"무무~."

"오, 이게 트렌트의 묘목인가?"

"무."

돌아와 보니 오르트가 이미 올리브 트렌트의 묘목을 심어 놓았다.

"흐~음. 평범한 묘목이네."

역시나 몬스터다운 요소는 전혀 찾아볼 수가 없다. 그러나 내 테임 몬스터 목록에는 올리브 트렌트라는 글자가 정확히 적혀 있다.

"어떻게 되려나?"

몬스터가 될지, 나무가 될지, 아니면 사쿠라처럼 정령이 될지 모르겠다.

"뭐, 기대하면서 기다리도록 할까."

"무!"

"그럼 난 부화기를 설치 해볼까."

밭을 봤더니 해야 할 일들이 자꾸만 떠오른다.

"오르트와 사쿠라의 알은 아직 부화하지 않았지?"

쿠마마 때는 부화하기까지 시간이 조금 걸렸다. 그런데 헛간 안으로 들어가자 예상치 못한 장면을 목격했다.

"와, 와, 와, 와. 벌써 금이 갔잖아!"

알을 한 바퀴 두르듯이 금이 가 있었다. 쿠마마 때를 생각하면 태어나기 직전인 듯하다.

빠르네? 아니, 그보다도 종마들을 불러야지!

"야~, 오르트! 사쿠라! 알이 부화한다! 일은 이따가 해도 되니까 이쪽으로 와!"

내 말이 들렸는지 오르트와 사쿠라가 다급한 표정으로 달려왔다.

쿠마마와 릭도 함께다. 뭐, 본인들의 알이 아니긴 하지만, 새로운 동료이니까.

"무무!"

"—!"

오르트와 사쿠라가 알 앞에 자리를 잡고서 반짝이는 눈으로 쳐다보고 있다. 쿠마마와 릭도 그 뒤에서 알을 들여다보고 있다.

모두가 웃고 있다. 역시 새로운 동료의 탄생을 환영하는 듯하다.

나도 다 함께 알을 지켜보면서 그 옆에 토룡의 알을 부화기에 설치하는 작업을 벌였다.

산소 캡슐처럼 생긴 부화기 2대가 나란히 놓인 모습이 판타지와는 조금 거리가 머네. 그러나 테이머로서는 제법 감개무량하다. 부화기를 동시에 여러 대를 운용할 정도로 내가 성장했구나 싶었다.

그런 마음으로 지켜보고 있을 때였다.

금이 간 알이 강한 빛을 발하여 우리 얼굴을 비추었다.
"벌써 두 번째 겪는 일이니 당황해하지 마! 그치, 오르트?"
"무~무~! 무무~!"
엄청 당황했잖아.
"—!"
"무~……."
당황하여 부산을 떠는 오르트를 사쿠라가 살며시 타일렀다. 사쿠라는 차분한 듯하다.
이럴 때는 남성보다 여성이 더 든든하다는 말은 NPC에게도 적용되는가 보다.
"무."
"—."
사쿠라가 오르트에게 주의를 주는 동안에도 빛은 점점 환해져 갔다.
"나온다, 나온다."
"무~!"
"—♪"
마지막에 알이 가장 격렬한 섬광을 뿜어냈다. 눈부시기는 하지만, 한 번 봤던 광경인지라 별 거 아니다!
자! 새로운 동료는 과연 누구냐! 인간형? 짐승형? 남성이냐, 여성이냐!
"오, 오오, 이건……."

게시판

[마을 이벤트] 여긴 15일에 열렸던 이벤트 '마을의 대악마'에 관해 이야기를 나누는 스레드 part2 [종료]

· 무술대회는 다른 스레드입니다.
· 타인을 욕보이는 행위는 엄금!
· 어디까지나 냉정하게!

: : : : : : : : : : : : : : : :

518 : 마루카
화제의 이벤트 동영상을 보고 왔습니다.
화려하고 감동적이었고, 또 그 부분은 귀여웠어요! 바로 저장했어요!

519 : 미무라
나도! 그 장면은 파괴력이 있었지~. 백은 씨의 팬이라면 틀림없이 까무러쳤을걸.

520 : 무라카게
정확하게는 백은 씨 몬스터의 팬이라오.

521 : 마루카

난 같은 서버여서 실은 스크린샷을 갖고 있지요. 공식 동영상과는 다른 거예요~.

각도랑 화질도 최고이고, 그 귀여움은 반칙이야~. 틀림없이 팬이 증식할 거야!

522 : 메에메에

죄송합니다. 공식 동영상은 뭔가요? 일반 동영상과 다릅니까?

523 : 미무라

이벤트 등의 실황을 운영진이 편집하여 공개한 동영상. 이번에도 무술대회편, 마을의 대악마편, 2개가 공개되었어. 실은 나도 잠깐이나마 나온다고!

유린당하는 마을에서 허겁지겁 달아나는 한심한 플레이어 중 하나로.

그 장면은 쓰지 말았으면 했는데…….

524 : 메에메에

삭제 요청을 안 한 건가요?

525 : 마루카

그건 무리입니다.

대부분의 사람들은 대충 읽었을 테지만, 최초 게임 이용 규약에

'게임 내 동영상은 양해를 구하지 않고 이용할 수도 있습니다'라고 명기되어 있거든요.

526 : 미무라
그딴 걸 누가 읽냐고요~.

527 : 메에메에
지금 동영상 재생 중. 듣던 대로 대단해요.
여러 서버의 동영상을 짜깁기한 것 같네요.

528 : 무라카게
화려한 레이드 전투 장면뿐만 아니라 마을의 목가적인 분위기나 신성수의 장엄함도 생생히 전해지는 좋은 동영상이지.

529 : 미무라
수호수들이 도와주러 오는 장면을 보면 가슴이 무지 뜨거워져.
게다가 유린당하는 마을과 살아남은 마을을 대비시키는 장면에서는 울 뻔했지~.

530 : 마루카
그래도 가장 눈여겨 볼 장면은 그 부분이 아니에요!
2분 12초 부분이 최강입니다!

531 : 미무라

그 부분? 그건 너희들 같은 백은 씨의 몬스터 팬들만 좋아하잖아. 뭐, 귀여운 건 인정하지만.

난 마지막에 나오는 마을 사람들의 웃음을 보고서 저도 모르게 울어 버렸다고.

532 : 메에메에

꺄~! 이거 뭔가요! 경례하는 몬스터들, 짱 귀여워!

이게 그 소문이 자자한 백은 씨의 몬스터인가요?

533 : 마루카

그래요. 출격하기 전에 몬스터들이 우리를 격려해 주는 장면입니다. 이 부분을 뽑다니 운영진, 굿 잡!

534 : 메에메에

내 지인이 자꾸 노움을 갖고 싶다고 시끄럽게 노래를 불러대는데, 그 마음이 이제 이해가 됩니다.

535 : 마루카

그쵸? 그래도 백은 씨를 만나러 가지 않는 편이 나아요.

수많은 팬들이 서로를 감시하고 있는 상황이거든요.

새치기를 했다가는 민폐 플레이어로 신고를 받을지도 몰라요.

536 : 메에메에

그, 그럴 수가~.

537 : 미무라

포기해.

그보다도 제29서버는 마을을 멀쩡하게 지켜냈다고 하던데 굉장하군~.

우리 서버는 모두가 개인 플레이를 하는 바람에 레이드 보스한테는 손도 못 썼는데.

538 : 마루카

통솔역을 맡은 지크프리트 씨, 코쿠텐 씨, 백은 씨가 사이좋게 협력한 게 주요했다고 생각합니다.

539 : 무라카게

우리 서버는 반파였소.

공략조 전사팀이 아무 생각 없이 수호수를 사냥해 버리는 바람에 수호수의 조력도 받지 못했고…….

결과 발표 때 모두가 혹독하게 힐책해서 불쌍할 정도였소.

540 : 미무라

우리도 비슷했어.

그뿐만 아니라 사악수도 방치한 바람에 보스랑 함께 악마들이 출현해서 마을이 싹 다 파괴됐지(눈물).

서버 포인트를 330밖에 얻지 못했어. 개인 포인트는 4820을 얻어서 레어 장비를 하나 확보하긴 했지만.

여러분들은 포인트를 얼마나 얻었지?

541 : 메에메에

서버 : 1290, 개인 : 4320

542 : 무라카게

서버 : 2390, 개인 : 3600

543 : 마루카

서버 : 7010, 개인 : 2900

544: 무라카게

역시 제29서버는 굉장하도다.

545 : 마루카

뭐, 백은 씨 덕분이죠~. 신성수를 부활시킨 것도 그렇지만, 수호수를 해방하는 법을 발견한 것도 백은 씨였고, 마을 사람들과 가장 먼저 친해진 사람도 백은 씨였으니까.

NPC 집에 묵는 법을 발견하여 널리 퍼뜨려 준 건 정말 고마웠어요.

게다가, 첫날부터 밭을 경작하던데요. 역시 신념이 확고해요.
다른 서버가 마을 사람들로부터 지원을 별로 받지 못했다는 소리를 듣고서 백은 씨가 얼마나 위대한지 통감했습니다.

546 : 미무라
백은 씨, 엉뚱한 행동을 하는구나 싶었는데 어느새 굉장한 일을 저지르고 말았네~.
그 상태에서 전투력만 더 높았더라면 명실상부한 탑 플레이어일 텐데.

547 : 모치즈키 로쿠로
그 점에 관해 의문이 있는데.

548 : 미무라
의문?

549 : 모치즈키 로쿠로
아무리 능력치를 할당하지 않은 저레벨 테이머라고 해도 그렇게까지 전투력이 낮은가?
몬스터도 있으니 어느 정도는 싸워도 될 텐데?

550 : 마루카
아~, 그거 말이죠. 백은 씨, 전투를 제법 많이 했는데요?

그런데 게임 개시 초기에 주변에서 자꾸 피라미라고 바보 취급한지라 자기가 약하다고 굳게 믿고 있는 모양이에요.
실제로 제2에어리어급 적이 출현하는 구역에서는 남들만큼 싸웠고요.
그러니 본인이나 많은 플레이어들이 생각하는 것만큼 약하지 않다고 봐요.

551 : 모치즈키 로쿠로
과연. 그럼 이번에 포인트로 강한 몬스터를 입수한다면 전선(前線)으로 더 나와주려나?
나, 실은 사쿠라 땅의 팬인데, 평소에는 주로 제4에어리어에서 활동하는지라 전혀 정보가 들어오질 않아(눈물).

552 : 메에메에
나도 이 동영상을 보고서 팬이 되었어요! 특히 다람쥐 짱!
하지만 난 제3에어리어의 여자.
이제 와 시작의 도시로 돌아가는 건…….

553 : 무라카게
그렇기에 이번에 받은 포인트로 백은 씨가 강화되기를 바라면 되는 거 아니겠소?
서버 공헌도 1위이니 꽤 높은 포인트가 기대될 것 같소만?

554 : 미무라

그렇지. 바라건대 초강력한 몬스터의 알이라도 얻어주면 좋으련만.

555 : 마루카

토룡의 알을 택하지 않았으면 좋겠는데.

556 : 메에메에

토룡의 알? 흙의 용? 엄청 강할 것 같아!

557 : 마루카

어떤 테이머가 이런 보너스가 있다면서 리스트 스크린샷을 공개했는데, 흙의 용이 아니라 두더지가 아니냐고 말들 하더라고요. 흙 속성의 용이라면 두더지랑 구별하기 위해 이름을 지룡이라 붙이지 않겠느냐면서.

558 : 미무라

이거, 무조건 운영진이 파놓은 함정이네. 백은 씨, 설마 걸리지 않았겠지……?

559 : 마루카

설마~. 아무리 그래도 그런 거에 걸리지는 않겠죠?

560 : 모치즈키 로쿠로
하지만 백은 씨잖아?

561 : 마루카
엄청난 설득력!

562 : 무라카게
백은 씨가 토룡을 예뻐하는 모습이 떠오르는군. 물론 복슬복슬한 두더지 말이오만?

563 : 메에메에
백은 씨! 걸리지 말아줘요!

564 : 모치즈키 로쿠로
제발! 우리를 위해서라도!

565 : 미무라
하지만 백은 씨라면 그 토룡으로도 무언가 기적을 일으킬 것 같은 기분도 드네.

566 : 마루카
확실히 그래!

567 : 무라카게
그분이라면 이상한 일이 아닐 것 같소만.

568 : 메에메에
다, 다들 그렇게까지 말하는 백은 씨는 대체…….
만나보고 싶기는 한데, 무서울 것 같기도 하고…….

569 : 미무라
백은 씨 본인은 평범한 테이머야.

570 : 모치즈키 로쿠로
평범이라는 정의는 대체……?

: : : : : : : : : : : : : : : :

[테이머] 이곳은 LJO의 테이머들이 모인 스레드입니다 [모여라 Part3]

새로운 테임 몬스터의 정보부터 자신이 테임한 몬스터 자랑담까지, 모두 모여라!

· 다른 테이머의 아이들을 모욕하는 발언은 금지입니다.
· 스크린샷 환영.

· 하지만 도배는 자제해주세요.
· 상식을 갖고 글을 올립시다.

: : : : : : : : : : : : : : : :

321 : 이완
대부분 이벤트 포인트로 알을 교환한 것 같네.
참고로 난 꿀곰의 알. 이로써 허니 베어 겟!

322 : 아메리아
난 풍랑의 알.
뭐가 태어날까나~♪

323 : 에린기
그걸 선택할 수 있다니 부럽다.
난 개마충(鎧魔蟲)을 골랐어.
곤충 계열은 그다지 강한 게 없으니 탱커 계열이 태어나 주면 좋을 텐데.

324 : 오일렌슈피겔
나도 허니 베어입니다.
그보다도 백은 씨가 새 몬스터를 데리고 다닌다는 소문을 들었는데, 누구 아는 사람 있나요?

325 : 에린기

오호라? 그거 궁금하다.

326 : 우루스라

이벤트 보수가 아니라?

327 : 오일렌슈피겔

아니, 보수 리스트에 알은 있긴 했지만, 몬스터 그 자체는 없었을 텐데.

328 : 우루스라

그럼 이벤트 중에 테임한 거야?

나도 올리브 트렌트를 테임해 버렸으니까…….

329 : 에린기

올리브 트렌트 트랩에 걸렸나?

이벤트 참가했던 테이머 중 절반 가까이가 올리브 트렌트를 테임한 것 같네.

그리고 하나같이 밭도, 나무 기르기 스킬도 없어서 키우질 못해 전전긍긍하는 것도.

330 : 이완

난 이미 종마 길드에 팔아버렸습니다.
나무 정령을 얻을 수 있을 줄 알았는데(눈물).

331 : 우루스라
나도 팔지 말지 고민 중…….

332 : 오일렌슈피겔
나무가 아냐~.
작은 요정처럼 생긴 몬스터라는 얘기가 있는데, 그런 몬스터가 이벤트 중에 있었던가?

333 : 에린기
백은 씨는 1위를 거머쥔 제29서버에 속해 있었으니 우리가 보지 못한 몬스터와 조우했을 가능성이 없는 건 아니잖아?

334 : 아메리아
나, 같은 서버였는데 결과를 발표할 때도 그런 몬스터는 데리고 있지 않았던 것으로 기억해.

335 : 이완
그럼 돌아온 뒤에 테임했다거나? 혹은 알이 부화한 거 아냐?

336 : 에린기

백은 씨는 소문 듣는 고양이 사람이랑 친한 모양이니 그 정보도 그쪽에서 구입한 거 아냐?
정 궁금하면 정보를 한 번 사보는 게 어때?

337 : 오일렌슈피겔
역시 그 수밖에 없나?
그나저나 백은 씨, 또 귀여운 종마를 겟한 건가……. 부럽!

338 : 아메리아
이제는 백은 씨가 그런 별에서 태어났다는 생각밖에 들질 않네.

339 : 에린기
게임에서 귀여운 종마만 뽑히는 별?

340 : 이완
너무 한정적인 능력이네.

341 : 우루스라
그래도 나도 그런 별에서 태어나고 싶었어!

342 : 오일렌슈피겔
길을 걷고 있으면 사람과 꼭 부딪치는 내 별과 교환해 주지 않으려나?

343 : 이완
미녀와 부딪칠지도 모르는 일이니 절호의 찬스가 생길지도?

344 : 아메리아
그보다도 그냥 부주의한 거 아닌가?

345 : 오일렌슈피겔
아~, 귀여운 여성 인간형 종마 갖고 싶어!

346 : 에린기
대놓고 말하네(웃음).

: : : : : : : : : : : : : : : :

[요리] 여긴 요리에 관해 말하는 스레드[좋아]

아직 취득자가 적은 요리 스킬의 지위를 향상시키기 위해서 다 함께 협력합시다.
지금이라면 금세 탑 플레이어가 될 수 있어요!

· 식재료 정보를 원합니다
· 레시피 정보도요!

· 실패담이라도 오케이.

: : : : : : : : : : : : : : : :

365 : 아스카
그럼 이벤트 마을에 있었던 식재료를 입수할 수 있다고?

366 : 이시다
실제로 마을에 다녀왔어. 제3에어리어의 도시처럼 광장에 있는 전이진을 통해 전이가 가능. 다만 편도로 3000G나 드니 가벼운 마음으로 갈 순 없어.
구입 제한도 있어서 대량으로 사들이기도 어렵고.

367 : 우사미
그래도 가지와 토마토, 배와 감을 입수할 수 있게 된 건 기뻐.
레시피도 폭이 넓어졌고!
이번 이벤트 때 밝혀진 그 레시피도 시험해 볼 수 있잖아!

368 : 에네르지
실례합니다. 요리도, LJO도 초보자입니다. 지인의 소개로 이 게시판에 왔습니다.
그 레시피는 뭡니까?
저도 볼 수가 있습니까?

369 : 아스카

신인, 환영해요!

함께 지고의 셰프를 목표로 달려가 보아요!

370 : 이시다

대환영이다!

나와 함께 최고의 주방장을 목표로 하지 않겠나?

371 : 우사미

귀여워해 버릴 테야!

나와 함께 궁극의 파티시에를 목표로 하는 거예요!

372 : 에네르지

자, 잘 부탁합니다.

373 : 아스카

그럼 질문에 답하도록 하죠.

그 레시피란 유명 플레이어인 백은 씨가 이벤트 기간에 발견하고 개발한 레시피군(群)입니다.

그 분은 배포가 두둑해서 이벤트 중에 같은 서버에 속한 플레이어들한테 레시피를 공개했을 뿐만 아니라 게시판 등에 공개해도 좋다고 허가하기까지……. 고마워요, 백은 씨!

당신은 최고야!

374 : 이시다

게다가 그 레시피가 하나같이 엄청나게 유용해서 요리 플레이어계를 들끓게 했다.

요리에 버프가 붙는 건 이미 밝혀져 있지만, 그토록 효과가 뛰어난 버프는 처음이었다.

375 : 우사미

그뿐만이 아니에요. 이 백은 레시피에는 분말 식용초, 발효식품, 육수 등 다른 요리에도 응용할 수 있는 정보가 잔뜩 담겨 있다구요!

376 : 아스카

게다가 백은 씨한테 감화되어 다들 레시피를 서로 공유하기 시작해서 요리 플레이어들의 관계도 예전보다 더 끈끈해졌죠.

덕분에 레시피도 더 늘어났고.

377 : 오캄

지금 왔음. 3줄 요약 부탁.

보고. 허브티 찻잎을 만들 수 있게 되었습니다.

378 : 우사미

축하해요! 허브티도 제법 널리 퍼졌네요.
아직도 인기를 끄는 것 같으니 돈벌이가 짭짤할지도.

379 : 오캄
맛은 메이드 바이 백은 씨한테는 못 미치지만 이제부터 연구해 보렵니다.

380 : 이시다
허브티는 백은 씨가 선구자니까.
이길 수 없는 건 어쩔 수 없겠지.
나도 나만의 블렌드를 찾는 중이다.

381 : 우사미
목표는 백은 씨를 뛰어넘는 것! 나도 노력합니다!
이제는 연금술 레벨링만 남았어요!

382 : 아스카
언제 날을 잡아서 다 함께 시음회 같은 걸 해보고 싶네.
그, 백은 씨도 참가해 주려나?

383 : 에네르지
허브티. 저도 지인한테 얻어 먹어봤습니다. 맛있었습니다.
그것도 그 백은인지 뭔지 하는 사람이 레시피를 공개한 겁니까?

384 : 아스카

비슷한 느낌?

백은 씨의 지인이 백은 씨한테 허가를 받아서 허브티를 만드는 법을 공개해 줬어.

백은 씨는 허브티로 돈을 꽤 벌어왔는데도 선뜻 공개해 준 거지?

역시 백은 씨. 우리도 그 욕심 없는 마음을 배워야만 해!

385 : 우사미

실은 과도한 인기 때문에 대량으로 만드는 게 귀찮아져서 공개한 게 아닐는지(웃음).

386 : 이시다

설마. 돈을 계속 벌어들일 수 있는 독점산업을 그런 이유로 포기했을 리는 없겠지.

387 : 우사미

그렇겠죠. 역시 백은 씨가 착해서 공개했다는 설이 유력한가.

388 : 에네르지

그렇게 굉장한 요리인이 있군요. 꼭 제자가 되고 싶습니다.

389 : 오캄

아쉽지만 요리인은 아닙니다. 그럼 뭐냐고 묻는다면 대답하기가 곤란하지만.

390 : 아스카
테이머이자 파머이자 쿡?

391 : 이시다
칭호 수집가이자 신정보발견의 선구자?
어차피 이번 이벤트에서도 칭호를 겟했겠지. 틀림없다.

392 : 우사미
귀여운 몬스터들의 매니저?

393 : 에네르지
얘기를 들으면 들을수록 더더욱 모르겠습니다.

394 : 아스카
뭐, 이 게임을 계속하다 보면 언젠가 싫어도 알게 될 거예요. 절대로.

395 : 이시다
백은 씨를 모르는 건 루키나 외골수뿐일 테니까.

: : : : : : : : : : : : : : : :

[백은 씨]백은 씨에 관해 말하는 스레드part4[팬 모여라]

여긴 여러가지를 저질러 버리는 플레이로 소문난 백은 씨에게 흥미가 있는 플레이어들이, 그와 그의 몬스터에 관해 그냥 정보를 교환하는 곳입니다.

· 악의적으로 백은 씨를 헐뜯거나 폭언하는 건 엄금.
· 개인 정보를 다룰 때는 신중히.
· 본인이 항의할 경우 고지 없이 스레드가 삭제될 가능성이 있습니다.

: : : : : : : : : : : : : : : :

662 : 양양
그러니까 이번 이벤트 때 백은 씨가 저지른 일들을 종합하면 이런 느낌?

· 첫날부터 NPC와 친해져 집에 묵게 됨.
· 수호수를 쓰러뜨리면 큰일 난다는 정보를 가장 먼저 찾아내어

모두에게 알림.

· 글라샬라볼라스의 사도를 발견하여 격파.

· 촌장의 힘을 빌리지 않고 신성수를 부활.

· 버프 효과가 있는 요리를 개발하여 그 레시피를 서버 내에 공짜로 품.

· 전설의 몬스터 경례로 플레이어의 사기를 하늘 높이 끌어올림.

663 : 요로레이

저질렀네요~.

664 : 유성인

그리고 주민들이 다른 서버보다 일찍 도와준 것 역시 백은 씨가 호감도를 쌓은 덕분이라고 봐.

665 : 요로레이

아~, 그건 일리가 있지.

뭐, 백은 씨나 지크프리트한테 감화된 플레이어들의 태도가 한결 공손해져 결과적으로 주민들의 호감도가 올라간 느낌이긴 하지만.

가장 심각했던 서버에서는 주민들이 플레이어들을 무시했을 뿐만 아니라 끝내는 아무 말도 하지 않고 자기들끼리 피난을 떠났다고 해.

666 : 야나기

악마의 번호 겟!
백은 씨에 관한 새로운 정보를 가지고 왔다구!

667 : 양양
오호호? 새로운 정보?

668 : 야나기
백은 씨, 요정을 겟.

669 : 유성인
하아? 요정? 무슨 소리?

670 : 야나기
말 그대로야. 백은 씨가 요정처럼 생긴 새로운 몬스터를 데리고 걷고 있었어.
날개는 달려 있지 않았지만, 그거 빼고는 진짜 요정.

671 : 요로레이
종족은? 이름은? 자세한 정보 플리즈.

672 : 야나기
미안. 없어. 상대가 백은 씨잖아? 나 같은 시시껄렁한 플레이어가 말을 걸려면 용기가 필요해.

673 : 유성인
그건 알아. 나도 몰래 지켜보기만 하고 있어. 역시 유명인한테 들이대는 건 무리지.

674 : 양양
정작 백은 씨 본인은 자신이 유명 플레이어라고 전혀 생각하지 않는 것 같긴 하지만.
뭐, 너희들의 마음은 뭔지 알아.

675 : 요로레이
하지만 요정이라……. 또 각지에서 소동이 벌어질 것 같아.

676 : 유성인
이벤트가 종료된 지 얼마나 됐다고 벌써 저지르다니……. 역시 백은 씨!

677 : 야나기
역시 새하얘~.

:::::::::::::::::

그 빛이 잦아들더니 껍질과 부화기 모두 빛의 입자가 되어 사라져갔다. 이것도 쿠마마 때와 똑같다.

그리고 부화기가 있던 자리에 우리의 새 동료가 있었다.

"오오, 귀엽네!"

무심코 입에서 그 말이 나와버렸다. 그러나 어쩔 수 없다.

"야~♪"

그곳에는 작디작은 여자애가 있었다. 어린애라는 의미가 아니다. 이른바 손바닥만 한 요정처럼 생겼다. 날개는 없지만.

곱슬거리고 풍성한 붉은 머리가 허리까지 내려온다. 귀는 엘프처럼 길다. 얼굴 생김새는 단정하며 대단히 아름답다. 몸에 착 달라붙는 반팔과 반바지를 입었으며 그 위에 판초 같은 갈색 망토를 두르고 있다. 안데스 같은 지역의 민속 복장 같다고 해야 하나?

마치 움직이는 피규어 같은 느낌이다. 그러나 활짝 핀 꽃 같은 그 웃음은 인형에게서는 도저히 느낄 수 없는 따뜻함을 선사해준다.

이름을 붙여달라는 알림이 들렸다. 이름은 없는 모양이다. 두 유니크 개체 사이에서 무조건 유니크 개체가 탄생하는 건 아닌가 보다.

"이름이라……."

"야~?"

"조금 더 찬찬히 보고 싶어. 이쪽으로 올라와 줄래?"

"야♪"

손바닥을 내밀자 요정이 그곳으로 뿅, 하고 넘어와줬다.
눈앞에서 다시금 살펴보니 역시나 귀여운 소녀다.
"어떤 이름이 좋을까~."
"야?"
고개를 갸웃거리는 모습도 귀엽다.
"이름, 이름……. 요정 이름이라."
머리가 붉은 요정이라고 하면…….
"좋았어. 네 이름은 파우다!"
"야~♪"

이름 : 파우, 기초Lv1

종족 : 픽시

계약자 : 유토

HP : 15/15

MP : 25/25

완력 : 4

체력 : 4

민첩 : 10

솜씨 : 12

지력 : 9

정신 : 8

스킬 : 연주, 회복, 은신, 가창, 귀 기울이기, 채취, 도약, 불내성, 화마 소환, 밤눈, 연금

장비 : 요정의 류트, 요정의 옷.

무기는 갖고 있지 않지만, 대신에 악기를 장비하고 있다. 더욱이 스킬 중에는 연주와 가창이 있다. 혹시 음유시인처럼 싸우는 걸까? 음유시인은 노래와 연주로 모두에게 버프를 걸거나 디버프를 걸 수 있다. 본인이 전투에 참전하지 못하는 대신에 효과가 대단히 높다고 한다. 만약에 파우가 음유시인 타입이라면 분명 도움이 될 테지.

회복도 있으니 작다고 무시할 수 없겠네.

"화마 소환은 어떤 능력이지?"

명칭을 보니 불과 관련한 사역마 같은 존재를 불러내는 능력 같은데.

내가 고개를 갸웃거리니 파우가 화마 소환을 사용해 줬다.

"야~야야~!"

마치 도깨비불 같은 불덩어리가 파우가 내민 손바닥 앞에서 퐁, 하고 출현했다.

"야~!"

파우가 소리를 내자 불덩어리가 예상보다 매끈하게 허공을 돌아다녔다. 파우가 명령하는 대로 움직이는 듯하다. 이거 재밌다. 더욱이 파우가 연주 중에도 공격할 수 있다는 소리이니 상성도 좋을 듯하네.

그리고 생산기능 부화기 덕분에 연금도 갖고 있다. 이로써 생산 작업을 도와줄 조수가 생겼다. 좋은 종마를 뽑았구나!

"잘 부탁해. 파우!"
"야~♪"
"무~무! 무~무!"
"쿠~마! 쿠~마!"
"큐~큐! 큐~큐!"
오르트를 비롯한 종마들이 나와 파우 주위를 기묘하게 돌아다니기 시작했다. 축하의 춤이라도 추는 건가? 축제 때 전통 춤을 경험한 바 있어서 춤의 즐거움을 깨달았는지도 모른다. 릭은 여전히 엉망진창이긴 하지만.
바로 그때 파우가 내 어깨에 걸터앉더니 류트를 포로롱, 하고 튕기기 시작했다.
떠들썩한 술집에서 흐를 법한 경쾌한 음악이다. 그 음악에 맞춰서 파우가 노래를 부르기 시작했다.
다른 종마들도 흥겨워졌는지 뿅뿅 뛰면서 격렬하게 춤을 추기 시작했다. 사쿠라는 내 옆에서 몸을 흔들며 박자에 맞춰 손뼉을 치고 있다.
"뭇무~!"
"큐~큐큐~!"
"쿠마쿠마~!"
"—♪"
"라~라란라~♪"
"야야, 나도 끼워줘."
안 그래도 활기찬데 더욱 활기차질 것 같네. 뭐, 싫지는 않지만.

뒤처진 테이머의 하루살이 3

2023년 8월 15일 1판 1쇄 발행

저 자 타나카 유
일 러 스 트 Nardack
옮 긴 이 박춘상
발 행 인 유재옥
본 부 장 조병권
담 당 편 집 정지원
편 집 1 팀 김준균 김혜연
편 집 2 팀 정영길 조찬희 박치우 정지원
편 집 3 팀 오준영 이해빈 이소의
편 집 4 팀 전태영 박소연
디 자 인 김보라 박민솔
라 이 츠 김정미 맹미영 이윤서
디 지 털 박상섭 김지연 윤희진
발 행 처 ㈜소미미디어
등 록 코리아피앤피
주 소 제2015-000008호
판 매 서울시 마포구 토정로 222, 403호(신수동, 한국출판콘텐츠센터)
제 작 처 ㈜소미미디어
영 업 박종욱
마 케 팅 한민지 최원석 박수진 최정연
물 류 허석용 백철기
전 화 편집부 (070)4164-3962, 3963 기획실 (02)567-3388
판매 및 마케팅 (070)4165-6888, Fax (02)322-7665

ISBN 979-11-384-7948-6
ISBN 979-11-6507-663-4 (세트)